魅丽文化

清途 著

百花洲文艺出版社
BAIHUAZHOU LITERATURE AND ART PRESS

图书在版编目（CIP）数据

与之二三 / 清途著 . — 南昌 ：百花洲文艺出版社，
2022.11

ISBN 978-7-5500-4808-9

Ⅰ . ①与… Ⅱ . ①清… Ⅲ . ①长篇小说－中国－当代
Ⅳ . ① I247.5

中国版本图书馆 CIP 数据核字（2022）第 190987 号

与之二三
YU ZHI ER-SAN
清途 著

出版统筹	曾英姿
责任编辑	蔡央扬
特约编辑	吴小波　艾　晨
封面设计	苏　荼
出版发行	百花洲文艺出版社
社　　址	南昌市红谷滩区世贸路 898 号博能中心 A 座 20 楼
邮　　编	330038
经　　销	全国新华书店
印　　刷	湖南凌宇纸品有限公司
开　　本	880mm×1230mm　1/32　印张 10
版　　次	2023 年 1 月第 1 版第 1 次印刷
字　　数	254 千字
书　　号	ISBN 978-7-5500-4808-9
定　　价	46.80 元

赣版权登字：05-2022-213

网址 http://www.bhzwy.com
图书若有印装错误，影响阅读，可向承印厂联系调换。

目

录

楔子…………001

第一章…………006

第二章…………030

第三章…………055

第四章…………079

第五章…………090

第六章…………125

第七章………… 154

第八章………… 178

第九章………… 201

第十章………… 224

第十一章……… 247

第十二章……… 270

第十三章……… 296

楔子

随着更衣室储物柜里的手机一振，这场最后阶段为期二十五天的实验收尾工作终于结束了。

正在换衣服的师姐看见了那条冠冕堂皇的短信，先是冷哼了一声，接着学教授的语气抑扬顿挫地读道："感谢各位为了这个项目数月的辛苦付出，中国科研，有你们才是真的骄傲……呵，数个月就没亲自上过操作台，论文发表的时候倒是脸皮厚地把名字写在最前面。"

接话的是另一个师姐，把操作服丢进专门回收的布筐里，身上的白大褂脱了一半，整个人却卸了力，叹气道："终于结束了，老娘今天终于可以为二十天前的分手好好地大哭一场了。"

失恋的师姐说她要去吃夜宵、要喝酒、要宿醉，她要在接下来两天的假期里好好地睡一觉。

洗完手的纪淮听着两个师姐说话，始终没搭腔。

刚分手的师姐凑过来，亲昵地搂着纪淮的腰："小师妹，和我们一起去呗！"

这一期数据分析结束后，能放两天的假，疗养院的探望日子在后天，这天就算吃了火锅晚点回家，也不碍事。纪淮这才点了头，同意了。

川渝火锅，这是家网红店，半夜一点还有几桌客人，零零散散地分布在各个偏僻的角落。

三个穿着白大褂的女人，从漆黑的街道上飘过，穿过有些黑的弄堂，画面有些可怖，好在这个时间点人不算太多。

白大褂扎眼，纪淮注意到有视线投过来，但也没在意。

身上的大褂脏了，她打算带回家自己洗。反正要洗，正好能当围裙。

原本大褂也由研究所的阿姨统一消毒清洗，直到有回，一个师姐在自己刚拿到手的大褂口袋里掏出了一双已经干掉发硬的男士袜子。

于是阿姨刚开张的大褂清洗事业就结束了。

纪淮不爱吃辣，川渝火锅店里上了份耻辱的鸳鸯锅底。她盯着清汤锅底发呆的时候，失恋的师姐用桌子就撬开了瓶啤酒。

她叫黎恬，首府大学一等一的女博士，前些天被提分手了。她打了个酒嗝，姿势不雅地将一条腿屈在椅子上："他说他只是个小小硕士研究生，没信心和我谈恋爱？！说我四篇 SCI，三个是第一作者，还有一个导师是第一作者，拿过国奖。当时他写硕士毕业论文的时候怎么没觉得配不上我呢？现在论文过了，答辩结束了就配不上我了，我呸——"

其实大家都知道，她是被"绿"了。

她还叽叽喳喳地在说，语毕搁下酒瓶，将两只手搭在两边师妹的肩上，语重心长道："纪淮、叶姝，以后你们相亲找对象，千万提前查好论文，杜绝再发生我这种又提供时间又提供智商的免费劳动力行为。"

说完，黎恬转念再一想，咋舌："算了，吾辈身上肩负着中国科研发展的伟大使命。有男人的被窝难道比细胞房待着舒服？"

叶姝叼着牙签，笑："你前两天不是还被小姚哥用半斤橘子收买了，说要给他和我们小淮妹妹牵红绳的吗？！"

黎恬才想起这件事，男人的确不靠谱，可半斤橘子都进了肚子里，她还是帮着说了句好话："小淮，要不要考虑考虑？到时候婚假、产假全是休息日。"

纪淮只是讪讪地一笑。

她没想过相亲结婚这些事，哪个正常家庭能看上她这种父亲去世，母亲也半截入土的女方呢？

如果父母健在，她或许会考虑这些事。

但父母健在，她现在应该还和那个人在一起。结婚这件事不是和他，好像和谁都变得没意思了。

可是，是她自己提的分手，连面都没见，她给他发了写着分手的短信。

然后是四年不见。

耳边两个师姐还有一搭没一搭地说着上回小姚哥因为太紧张在纪淮面前出糗的事情："说句实话，师姐我纵观全所，日后秃了头还能入眼的，小姚哥还能排上前列。"

纪淮的心不在她们的对话上，隐隐听见不远处有凳子拖动的声音，视线里的白菜叶刚刚漂起来，她的筷子还没来得及去夹，伸出的手就被一把攥住。

对方微微用力，她的手一抖，竹筷子掉到了锅底里，成了加菜——老笋干。

纪淮顺着那只手，沿着胳膊向上看。他背着光站在她身侧，视线交汇的一瞬间，他拖着她往外走。

她来不及跨过长板凳，险些摔倒，他的脚步没停，推开店门拉着她往巷子里走。

他也没目的地，隐忍的怒气藏在越来越快、越来越大的脚步里，藏在五指用力的手上。

纪淮看着隐于夜色里的背影，那是四年里没一个梦能勾勒出的身形。

手腕很疼。

她的鼻子一酸，停了脚步："陈逾司。"

三个字刚说完，他终于驻足了。

漆黑的弄堂里，纪淮被一股力推到了水泥墙上，他压过去，将怒意转移到唇齿相磨的接吻里。舌尖描绘着她的唇和上颚，钩着她的舌头相缠。

结实的胸膛越压越紧，她在快要窒息前，想推开他。

可察觉到她拒绝的那一瞬，吻变得更霸道缠绵。弄堂里漆黑，唯有路口有些许光透进来。

纪淮要疯了，纪淮觉得陈逾司也疯了。

他在一切失控前停了，额头靠在她的肩上，将她拉进自己怀里，揉着她撞疼的后背。

他开口，声音有些颤："可以啊，纪淮，你本事真不小。四年了，我等了你四年。你呢？呵，小姚哥？姚什么姚？！"

火锅店门口，先前跟着陈逾司吃饭的五个人蹲在门口偷看。

一个寸头，一个卤蛋头，一个小卷毛，一个扎着小辫的圆脸，还有一个女人。

小卷毛："女朋友？"

寸头："是的吧，都接吻了。"

小辫圆脸："应该是，吻得这么激烈。"

卤蛋头将手搭在胸口："肯定是，都搂腰了。"

小卷毛凝着眸子仔细看了看，拍大腿："眼熟不？还记得我们家打野参加高校行宣传活动时候，偷了人家大学公告榜上的一张交换生海报吗？这姑娘不就是海报上那个姑娘吗？"

卤蛋头捂嘴："真的假的？"

寸头想起来了："我记得打野把人海报上的照片剪下来，就贴在基地床头。"

扎小辫的圆脸激动得抱着旁边的寸头："原来这就是那位薛定谔的前女友啊！"

小卷毛咋舌，一副深受其害的模样,纠正："说了多少遍了,是女朋友！你当打野的面说句'前女友'，下回比赛他让你哭着叫他爸爸，你还得低声下气求他吃你的兵线。"

　　一直不语的女人，手里拿着烟，有点抖："他刚用'不喜欢女人'为理由拒绝我的表白，那他现在和女人在干吗？拜把子吗？用接吻拜把子？还是伸舌头的那种！"

第一章

纪淮高二下学期开学一个多月才转到三中，转学的前一天她才被大姨从外省的外婆身边接走。

"上头"有男人通知她母亲避避风头，从小寄宿在学校或是亲戚家的纪淮得以继续念书，她的名字也改成了"纪淮"。

"纪"是外婆的姓氏。

改来改去，都是男孩子气的名字。

大姨很负责任地照顾着她，托了关系把她送进了三中的重点班。虽然不知道送她进去是不是花了钱，但大姨只叫她好好读书。

车子缓缓驶出外婆家的窄巷。

"好好读书就够了。我原先是想送你去一中的，你大姨父有认识的人是一中的校董，那儿师资也比三中好。"大姨牵着她的手，语气里的关心不是装出来的。

有一句话大姨没直接说出来，但纪淮知道，大姨这话后面还应该跟着一句：至少你表哥不在一中。

这话直接，大姨也给自己儿子留了面子没直接说破。

但还是交代了纪淮。

"你就只管念书，在学校里少和你表哥来往。他要是故意找碴儿，你就来和我说。"

大姨对自己亲儿子万般不待见，纪淮略有耳闻。

一个母亲讨厌自己的儿子，一个儿子反感自己的母亲。势同水火的母子关系，少见。

至于不待见的原因，纪淮知道一点。

一个被高知夫妻养出来的女儿，嫁的是数一数二的男人。可自己生出来的儿子，比不过别人的孩子就算了，还尽做些不是人能干出来的事。

纪淮这个表哥叫许斯昂。

去年，纪淮还养在外婆身边的时候就听说她这位只比自己大了四个月的表哥谈了个女朋友。

她表哥还大摇大摆地跟着人家牵手谈恋爱，气得大姨两天没吃下饭，在被气到折寿之前，她表哥终于良心发现分了手。

然好景不长，没一个月，他和艺术班的一个女生在一起了。

双方还被叫了家长。

于是，纪淮对这个印象停留在"幼儿园帮她教训扯辫子小男生"的表哥有了一点新的认知。所以她刚知道陈逾司是她表哥好朋友的时候，表哥的种种劣迹和陈逾司多多少少也画上了约等号。

到洵川天已经黑了，大姨去敲了旁边的房间门，纪淮表哥不在。大姨已经习惯了："一天到晚在外面野。"

纪淮的房间是她表哥原本的房间，附带一个阳台，大姨说女孩子的房间得采光好，她表哥就让给她了。

车程不短，大姨自己也有些累了，没拉着纪淮多说，但还是叮嘱了她一遍："把这里当作自己家就好了。"

表哥许斯昂很晚才回来的，走廊上响起不轻的脚步声，寂静的夜里，一切的声音都被放大，先是窗户打开的声音。大概是他趴在窗户前和邻居说着话，扯着嗓子，声音不小："今天是我对不起你，谁知道周主任真的来了。陈逾司，你别生气啊！"

外面的人似乎没理他，纪淮没听见回答的声音。

大概是因为对面的邻居没理他，没一会儿隔壁就传来关窗的声音。纪淮有点认床，入夜很久了，依然躺在床上翻来覆去，没有睡着。

纪淮翻了两个身，还是培养不出睡意，树木晃动着，树叶之间相互摩擦，她望着从阳台漏进来的月色，下了床。

阳台移门拉开的瞬间，夜风灌入室内，没有完全收起来的门帘被风吹起，带着帘子上的流苏珠子在风中晃动，叮当作响。

空气中有淡淡的花香。

阳台对面的房子也是一个附带阳台的独栋，对面的人没有拉窗帘，背对着她，慢条斯理地站在衣柜前找衣服，隔得有些远，但仰仗不沉迷于电子产品和规范坐姿带来的好视力，她还是能看到十几岁鲜活奔忙的肢体上，那由不夸张的肌肉塑造起的好看的身体线条。

上衣，裤子。

他一件件地穿，纪淮站在阳台上看他一件件地穿。

等他穿完，转过身的那一刻，纪淮立刻猫着腰蹲在栏杆后面，小心翼翼地又匍匐回了房间。

纪淮掀开被子重新躺回床上，从脑子里翻出昨天刷微博看见的巧取豪夺段子，配上刚才看见的那个身材，大脑自动补充场景和音乐。老话说"饱暖思淫欲"，社会进步，广大人民的温饱已经不成问题了，改成每日睡前一思，比数羊还容易入睡。

第二天学校报到是大姨喊司机开车送纪淮去的，一辆挂着好几个"8"的车牌号的车在许斯昂眼皮子下开走了，没载他一起。

班主任给纪淮写了张纸，上面记着她需要做的事情。

去仓库搬桌椅、去图书馆领新书、去行政楼拿新校服等等。

班主任指派给她的"帮手"用非常简单的话形容了地点，然后埋头继续扎进学习的海洋里。

大姨先前千叮咛万嘱咐的话从纪淮耳朵里飘走了。

纪淮在篮球场上找到了表哥，四目相对的时候，他正站在三分线外耍帅投篮，篮球砸到了篮板。

没进。

调侃他的是关系好的那几个，剩下几个没那个胆子。

他扯着衣摆擦了把汗，不知道是真热还是故意做给围观的女生看。

纪淮抬手，面无表情地晃动手腕，这个招呼打得，一点也没有表兄妹重逢相见的喜悦。

她挺显眼的，一众围观女生里唯一一个没穿校服的。

纪淮走到围网的侧门，看着停在两步外的表哥："许斯昂。"

许斯昂看见她，挑了挑眉，拧开矿泉水灌了两口："我妈没交代你在学校别找我？"

"交代了。"纪淮说。

许斯昂的笑意加重："那你还找我？"

"原本不想找你的。"纪淮把手里的单子给他，"书太多，课桌太重，也没在行政楼找到领校服的地方。"

许斯昂骂了一声："果然无事不登三宝殿。"

许斯昂没带她去，抬手，像是拎小猫一样，手掌扣着她的后颈，带她去了刚打球的篮球场上。

那些人吹着口哨，问得有点难听。

"漂亮妹妹啊！"

"面生。"

"你不才找了马路对面的徐娇吗？"

"这谁啊？"

大家你一句，我一句。

许斯昂叫他们滚，没解释两个人的关系，只说："来个人，帮个忙。"

嘴巴上说着来个人，刚说话那几个毛遂自荐了，许斯昂又嫌弃了，扭头开始找人。

许斯昂瞥见了一个下球场收拾书包的身影，提着纪淮走过去："陈逾司，帮个忙，带她去领校服、搬个课桌、拿新书。"

那人从头到脚唯一能和校规吻合的就一条校裤，校服外套不算，因为他没穿在身上而是搭在右肩上。

他骨相很好，眉眼很立体，但不是显成熟的那种深邃。眼眉很舒展，看上去邻家少年气反倒重一些，视线往下，他的脖子上有一颗小痣。

他的目光扫过旁边的纪淮，视线没停留，抬腿朝许斯昂踢过去，嘴里骂了句脏话："你好意思？昨天你偷偷去网吧上网，我一个无辜民众去网吧给你送作业，你倒是好，看见周主任就自己跑了，跑得那叫一个快，还卖我。我现在没空，我要去写检讨，明天要上司令台反省。"

许斯昂为自己开脱："你是老徐的心头肉，你被抓还好，我要被抓了就不是检讨一下这么简单了。带她去，那个篮球归你了。"

说着，许斯昂把纪淮往前推了推。

陈逾司抬脚，鞋底擦过地上的水瓶瓶身，瓶身意料之外地弹起，他伸手一捞，接住了："我缺你这个篮球？"

许斯昂抬高价码："外加一个月早饭。"

陈逾司松口了："成交。"

随着这声"成交"，纪淮感觉自己像个拍卖品一样被拍走了，还是竞拍者有些嫌弃的那种。

林荫道两侧的灌木很好，大概是因为校区才翻新。

陈逾司走在前面，手里抛着喝剩下一半的碳酸饮料，水瓶每次都稳稳落在他手掌心。纪淮看着他肩颈的角度，抬头能从那个角度看见半挂在天空中的太阳。

纪淮开口："同学，谢谢！"

抛起的水瓶歪了，但好在他反应快，手也快，再歪的弧度还是接到了。

他停下脚步，回头望着纪淮说："装什么呢？昨晚在阳台偷看的是你吧？"

外婆家的窄巷外不远处就是党群服务中心，墙壁上的正能量标语熏陶着十里八乡的孩子。

纪淮不撒谎，点头，但反问："你帮我的忙，说'谢谢'是应该的，怎么就装了？难道你要我说一句'同学，你的……嗯……身材很好'？"

她说着的同时视线往下飘。在陈逾司越发难堪的表情里，她带着笑，眨着眼："要用这种夸奖来代替感谢吗？"

在一阵难以形容的微表情疯狂变化之后，陈逾司舔了舔后槽牙，扯出一抹微笑："可以啊，你夸吧！"

纪淮没想到他还真要自己夸。

她抬着头，愣神了两秒，眨着眼睛，像个硬件不行的系统，数据处理得很慢。

贴在服务中心墙上的标语是什么来着？

——当人民群众的贴心人，对人民群众的要求做出回应。

纪淮的眸子很亮，朝着他迈进了一步，在对视的两秒后，嘴角显出小梨窝："我昨晚看得有点忘记了，为了不夸大其词，贴合实际……要不再让我近距离观摩一次？"

说到这个份上，陈逾司败了。

他把领来的新书塞进课桌兜里，肩上的书包和校服外套拿下来丢给纪淮，伸手抬着课桌两边，样子很轻松。

落她怀里的书包很轻，里面最多几支笔和几张考卷。袖子抛过来的时候砸到了她的下巴，没有什么讨人厌的气味，袖口也很干净，看样子没穿过几次。

他开口，语气不好："走快点。"

纪淮的新同桌是个很有趣的女生，陈逾司帮纪淮搬桌子进去的时候，她一个人坐在座位上看一本厚到能砸死人的小说。

这么厚的书，后来纪淮再见就是大学开学第一天在法学和医学生行李箱里的新书教材。

女生看见搬课桌的人是陈逾司，脸上一喜，但课桌放下，发现是纪淮坐下来之后，笑容也没了一半。

同桌夏知薇是个自来熟的人。

第一次见面时的自我介绍很有趣。她说："我这个名字虽然有点像是有钱帅哥的'白月光'，但我不是那种坏女人。"

托夏知薇的福，纪淮刚开学没多久就把三中大部分人都认清楚了。

她也知道了三中一些有趣的地方。

比如，三中一个不成文的福利。

随着年纪越来越大，早操这个存在稍显蠢和憨，大家也是怎么偷懒怎么来，但随着班级学生早操做得好不好、规不规范成为各个班主任绩效考核中的一点，它又被严抓了起来，一时间怨声载道。

而所谓的福利，不过就是每个年级每次月考的文理科前三名可以不用出早操。

最大受益者就是此刻戴着袖章查班的一男一女，常年盘踞理科前二的学神，而且是独一档的那种。

纪淮看了一眼，发现那个男生正是班主任安排给她，帮她领校服拿新书的"助手"。

夏知薇说："那个是李致，我们班班长。"

接下来总排第三名的是陈逾司，常年稳稳地抓着不用出早操的福利衣角。他和前十剩下的也是隔了一档的。

对于陈逾司的好成绩，纪淮意外偏多，尤其是他和表哥那种人玩在一起。

剩下四五六名恩爱厮杀，七八九十名不分伯仲。

纪淮没看到考卷和分数也不好预测自己在这所学校里能排到什么名次，但有她表哥这么大一片烂叶子衬托，狗尾巴草都是漂亮的。

夏知薇也和她说了不少别的八卦传闻。

比如，十个总裁九个胃病，十所学校九所建在坟场上。三中竞赛比不过一中，饭菜比不过私立，但鬼故事绝对是洵川所有高中里最具有校园文化特色的。三中的鬼故事都离不开图书馆和那栋废弃的老教学楼。

再比如，脑补霸占前二的学神相爱相杀的脑洞数量和晚上意淫陈逾司的女生数量并驾齐驱。

也比如，纪淮肯定会变成一个受欢迎的女生……

"为什么？"

夏知薇托着腮，继续看着她的小说："因为你长得漂亮。"

理科一共两个重点班，大姨当时特意把纪淮送进她表哥不在的（1）班。

两个班级隔着一堵墙，但因为两个班级的所有老师高度重合，学生之间比较成绩显得很直观。

每每听见老师那一句"隔壁班五分钟做出来的就孟娴一和陈逾司，我看看你们班怎么样"的时候，夏知薇压根儿不会动笔做题，而是从课桌里翻出夹着书签的小说，好言相劝起动笔的纪淮："神仙打架，凡人遭殃。我何必自取其辱呢？动笔算题只会让我发现和大神们之间的马里亚纳海沟，不断提醒我自己只是人间凑数。"

第二天早操，上次月考考第三的陈逾司原本是不会来的。但因为那封检讨，纪淮站在操场上看着陈逾司被全校通报批评后不情不愿地上了司令台。

他手里拿着张纸。

"各位领导好，各位老师同学们好。我是来自高二理科（2）班的陈逾司。我今天带着满腔的歉意和发自内心的愧疚站在这里检讨自身的错误。

"我作为一名学业紧张的高二学生，不应该去网吧上网，这是第一错。

"在网吧被周主任抓到后，还毫无悔过之意，甚至选择逃跑，这是第二错。

"在逃跑途中看见追赶自己的周主任摔倒后，泯灭了良知，不仅没有搀扶，还对周主任磕碎的假牙和摔掉的假发进行了嘲笑，拿出手机录制视频，这是第三错。

"我在这里向周主任致以最诚恳的歉意，我将会好好反思自身的过错，也请求学校和各位同学对我进行监督。不仅对我监督，也麻烦学生们向有关审查部门好好举报我市牙科和植发中心的虚假广告，避免像周主任这样的消费者增多。"

这份检讨全校都在笑，陈逾司站在上面也没有做表情管理，笑得很张扬。

后来读大学的时候，室友问起纪淮那张夹在《艾青诗集》里的照片上的男生是谁。

她是怎么说的？

"他像李白的诗。"

少年鲜衣恣意，不羁桀骜，肆意跌宕的洒脱叫纪淮一生爱慕。

早操散场的时候，他站在司令台下面的阶梯旁挨训，周主任气得人都哆嗦了，陈逾司还一脸无所谓、自己当好人的模样："我也是为你好，老周。你看看你那假牙跟假发，做得一点都不真。多少钱做的？总价超过五百咱就上中国消费者协会举报他们。"

经常在(1)班被提到的(2)班学生名字说来说去就是孟娴一和陈逾司。

陈逾司这个名字不难听见，但是人很难见到。

纪淮甚至都没在学校见过他几次。

有一回，纪淮看见有个老师在学校里拦住了陈逾司。她当时还以为他又去网吧被抓，但老师那苦口婆心哀求的样子也不像。

夏知薇说那是奥数队的带队老师，陈逾司高一刚开学就被选去奥数队，还是带队老师点名要的那种，那时候一起竞选的还有李致。末了陈逾司在高二的时候主动退了，老师没办法选了李致培养。知道老师是因为陈逾司退了才选上自己，李致也是个心高气傲的主，也拒绝了参加奥数队的选拔。

纪淮还怀疑是夏知薇夸大其词了，直到纪淮要去行政楼把腰身大了一圈的夏装制服裙换小号，撞见陈逾司被老师逮住了，还不小心偷听到了他们讲话。

徐老师在教学楼后面抓到了在打手游的陈逾司。

陈逾司的声音有点哑，看着端着老师架子的老徐"老徐，眼睛睁大点，李致和孟娴一是第一名和第二名，你多看看他们。"

"我当年在一中执教，带出了几个国赛优胜呢，看人我在行，你小子就是跟着我学奥数的料子。"老徐说完，伸手拿掉了陈逾司的手机，"好歹我也是个老师，能不能别明目张胆地当着我的面玩游戏？"

陈逾司乖乖上缴："徐老师，你真是比被分手的姑娘还缠人。"

徐老师没有没收："那你就是个狠心的渣男，姑娘都这么哀求了你还无动于衷。"

陈逾司的手揣着口袋，走了："抱歉，射手座。分手了死都不可能复合，不走回头路。退了就是退了，我不可能回你那儿再学奥数。"

射手座，分手了死都不可能复合。

这句话被纪淮记了很多年，后几年她小心翼翼地保管着那张照片，在屏幕前关注着网络另一端璀璨如光的他。

分开的那四年，他六次世界赛，三个世界冠军，她次次都去烧香，求他平安顺遂，能得上上签。她把所有的话说给菩萨，菩萨或许是嫌烦了，一次都没有让她梦到过陈逾司。

纪淮靠着墙，但没想到他会朝这边走。她贴着墙，微抬起头看着他。

他在纪淮面前停了脚步："什么毛病？不是偷看就是偷听。"

"全是巧合。"纪淮缩了缩脖子，说了声"对不起"，举起四根手指，"有人怀疑你卧底的身份，我特意前来调查。恭喜你，洗脱嫌疑了，我会告诉上级，说明你是一个优秀的中国公民。"

"跟我在这儿闹呢？"看见她怀里抱着的裙子，他问，"换校服？"

话题被扯走了，纪淮先是愣了一下，随后点头："裙子大了。"

陈逾司从口袋里摸出一个盒子丢给她："'对不起'这三个字不值钱，买这个赔给我。"

偷听不好，这是陈逾司故意给她的教训，外加她上回偷看他那件事。

纪淮拿着他丢过来的东西，看他走远了，又强调道："我不是故意的，我没想偷听。"

他的脚步一停，转过身，视线落在不远处的纪淮身上，目光扫过全身，落在盈盈一握的腰上。

小腰还挺细。

随后陈逾司扯出纪淮刚开学那天口头取胜后那个得意的同款笑容："我是故意的，我想你赔我。"

纪淮看着外包装上的英文不是很懂，拿出手机偷偷搜了一下，发现是盒薄荷糖。

纪淮放学回到表哥家的时候，大姨正在打电话，听见开门的声音，朝着门口的纪淮招了招手："外婆的电话。"

纪淮接过电话："外婆。"

电话那头的外婆应声："妹妹最近在学校里怎么样？"

南方长辈多把家里的小女孩叫"妹妹"，小男孩叫"弟弟"。纪淮说很好，还说大姨、大姨父还有表哥都对她很照顾。

外婆让她别报喜不报忧，临挂电话又提起了自己的小女儿："你妈妈最近托人带了信回来，说快则一年，最多两年你爸爸就能回来了。等这风头过了，你妈妈就能给你打电话了。你自己也小心一点，家里的事情少和别人说，碰到奇怪的人和事就报警。"

聊起爸妈，纪淮的话也少了，只能拿着电话"嗯"了两声。

因为这通电话，纪淮晚上有些睡不着。月色正浓，她掀开窗帘，十六的月亮很圆，树影摇晃，叶子浸润在月色之中。

纪淮拉开书包的拉链，最内侧的隔层里有一个小小的护身符。她站在阳台上把护身符握在掌心之中，心里念过无数遍的祈祷的话，可无论说多少遍总是不能完全心安。

——但，请神明菩萨保佑爸爸。

她看着月色出了神，对面阳台的门帘被拉开，陈逾司被阳台上的人吓了一跳。他手里拿着水壶，心有余悸道："你干吗呢？"

"吸收月亮的精华。"纪淮依旧双手合十。

陈逾司笑了，拿着水壶开始浇花。纪淮这才发现他家阳台上种了很多盆植物。

她趴在自己房间外的阳台栏杆上看过去，懒洋洋地问："这么有闲情逸致？都是些什么花？"

他一边浇水一边解释："玫瑰。"

纪淮点头，摸着下巴点评："嗯，挺浪漫的。"

又问："这盆呢？"

陈逾司答："兰花。"

纪淮的表情动作依旧，漫不经心道："啧，挺有风情的。"

她的视线扫过那一排，看见差不多有三盆兰花："你喜欢兰花啊，养了三盆？"

陈逾司手里的水壶移到中间那盆，介绍道："这盆是韭菜。"

纪淮不语。

他的水壶又移到最旁边那盆，道："这是小葱。"

纪淮无语。

他还在介绍："这是香菜。"

纪淮的嘴角抽了抽："你还真是把中国人民爱种菜的传统美德发挥到了极致。"

他收起了水壶，还拿着之前纪淮的话打趣她："现在彻底洗清我的卧底身份了？"

纪淮撇嘴："你不是射手座的，你是天蝎座的吧？"

忽地，旁边的窗户打开了，许斯昂的头探了出来："管他什么座的。谁作业做了？借我抄抄。"

下一秒，最旁边的窗户也开了，是纪淮的大姨："一天到晚你就知道抄作业，你看看你的成绩。"

纪淮乖乖地溜回房间了，门帘拉起来前对面阳台的人张了张嘴，口型很好猜。

是他叫纪淮买的东西。

午休，食堂的长队太让人对这个食堂厨师真正的技术产生错误的认知了。

纪淮开学到现在基本都没有在食堂里看见过她表哥和陈逾司。

他们要么出去开小灶，要么宁愿在便利店里吃桶泡面，总之死活不愿意来这个让许斯昂差点被米饭硌掉牙的食堂。

但奔往食堂的大军依旧浩浩荡荡地前进，陈逾司和许斯昂挤在下楼的队伍里，两个人聊着天，和学习无关，是一款游戏的内容。

许斯昂搭着陈逾司的肩头："放学打 CSGO（《反恐精英：全球攻势》）吗？版本更新，又削弱我 AWP（一种高精度步枪）。"

陈逾司兴致缺缺，说了声"不去"。

许斯昂笑里带着浑，陈逾司瞥了他一眼，把肩头的手推掉，嫌弃他菜："学校食堂的菜都没你新鲜。"

看到他，纪淮又想到了他叫自己买的东西。

她找了个空，偷偷问夏知薇："你知道哪个地方能买到这个糖吗？"

她也在网上搜索过了，发现都是月销售零的店铺，或者是直接没货的。

夏知薇看了一眼包装，睨她："买给许斯昂还是陈逾司？"

夏知薇看见纪淮愣住的表情，就知道自己肯定猜对了，给她解释："这个糖很难买的，薄荷味很重，比较冲鼻子，马路对面的徐娇就是靠着这么一盒追上许斯昂的。不过我听说她原本是想送给陈逾司的，但陈逾司从来不收女生东西。"

夏知薇知道的无非是些无关紧要的八卦，至于东西在哪里买她也不清楚，只知道其他班有个寸头，陈逾司和许斯昂总去找他买东西。

"寸头的姐姐好像是个代购。喏，就是那个寸头。"夏知薇指给她看。

纪淮只看见一个锃光瓦亮的大脑门，看来她有必要重新定义一下光头和寸头的区别了。

她看着那节约洗发水的发顶，鼓起勇气想去买薄荷糖。打招呼的话在嘴里打圈，还没走近，却看见他咧着一嘴的黄牙朝着排在他前面的女生脖子里吹气。

"是臭弹研发现场吗？"纪淮犯恶心。

夏知薇拿着本巴掌大小的小说，早就习惯了寸头的这种行为："都和你说了我们学校的男生都是色胚。"

纪淮拿着那盒子研究着："这东西好吃吗？为什么非要这个牌子的？"

"我听说这个糖一点也不好吃，又苦又上头，唯一一吸引人的地方可能是它比较难买，因为稀奇所以有人稀罕，这不就是限量款的魅力嘛！"夏知薇翻着小说，吃着饭，还能分心和纪淮讲话，"帅哥嘛，总想特立独行一点。简而言之，端范、装呗。不过陈逾司连女生送的饮料都不收，能主动叫你买东西说明有戏啊！"

纪淮戳了戳餐盘里的米饭，表情像地铁里看手机的老人："他让我破费，你居然还在想我们有戏？什么戏，武松打虎还是孙悟空三打白骨精？"

"唐伯虎点秋香啊！"夏知薇嘘她没情趣。

食堂的饭菜没什么好回味的，吃了没几口两人就倒了饭菜，去洗手。洗手池前的窗户对出去正好是小卖部，门口的太阳伞下站了五六个男生，陈逾司穿了一件黑色的卫衣，偏着头在和别人说话。

纪淮原谅夏知薇这种三天一本百万字爱情小说的"小说恋爱脑"。

小卖部门口人来人往，纪淮和夏知薇去买水的时候，他们还站在那边，手里的篮球被传来传去。对着纪淮的那个男生没控制好力度和方向，传球的时候传偏了，对面的男生跟跄了一步没来得及接到，球冲着旁边路过的人飞过去。

纪淮有点好运，球离她有很大的角度偏差。但她又没有那么好运，想要接球的男生后退了一步，后背撞到了她。刚拧开的矿泉水砸到她脚背上，洒了大半瓶。

她倒也不是心疼这两块五角钱，抬眸望过去，那个被篮球砸到的女生远比她惨多了。

围过去的人全然没注意纪淮，脚下踢着踩着她的矿泉水朝着受伤的人走过去。她捡起瓶子的时候，里面那点水也只剩下够淹死蚊子的量了。

陈逾司看了人群一眼，又看了她一眼，没说话。

夏知薇陪她去了丢了瓶子，问："要不要重新买一瓶？"

"算了，我带水杯了。"纪淮看着还没散去的人群，"那人没事吧？"

"不知道。"夏知薇顺着纪淮的视线望过去，"那个女生是文科班的，叫易伽。用不着我们关心的，学校有校医，大不了就请假送去外面的医院。我也好想要摔一跤，然后有正当理由逃个课。"

她们上楼梯的时候正巧遇见周主任，正如陈逾司检讨演讲里说的，那顶假发一点也不仿真，掉了一颗的假牙，空缺依旧在那里，他急急忙忙去小卖部看学生的情况。

夏知薇说："看见没？文科第一就是宝贝。班主任来看都不够级别，学生主任都直接过来了。不过人家那作文写得真好，每次考试都是贴在公告栏给全校观摩的。"

高二的教室在二楼，回教室的时候，有些同学正趴在窗口远远观摩小卖部的情况。班主任教英语，午自修连着下午第一节课都是她的。她早早就把水杯放在了讲台上，恨铁不成钢道："有什么好看的？一会儿一上课就默写，抓紧时间再多看一遍，成绩有人家好吗？管好自己那一亩三分地。"

纪淮拉了拉夏知薇的胳膊，看着班主任走过来，提醒她快把小说收起来。

"上了快大半个月课了，感觉怎么样？上课跟得上老师的节奏吗？"

纪淮点头，一副乖巧学生的样子："挺好的。"

夏知薇闲不住，班主任和纪淮没聊两句刚走开她就忍不住去翻刚合上的小说，被老师杀了一个回马枪逮住了。

班主任从夏知薇手里拿过那本小说："亿万总裁……夏知薇，你六百分都考不到的人，你关心别人亿万总裁的爱情？有这工夫多背两个单词，人家亿万总裁秘书的最低要求你都达不到。"

班主任抖了抖书，夹在胳膊下："快点背书，等会儿默写错得多了，我就打电话给你家长了。"

夏知薇咬唇，表情可怜，那可是她租来的书。

纪淮笑她那可怜模样，只好安慰她快点背书。

纪淮拿着笔遮住英文，看着中文在心里把背熟的单词又巩固了一遍。但下一秒视线就被书上突然出现的光圈吸引走了目光。

是阳光照在矿泉水瓶上形成的光圈，水是从窗外递进来的。她顺着水瓶往外看，只能看到一个背影了。

清瘦，宽肩窄腰，步伐缓慢，转身走进隔壁（2）班，穿着件黑色卫衣。

三中是在老校区的地址上翻新的，但整体的位置向右偏移了，所以多出来最后一排的老教学楼不管了。还是最老的水泥墙体表面，陈逾司坐在一楼外侧栏杆上打手游。

纪淮到的时候，陈逾司刚结束第二局游戏，视线朝前看，但没聚焦起来，落在正前方满墙的爬山虎上。

她表哥正站在不远处和一个女生聊天，手撑着墙壁，站姿有些懒散，和那姑娘近得快要亲上了。

纪淮蹙眉，嫌弃溢于言表。

陈逾司看着她面露难色，忽地一笑，问："找你哥？"

他抬起下巴，一只手就能把手机整个握住，指骨在手背上微微凸起，轻笑道："喏，在谈情说爱呢！"

纪淮还是那副嫌弃的表情："他像只公孔雀一样搔首弄姿是受什么刺激了吗？"

"可能是今天的数学随堂考，第一道大题就没做出来吧！"陈逾司把手机放进口袋里，手垂在栏杆下，"补充说明，全班唯一一个，受打击需要调调情缓解一下吧！"

纪淮在他旁边坐了下来，只可惜腿不像他那么长，坐上去脚尖连地面都碰不到。她问他："所以你在这儿给他把风？"

陈逾司笑："我先来这里清净的。"

这天最后一节体育课，他原本是准备翻墙早退的。结果发现后面的爬山虎又长了出来，所以开了局游戏坐在这里看爬山虎，然后就碰见许斯昂正好搂着个姑娘过来，把书包扔给了他，他也没那个闲心思帮许斯昂看书包。打到第二局的时候，纪淮过来了。

陈逾司问她："你有什么事？"

"早上上学的时候西环路封掉了，得走学府路，我不认识，大姨叫我放学跟着我表哥一起走。"纪淮再抬头，她表哥已经和人抱上了，"他还要多久？"

陈逾司觉得她这个问题问得好笑，装模作样地抬起手表："你要不自己看看时间估摸一下？"

纪淮的视线落在他身上。他优哉游哉的，完全没觉得他现在坐在厕所门口看人搂搂抱抱是件多尴尬的事情。

春末的风，带着夏天的燥意。

纪淮问他："你回家吗？"

陈逾司从栏杆上下来，走在她前面："导游，二十块钱一次。"

"你比旅游景点里强买强卖讲解的导游还贵。"纪淮追了上去。

"他们有我帅？"陈逾司笑。

纪淮微微抬头看他一眼，一脸好奇："所以你晚上洗完澡，爱不拉窗帘穿衣服，是因为觉得自己帅吗？"

陈逾司是在许斯昂从他对面房间搬走的那天知道，对面要住进来一个小姑娘了。

许斯昂说，那是他表妹。

两人见面那天，多云。斑驳的光穿过云层和树叶，找准了教学楼之间的缝隙。上衣的绒线被浸成金色，碎发也是金色的，她站在斜漏进来的阳光中，被她表哥扣着后颈，眼眸低垂。

她的头发别在耳后，一些贴着脖颈的弧度钻在上衣的领口里。她背着书包，站在许斯昂旁边看着他。阳光照进了眼睛里，是黑金色的。

他们的视线就交汇了一秒，陈逾司转头继续整理书包。

那一眼没有什么万河归海，也没有什么大规模雪崩，更没有无声的火山爆发。

只有微小的灰尘在空气中扬起又落下，他的呼吸声快了，心跳快了，视线也飘了。

许斯昂和别人搂着呢，纪淮跟着陈逾司走学府路回了家。

黄昏，电线上停留了寥寥几只麻雀，蹲在围墙上的野猫对着无法到嘴的晚餐叫了两声，跟过往的行人走了几步，没人丢吃的，就走到靠墙的地方坐在地上舔着自己的毛发。

临放学的路上三三两两的学生很多，这天是周五，学校的例行检查，陈逾司难得穿了校服外套，普普通通的一身打扮，还是比其他人扎眼。阳光落在世界的每一处地方，但好像只有在他的肩头永存。

十字路口的盛泰广场大屏幕在放最新的高奢广告，只有少数粉丝因为广告里出镜的明星在此停留。大广场上穿着玩偶衣的人发着传单和气球，不远处的垃圾桶里塞满了此类的废纸。

夕阳已经变成了橘红色，电线歪歪扭扭地斜在头顶，影子被拉得不成比例地纤长。纪淮被风吹起的头发和陈逾司的袖子飘到一块儿去了。

陈逾司问："东西准备什么时候赔给我？"

纪淮神游的思绪突然被打断，愣了一下："有点难买。换个别的可以吗？"

"我就喜欢那个味道的糖。"陈逾司拒绝。

纪淮难以置信："不就是薄荷糖嘛！"

他解释："我不喜欢甜的东西。"

纪淮的表情就像是那天得知他阳台上的花盆里种着的是香菜和小葱时差不多："哼，那你吃什么糖？"

纪淮那一声冷哼，除了声音小了点，在表情的掌握上堪称教科书般地标准。

他那幼稚程度和小学一年级不近视但非要戴眼镜的小孩差不多，纯属吃饱了撑着。

其实这和纪淮没有关系，但约莫是因为自己花钱，她异常愤懑不平。

尤其是还得找寸头那种人买东西，纪淮缩了缩脖子，起了一身鸡皮疙瘩，仿佛刚刚吹过的风不是春末的风，而是寸头嘴巴里吹出来的。

陈逾司想，可能是她认出了这截路，知道了回家的方向，所以明目张胆地嫌弃了，她细微的小表情跟刚才看见她表哥和别的姑娘抱着时差不多。

陈逾司丢了一颗给她，她拿起手掌心的糖，小心翼翼地放进嘴巴里尝了尝。糖里薄荷味的清凉，有些清凉过头了，尝不出任何的甜味。

纪淮和陈逾司在许斯昂家门口分道扬镳了，虽然两栋房子挨着。纪淮开了门才想起来这天大姨父要回家。

大姨听见开门声，从客厅走了出来，只看见纪淮一个人，又意外又觉得太合情合理了。

许家宗站在自己妻子身后，看见纪淮乖巧地叫了一声"姨父"后，点了点头："许斯昂呢？"

这种时候不能迟疑，但说谎也不对。在纪淮束手无措的时候，许斯昂终于回来了，只可惜嘴角的口红没擦干净。

许家宗看了妻子蒋云锦一眼，没说话，但快二十年的夫妻了，蒋云锦能懂什么意思。

餐桌上的菜看着像是猪肉炖粉条、蟹黄炒年糕……就是这氛围怎么看都像是在吃手榴弹拌黄瓜、醋熘加特林。

"妹妹在学校里上学怎么样？"

纪淮咽下嘴巴里的饭，点了头："挺好的……老师、同学都很好，谢谢姨父、姨妈！"

许家宗又问："你爸爸那边有消息了吗？"

纪淮摇头："没有，但我妈妈说两年应该能结束了。"

许斯昂没眼力见儿，也不知道自己嘴巴上的印子，嘴里的饭也没咽下去："你爸妈不是都离婚了吗？小姨怎么会知道……"

蒋云锦搁下碗，语气有点冲："许斯昂，你现在给我去厕所照照镜子，好好洗把脸。"

许斯昂可能是去厕所发现了嘴角的口红印子，等纪淮吃完饭他还没出来。

房间里的书桌还是表哥之前那张，桌面上用硬物刻着"讨厌妈妈"之类的话，还有一个人名，人名上面打了一个叉，看上去像是男生的名字。

纪淮从书包里拿出考卷，没写几题，她表哥就在走廊上制造了不小的动静。大姨也跟着一起上楼了，可能是被关在门外，母子两个吵架的声音不小，隔着门，没吵两句就停了。

纪淮刷完一张考卷，大姨端了水果给她，看见她考卷上整齐的字迹，有些高兴也有些心塞，这才应该是她的孩子该有的学习态度："你表哥要有你一半懂事就好了。"

纪淮不好回答，只能捧着水果说一声"谢谢"。

没有人知道这样的懂事是在没有爸妈陪伴的童年里建立的，她早就没了父亲的记忆，记事后一年只见一次，上了初中后就没见过了，对于父亲的印象，只停留在母亲的形容里。她母亲告诉她，她爸爸是爱这个家的，他是一个英雄。

从小纪淮就被送去了外婆家里，妈妈只会叮嘱她"你要懂事，你要乖，你不能麻烦外公、外婆，你要学会自己的事情自己做。"

纪淮做完最后一张理综卷子，端着没吃几口的水果拼盘敲了许斯昂的门："表哥，是我。水果吃不吃？"

"不吃。"从房间里传出来的声音有点闷。

"洗好切好的。"纪淮又说。

没一会儿，脚步声隔着门板传出来，房门开了。

他在打游戏，书包被随意地扔在地上，一看就知道作业还没写。

纪淮把盘子放在他手边，她不好白吃大姨家的，哪怕大姨和她妈妈是亲姐妹："表哥，我给你补课吧？"

许斯昂用叉子叉了一块蜜瓜，面无表情地看着她："你还不如现在引道雷劈死我算了。"

纪淮换了一个自以为最能打动她表哥的借口："知道吗，学霸人设也是吸引女孩子的武器。"

许斯昂不屑道："游戏打得好也是。"

纪淮不太懂游戏，但看见没一会儿她表哥双手都离开键盘和鼠标了也能知道他应该是"死了"。

想到有天中午下楼梯吃午饭的时候听见陈逾司呛他的话。

纪淮说："但陈逾司说你游戏也打得很菜。"

电脑桌被狠狠地拍了一巴掌。

女生不能忍受男生分不清今天和昨天的口红区别，就像男生也不能忍受女生说他打游戏菜。

许斯昂拿出手机给陈逾司打了个电话，电话差点要自己挂断的时候才被接通。

"喂。"

"在干吗？"

电话那头传来窸窸窣窣的声音："在穿衣服。"

纪淮一激灵，又想到那天自己一不小心看见的身体。

"我打游戏哪里菜了？"许斯昂找他理论。

和许斯昂激动的状态不一样，电话那头语气平平，嗓音有些低："玩CSGO用AWP架点不行，玩《英雄联盟》代代版本只会盖伦，玩个《守望先锋》选个铁拳这种英雄打个抽奖流的打法，居然连个参与奖都拿不到。"

许斯昂还剩下最后一口气："我……我《炉石传说》赢过你。"

陈逾司的语气依旧："一局而已，而且那还是因为你用的是'青玉德'。"

电话还没挂，但许斯昂说不出话了。纪淮拍了拍他的肩膀："好好学习吧！"

陈逾司那头主动挂掉了电话，许斯昂准备关掉游戏的时候才发现自己被纪淮偷换了概念："我这样的相貌和家世已经足够招女孩子喜欢了，成绩差点、游戏菜点，怎么了？"

陈逾司洗完澡，头发还在滴水，穿着睡衣站在阳台浇花，没一会儿对面房间的窗前书桌旁坐了个人。

纪淮从许斯昂房间回来了，手里拿着的英语书，翻开的那一页是次日要默写的。

陈逾司摆弄着的那盆不知道是韭菜还是兰花："一猜就知道没成功。"

纪淮托着腮坐在书桌前，透过纱窗看着阳台对面的人，是她天真了。她表哥都不学无术这么多年了，怎么可能因为她几句话就改变呢！

陈逾司将有些枯掉的叶子摘掉："知道吗？打游戏带女生上分那被称为登天之难。你要劝动你哥学习，那简直就是凡人诛仙，逆天改命。"

　　"富勒曾经说过天生愚妄已够糟，学而愚妄更受不了。"纪淮叹气，视线重新落在课本上，"可能他是怕这个吧！"

　　话音刚落，四下寂静，窗户被大力打开的声音在夜色中有些刺耳，许斯昂探出头："当我耳朵是摆设啊？"

　　陈逾司收起水壶，点头："打游戏的时候，跟你说了无数遍草丛有人，你不还是勇往直前总要去吗？这个症状不早有体现？"

第二章

纪淮早起默写了一遍英语，又做了一张数学试卷，再抬头，对面的人还没起。

等她又写了半小时作业后，对面阳台的门终于拉开了。

陈逾司嘴里叼着牙刷，手里拿着剪刀正在打理那些花花菜菜。额前的碎发有些乱，眼眸隐在后面，睡衣宽松，领口很大，左肩大半在领口外，偏身看那盆兰花的时候，脖子上的痣随着皮肤肌理在动。

全因他骨相好，所以侧脸也很好看。

后来的几年，他还染过好几次奇怪的发色，但纪淮觉得这个人就是个帅哥，和发色没关系。

早上的时候家政阿姨在老菜市场买到了野菜，所以大姨决定晚上包饺子，把筒子骨放在火上炖汤，用作饺子的汤。

蒋云锦使唤下午才起床吃"早饭"的儿子："你和陈逾司说一声，叫他晚上过来吃饺子。"

许斯昂看了一眼剩下的冷菜，没什么胃口，转身就拿着手机点了外卖。上楼的时候也没有应下大姨的话。

纪淮举手："大姨，我去和他说。"

蒋云锦如释重负，她是没脸去隔壁敲门，自己儿子带着隔壁的陈逾司迟到逃课，要不是人家孩子意志力顽强，成绩没变差，她的腰都挺不起来了。

　　陈逾司昨天晚上没睡好，听见对面阳台移门的声音时，他没起身，坐在带滚轮的电竞椅上，慵懒地挪到纪淮正对面的地方道："有事？"

　　纪淮传话："我大姨叫你晚上过来吃饺子。"

　　陈逾司看了一眼右下角的时间，快到吃饭的时间了，朝着纪淮应声道："知道了。"

　　他拿了一件外套起身，下楼的时候看见门口鞋柜上摆着的一星期前的字条。

　　"儿子，爸爸有点事，两天就回来。"

　　陈逾司坐在地上，换上板鞋，拿着钥匙出门前，伸手把那张字条拿了起来，手一用力攥拳，那张字条就皱在他手心里。他站在玄关口，朝着客厅的垃圾桶一丢，纸团稳稳地掉进了垃圾桶里。

　　许家宗这天晚上有应酬，蒋云锦包了四人份的，陈逾司来的时候，饺子刚准备下锅。

　　纪淮拿着三个玻璃杯和一瓶橙汁从厨房走出来，杯子带着水珠，她刚特意又冲洗了一遍："大姨说让你先坐一会儿，饺子马上就好。"

　　她脸上的小表情跟着手一起用力，陈逾司挥了挥手，示意她让开。

　　饺子准备下锅，全世界的妈妈基本都需要去叫孩子吃饭，情况也基本都一样，说的话大多都是"菜都凉了，快点起床下楼吃饭"，其实大部分时候锅还没热。

　　而孩子被叫来吃饭后，看见还没下锅的菜，说的话也差不多："菜都没烧，哪里是都要凉了？"

　　妈妈的回答也千篇一律："这个菜炒炒还不快？"

许斯昂下楼的时候，饺子都还没下锅。三杯橙汁倒是倒好了，他坐姿难看，随意道："吃完了去不去打球？"

"随便。"一下午游戏输输赢赢，陈逾司也没有那么高的兴致了。

大姨听见了，没阻止："许斯昂，你把妹妹带着。都在家里写了一天的作业了，也去外面吹吹风。"

许斯昂也不是不想带她，就是带她去了，她能干吗？除了在旁边像个傻子一样地等着。

那就真的只是出去吹吹风了。

骨头汤底煮出来的饺子味道很好，只是没给纪淮什么细细品尝的机会，男生吃饭狼吞虎咽，二十个饺子吃得比纪淮的十个饺子还快。

他们没去小区的篮球场打球，说那里脏手爱垫脚的鳖孙太多。

一路走到城港的露天篮球场也消化得差不多了，纪淮看他们打篮球还不如看马路对面广场上大妈们的舞姿。

那些阿姨们变幻莫测的舞步，比起小伙子运球的精彩程度有过之而无不及。

陈逾司脱外套的时候，许斯昂凑过来："你看我妹那看广场舞专心致志的样子，她表哥不比那群发福的阿姨更加引人注目吗？"

"你要拿着那阿姨的大扇子扭起来，别说你表妹了，我都看你，只看你一个人。"陈逾司把外套扔到那一堆衣服里，转过头去看纪淮的时候，她还真如同许斯昂说的那样，津津有味地看着隔壁的广场舞。

广场舞好看吗？

也没有多好看，只是看着不少被家长带来的孩子也有模有样地混在大队伍中跳着不熟悉的舞蹈。纪淮想，这就是国泰民安吗？

是爸爸留下的那本日记里，在7月1日那一天写下的"国泰民安"吗？

球赛开始前，许斯昂使唤纪淮去买水，倒也体贴，没让纪淮给所有人都买，就买他和陈逾司的，她要是在便利店看见喜欢吃的东西想买也可以。

纪淮的钱包不瘪，就近找了一家便利店，认真地在货架前挑着功能饮料，最后买了价格相对比较贵的那一款。

她给自己买了瓶矿泉水，不客气地买了"快乐河马"。甜味的巧克力融在口中，甜食之所以美好，是因为甜食就是天使。

但纪淮的开心没有持续多久，她一出便利店就看见坐在电动摩托车上的寸头，那一颗"寸草不生"的头正折射着路灯的灯光。他的电动摩托车停在便利店门口不碍事的地方，没一会儿一个店员走了出来，寸头把一盒代购的化妆品拿给了他。

大约是发现纪淮一直在看自己，寸头拧动车头，前车轮停在了纪淮脚边："有事？"

"我想问问你那里有薄荷糖吗？"纪淮大概形容了一下包装盒，"请问多少钱？"

"可以啊！"寸头比了个数，视线来回打量着面前这个看上去年纪就不大的姑娘，隐约还觉得有点眼熟，"叫什么名字？你什么时候方便拿？"

"得放学之后。"

听见纪淮说放学，他才想到好像是在学校里看到过。

"跟我一个学校的吧？既然是同学我可以算你便宜一点。叫什么名字啊，妹妹？"他边说边笑。

那一口满是烟渍的牙，着实让人想远离他一点，纪淮把钱递给他，委婉道："不用了，你就告诉我一个准确的时间就好。"

买东西的过程还算顺利，除了那两声挑逗的口哨声，以及她付钱时候被摸了手。对方说东西周五给她，她同意了之后赶忙跑了。

过了红绿灯她回头看，还好没追来。

纪淮回到球场的时候，隔壁广场舞都散了，篮球孤零零地滚在球场外。两拨人围在半场的三米线外，正骑在人身上挥动着拳头的不是别人，正是她表哥。

"垫脚、垫脚，我让你垫脚。"

一帮人正试图分开打架的两个人，陈逾司反倒不紧不慢地蹲在地上系着鞋带。只在地上那人被扶起来之后，抬脚往对方胸口踹了过去，将他又踢回了地上："你要是控制不住你的脚，我现在就给你剁掉。"

纪淮嘴里的"快乐河马"都不快乐了。她猫着腰偷偷跑回了门口，没一会儿，表哥两人抖着外套的灰出来了。

不远处的夜宵摊，就差没把"吃完就拉"四个大字挂在门口，对食堂百般挑剔的两个人倒是对这种夜宵小摊位情有独钟。

"真衰！"许斯昂咬下签子上的鱿鱼须，反倒被倒刺弄疼了嘴，"打球垫脚，放屁闪腰。"

纪淮挑了看上去最干净的土豆片，上面的辣椒粉撒了厚厚的一层，她刮掉了一大半，吃了还觉得辣。

"打球垫脚，没人养老。"陈逾司一手拿着签子，一手拿着饮料，食指弯曲，钩着拉环，单手开瓶。

他们一唱一和说完后，纪淮看着他们，想到刚才他们打人的那股狠劲，说："需要我也来一句吗？"

陈逾司抬了抬下巴，意思是"准奏"。他歪着头，被她那缩头小猫的胆小样笑到了。

纪淮想了想："打球垫脚……"

她还没说完，易拉罐就摔在了地上，饮料洒了出来，陈逾司已经站起了身，她没反应过来就被拉了起来。不远处一帮人走了过来，带头那个人手里拿着根棍子，不久前被许斯昂打肿脸的男生也在其中。

一张一百元被许斯昂拍在了桌上："老板，不用找了。"

纪淮体力不好，没跑几步就跟不上他们了。

她的脚步快要停下来的时候，一只手臂钩着她的脖子将她往旁边的岔路上拉，昏黑的小巷子里，只剩下急促的脚步声，她表哥早就不知道跑哪里去了。

纪淮很快也意识到自己拖慢了陈逾司的脚步，但她实在跑不动了，气喘吁吁道："我没打人，我不跑了。"

她手臂上的手却没有松开，他七拐八弯地走着，看上去有些慌不择路，直到最后停在了一栋老房子旁边，房子之间狭窄的过道不允许并肩走。他在前面带路，声音有些喘："知道吗？'黑手党'一旦抓到叛徒，他们会先杀掉那个男人，然后对他的妻子进行惨无人道的……轮流侵犯后，再一并杀掉。"

这个话题在如此背景下，被烘托得更阴森了几分。

陈逾司走在前面，一直没回头，刚说话就感觉到另一只手捏上了他的外套。他微微偏过头，就能看见黑外套上那只比他的手小了许多的"猫爪子"。

没一会儿，后面的脑袋凑了过来："不对啊，这个引经据典有问题。我们是合法公民，又不是'黑手党'。而且，我也不是你老婆啊！"

陈逾司说："都一起跑了，听没听过'同流合污'？"

老街养狗的人居多，有些狗警觉得很，刚从门前路过就会叫唤。一只狗开始叫了，方圆百里的狗都"有求必应"似的群起共吠。

那群追来的人似乎也分头找来了，老街岔路多，分着分着，似乎也没两个人真的追上来。

纪淮靠着墙躲在不知道是谁家的蜂窝煤堆后面，拼命地呼吸着，但也缓解不了喉咙的疼痛感。

她拉着陈逾司的外套不敢松手："那你们刚才干吗非要打架？你和我表哥刚在篮球场打架踹人的气势去哪里了？"

她的"快乐河马"还落在桌上没拿呢！

脚步声近了，纪淮看着旁边还站得笔直的人，用力将他一起拽了下来。

被拽得突然，陈逾司没稳住身形，手擦过她的后腰下意识地撑在地面上，他们的身体凑近，唇和脸颊的距离，只在毫厘。

纪淮也被吓了一跳，身体僵直间没了平衡感，为了不压坏陌生人的蜂窝煤造成居民损失，当然也不想丢人地屁股着地，只好扶着陈逾司的手臂，踉踉跄跄地才没让裤子碰到石板缝隙间的青苔。

篮球场上第一次看见纪淮的感觉又一次袭来，耳边是脚步声、犬吠声，还有吹过屋檐瓦片的风声，而在这声音中有近在咫尺的呼吸声，这次他好像还听见了铃铛的声音，仿佛从幽暗深谷里传来的铃铛声。

漆黑的环境削弱视觉，放大其他感官，他觉得烧红的耳尖好像不是自己的。

"他垫脚了。"陈逾司看着她，"人家现在手里拿着根棍子，知道'世界四大傻'是什么吗？"

纪淮还扶着他的手臂，视线里是他的脖子，还有脖子上的那颗小痣，她问："是什么？"

他的声音不大："用自己生日做密码的人、恐怖电影里非要单独行动的人，'明知山有虎，偏向虎山行'的是四大傻之首，都看见对方手里拿着棍子还去。你哥这种游戏里知道草丛有人非要进去的，在现实生活中，想想刚才他跑得多快。"

纪淮发现就三个："还有一个呢？"

陈逾司："不知道四大傻的人。"

纪淮的表情垮了，拉下嘴角："我总觉得最后一个是你现编出来的。"

"证据呢？"陈逾司伸手要证据。

"'含血喷人'没听过？"她的语气像他刚才问自己听没听过"同流合污"差不多。

脚步声渐渐远了，连狗吠也停了。她视线里的喉结起伏，他说可以走了。

再走一截路，就从老宅区里走出去了。街景忽地显现，霓虹灯和鹅黄色的路灯与刚才那漆黑的老街就像是两个世界。

纪淮想起他说的"四大傻"，把买薄荷糖的事情和他说了："我找寸头订好了东西，你跟我一起去拿。我付钱他摸了我的手，恶心得要死。我可是为了你才被占了便宜的。他现在就敢摸摸手，万一那天狼子野心，我怎么办？"

陈逾司没拒绝："跟你哥说，帮你揍他。"

纪淮也不是圣母，但还是想大事化小，小事化了。她表哥万一打架出了点什么事情，到时候苦恼的就是大姨。不到万不得已，她不想给大姨惹麻烦。

绕过老宅区，他们走回去就有些远了，陈逾司看着公交站台上的班次，还得几站路才到这个站台。

两个人坐在站台的休息椅上，陈逾司也不算夸她："挺有安全意识的嘛！"

"从小蚂蚁胆子，没什么优点，就是特别惜命。"纪淮抱拳作揖，"早睡早起，严以律己。"

"也比你哥有诚信多了。"

这话讲得依旧不像句好话，许斯昂说要请陈逾司吃一个月早饭，但一个月里许斯昂都不知道能不能准时上学一次。

公交车是从科技园开过来的，车里挤满了加班回家的"社畜"。等纪淮快数清对面这个坐在爱心专座上打盹的大哥有多少头发的时候，她的表哥终于想到了还有她这个妹妹存在。

电话是打给陈逾司的。

"喂，你和我妹在哪儿呢？"

陈逾司单手拉着扶手："没弄丢。"

车子在临时停靠站停下，人上上下下，没一会儿纪淮被挤到最边边上。她的平衡感极差，抱着扶手还有种随时会被甩出去的感觉。

车停停靠靠，纪淮也不知道在哪一站下，手足无措感比在老宅区的时候还强烈。

没一会儿，陈逾司听见了人群里特别小声的一声："陈逾司，你还在不在呀？"

纪淮问完，除了四周看过来的人，没听见回答，她东看看西看看也没觉得车窗外的街景眼熟。下一秒人群中伸过来一只手，拽着她的衣领，把她拖了过去。

陈逾司："下一站就下了。"

街景好像是突然变熟悉的，保安在小区门卫室里打瞌睡，零零散散的几辆车在小区里驶过身旁。

男生步子大，走着走着，纪淮就走到他身后了。

一轮满月正挂在天上，他走在一盏盏亮着橘光的路灯下，身影从明又到暗。这个年纪，是风是月都好看，十八岁的人，干净清朗。

周日早上看见又准时早起的纪淮，蒋云锦百感交集。

纪淮早起背了一遍语文，昨天就把作业写完了，这天一整天很轻松，看看书，复习复习。

吃完午饭，要不是有纪淮的刺激，许斯昂还不会想到要写作业，在他看来，周五一回家就做作业的人都是狠人。

写了没半小时，他把笔一丢，又开始打游戏。

不就几张考卷，到时候抄抄作业很快就能写完。他宁可抱着手机跟女同学聊些没营养的话，也不肯自己做作业。

纪淮劝了一句，他没听。

劝解的话被大姨听见了，蒋云锦叫她别管了："随他去，这么混下去，他就是废人一个。"

纪淮没住过来之前虽然听闻过大姨和表哥的关系不好，但亲身体验还是和听说来的不同。

陈逾司写完作业去阳台的时候，纪淮还是那副样子，托着腮在看书。

"把这个作业拿给你表哥。"

纪淮起身走到阳台上，接过陈逾司手里的一沓考卷。没走两步又折返回去："你说我表哥这是什么毛病呢？"

陈逾司顺手理着自己的花，拿着喷壶又对着花喷了两下："你总要允许一个人平凡吧！"

广播里最近播报校园绿化要进行维护，为了防止虫害，需要喷洒农药和修剪，警告学生都远离绿化带，更不要误食投放在各个角落里的治害药丸，还有全体师生努力应对下周一的月考。

等大课间都结束了，纪淮才看见表哥背着书包来上学，一边走路一边狼吞虎咽地吃着早饭。

陈逾司在等他："能不能带着我的考卷早点来？作业都收上去了。"

"睡过头了。"许斯昂也没有想到三个闹钟都没有叫醒他。

"阿姨没叫你？"

原本一大早需要上学就有够让人不开心的，现在提他老妈更让人身心不悦。他哼唧了一声："她说我打娘胎里出来就是坏掉的，我反正早就无所谓了。"

他是真的无所谓，纪淮有次交作业看见他就连被老师劝导都是一脸"事不关己"。

月考一临近老师压根儿不怕学生憋死，提前上课，拖堂下课。夏知薇起身，撅着屁股："淮淮，你帮我看看我的屁股还在不在？"

纪淮从随堂小测的考卷里抬头，卷着草稿本拍过去："都两瓣了。"

夏知薇一开始还没反应过来，下意识地摸了摸，紧张了好一会儿才意识到屁股原本就是两瓣。

她又坐回椅子上，坐姿懒散，看见纪淮还在刷题，往纪淮的胳膊上一倒："你都看了好久的书了，这是准备考年级第几啊？"

"总不想比我以前差。"纪淮咬了咬笔帽，脑海里整理着解题思路，"先考前十吧！"

夏知薇的膝盖一疼，感觉中箭了："小丑居然是我自己。"

"下周就要月考了，你不是一天到晚嚷着嫁给你男神吗？小心以后被他的粉丝扒出来高中的月考成绩是班级倒数。"

夏知薇翻开教材，觉得纪淮这话说得很有道理，但又想着："那到时候我就趴在他的腹肌上哭，搂着他夺命三郎的腰做个'嘤嘤怪'。"

纪淮停笔，珍重地拍了她的肩膀："我的朋友啊，你真富有。除了双下巴还有漫天的白日梦，以及一篇需要重新默写的文言文。"

因为是来学校的第一次月考，纪淮很重视，与她相比，许斯昂连高考都不一定有这么努力。陈逾司打着游戏，听来抄作业的许斯昂说起他小表妹的状态，笑道："还高考呢，就你这个成绩高三刚开学没被劝退就是祖坟风水好。"

许斯昂抄作业都抄错了，拿着水笔涂涂改改："荣誉校董，懂不懂？我家捐的图书馆只要没塌，我的屁股就百分之一百粘在重点班的座位上。"

他的心思就没在抄作业上，一抬头就看见对面的房间里，纪淮伏案刷题。一个小小的月考而已。

"陈逾司，你说我妹这样对不对啊？是不是也被我妈逼疯了？"

"得了吧！"陈逾司目不转睛地看着电脑屏幕，一边闲庭信步地抢了别人的 buff（增益系的各种魔法），又一边呛他，"人家自律又乖巧，阿姨逼人家什么？倒是你，这次要再是倒数，阿姨不得疯？"

"嘁，我告诉你，我表妹成绩很好的，小心到时候你不做早操的福利被抢了。"许斯昂看了看大题目下密密麻麻的步骤，抄了两步就懒得写了。

"是吗？"

游戏里的英雄角色正在回城，陈逾司下意识地偏过头去看阳台正对出去的方向。纪淮头上戴着一个咸鱼头箍，眉头微蹙，大概是题目没做出来，手抚着后颈，身体一松，额头磕在桌上，磕了个响头。

成绩好不好不知道。

可爱倒是有点。

寸头带东西的周五，正好轮到纪淮那组做值日。许斯昂先走一步去网吧开座位了，陈逾司没早退，最后一节课他们随堂小测验，时间不够，老师还拖了一刻钟的堂。

等纪淮做完值日，陈逾司还没走。

他们班的人走了一半，还有一半。纪淮去他们班的时候，他正不紧不慢地给他前桌讲着刚考的试卷的最后一道大题。

那题正好是纪淮之前没做出来的那道。

他的前桌为差点就拿到手的分数而哀号，纪淮在下楼的楼梯口等了一会儿，陈逾司才出现。

他的书包难得不扁，大概是因为周末的作业也多了。

他三两步就迈下阶梯："和寸头约哪里了？"

"后街的网吧！"纪淮如实回答。这个地点是陈逾司定的，拿完东西他正好顺道去上网。

老远纪淮就看见了那个锃光瓦亮的脑袋，心里不由得觉得可悲，真是庙里和尚看了都羡慕的程度。

寸头正在和人说话，嗓门挺大的："今天这个妹妹真的漂亮……和我们一个学校的。"

陈逾司走到他身后，双手插兜："你要不看看我漂不漂亮？"

寸头只以为恰巧碰见陈逾司，被他突然开口吓了一跳："吓我一跳。哥，你来上网啊？"

寸头管任何在他这里买东西的人都叫哥。

"拿糖。"

寸头就记得这天是个女生来，还以为是自己漏看了陈逾司的短信，连忙从口袋里拿出手机，疑惑道："哥，你什么时候和我说的？我没看见。"

陈逾司从他手里拿走那盒糖："就这个。"

寸头纳闷，但看见驻足在不远处的纪淮，就明白了。等两个人走了，他摸了把头顶，可惜头发太短，没办法抓头发。他懊悔道："徐娇不是说陈逾司不收姑娘的东西吗？"

陈逾司拆开糖盒，往手心里倒了一颗。

他掂量着手里一板装在一起的糖盒子："你怎么买了一板？"

纪淮点头："难道多了？"

陈逾司点头，接着把糖揣进书包里："我原本以为你就买一包。"

纪淮伸手："给钱。"

陈逾司抬手，一巴掌不轻地落在纪淮手心："没有。"

这么一想纪淮还真觉得自己亏了："我就偷看了一次。"

他又是抬手，这次是个栗暴："怎么？听你语气你还亏了？"

纪淮摸着头顶被打的地方，抬眸看着他，哼了一声："少污蔑人。"

陈逾司屈了屈手指，找到防御空隙，给她没护着的额头来了一个弹脑门。

陈逾司笑，问她："吃不吃？"

纪淮想到了那个冲脑门的薄荷味，一点也没因为是糖就嘴馋。

两人没站在"炊烟袅袅"的网吧门口继续侃大山，正要走的时候，几个打扮挺"社会小伙"的男人正好结伴进去，陈逾司将东西收起来之后，问："走不走？"

当然是要回家的。

盛泰广场依旧人山人海，店铺门口排队的人努力地为这座商场贡献着营业额。纪淮走了没几步，突然灵光一闪般地想到一件事。陈逾司走着，感觉到旁边的人猛然僵在原地，他手揣着兜，回头看她，问道："怎么了？"

"我钥匙没拿。"说着，纪淮朝他眨了眨眼睛，"陈逾司。"

陈逾司有一种不好的预感，抢先回答道："你认识路的，我就先走了。"

"你陪我一起去吧。"纪淮三两步追上前，双手掌心合一块，"我一个人去网吧找人有点害怕，今天里面人好多。"

他们找到许斯昂的时候，他已经在玩 CSGO 了。

陈逾司走到许斯昂身后时正巧他被对面的狙击枪一枪爆了头，他这几乎没救了的反应，必输无疑。

对枪输掉了，许斯昂有些烦躁，语气很冲地道："干吗呀？"

纪淮伸手去拿他的书包，告诉他自己钥匙没带。许斯昂灌了口碳酸饮料，打了个充满灵魂的嗝："我妈不在家啊？"

"大姨今天和大姨父去应酬了。"纪淮没在他书包里找到钥匙，把书包拉链拉上，将书包递了回去，"怎么办？"

"不知道，我也没带，你回去找个开锁师傅吧！"许斯昂重新把耳机戴上，誓要用 AWP 找回场子。

纪淮"哦"了一声，神情有些低落，听着许斯昂有些不耐烦的语气，她也不敢开口劝他一起回去。那里又不是她真正的家，她怎么可能找开锁师傅呢！大姨又是去忙正事，她更不好打电话拿钥匙。

陈逾司看了一眼许斯昂，突然觉得他格外不顺眼。

许斯昂的余光看见陈逾司也走了，摘下一只耳机问："你也走了？

来一把啊，帮我赢了对面那个'锁子哥'。"

"不来。"陈逾司的语气不好，"你菜得辣眼睛。"

许斯昂有点蒙："你突然损我干吗？"

彼时纪淮还没走远，追上她只需要三两步。

陈逾司与她并肩而行的时候，她的余光看见了旁边人的衣袖，有些意外。

穿过盛泰广场，发传单的玩偶还在，葱郁的樟树下碰头的情侣在等人，风捎上他身上在网吧里沾到的淡淡烟味吹进纪淮的鼻腔里。

纪淮有点郁闷地道："怎么办？"

陈逾司的视线向下，落在她身上，说："要去我家边写作业边等你大姨回来给你开门吗？"

"可以吗？"纪淮从网吧出来的时候都设想过自己在门口吹冷风的场景了。

纪淮又问："会不会打扰到叔叔、阿姨？"

"我妈不在这儿，我爸不在家。"说罢，陈逾司自嘲，"我，留守儿童。"

陈逾司家和表哥家的格局差不多，装修风格是小区出售房子之后统一装修的风格，但家具和摆饰少得可怜。纪淮在门口换下鞋子，陈逾司穿上自己的拖鞋，没走两步反应过来自己没给她拿拖鞋。

鞋柜里只有两双拖鞋，都是男士的。

陈逾司脱掉自己脚上那双："你穿吧！"

他直接穿着袜子往客厅里走，指着都没摆过几次菜的餐桌："你可以在那里写作业。"

纪淮说了声"谢谢"，但还没拖动餐桌旁的椅子，他就准备上楼了，她赶忙叫住他："你去哪儿？"

陈逾司站在楼梯口："回房间打游戏。"

纪淮拎起书包追上去："你扔我一个人在客厅啊？"

陈逾司笑："怎么，你写作业还需要有人在旁边给你喊加油吗？"

纪淮点了点头，又摇了摇头："这里是你家，我一个人待在客厅里害怕。"

陈逾司的笑容更深了："你都敢在坟场上造起的学校里上课了，在我家客厅里写作业怎么了？"

他说完，看她有些拘束的样子，蓦地想到她之前从网吧走出去时的那副神情，改了口："跟我上楼吧！"

他的房间有些乱，可又很干净。沙发和床上都没有随意丢放的衣服，模型占据了没放几本书的书架，从游戏英雄到动漫人物还有乐高的街景系列。

陈逾司随手把书包扔到沙发上："晚饭吃外卖？"

纪淮不挑。

他用手机点了两份外卖，站在书架前，不知道从哪里找到一把小刷子，开始小心翼翼地打扫着落在模型上的灰尘。

有些摆在透明的亚克力盒子里，他就拿着纸巾将盒子都擦干净。

其中摆在书柜最显眼位置的是一个黑皮的女生，打扮看上去是一个原始部落的土著女生，扎着一个马尾，手里拿着标枪，脸上画着可能代表部落的图案。

那个女生旁边还有一头美洲狮。

后来，纪淮才知道这个模型是一款叫作《英雄联盟》的游戏里的一个英雄，叫作奈德丽。

而他后来成为奈德丽冠军皮肤的拥有者。

低矮的电脑桌，得盘着腿坐在地上，没做两道题纪淮就觉得腿酸了。起身走了两步，酸软的感觉从脚底板直穿背脊。

陈逾司起身拿饮料的时候，纪淮正艰难地踱步，酸麻的感觉有些如"站"针毡。

"我看你做个作业，一整套残疾复健操都要做完了。"陈逾司从收纳的篮子里拿了两瓶碳酸饮料出来，丢了一瓶给纪淮。

她的四肢可谓极其不协调，接了半天还是没接住。

纪淮僵直地站在原地："坐地上腿麻。"

陈逾司拧开碳酸饮料，有气声。

"剁了。"

阳台上的花盆井然有序地摆成一排排，纪淮伸手拨弄着的那盆，她也分不出来是兰花还是韭菜，随口问："你为什么会种韭菜？"

"店家发货发错了。"陈逾司说得平淡，"也是条生命，所以养着了。"

纪淮又伸手拨了拨那盆香菜："这样啊！"

陈逾司回头看她："那盆香菜和葱不是。"

纪淮的手一顿。

陈逾司："是种来吃的。"

他显然没觉得这是件毁形象的事情。他也不是多爱吃，主要是麻辣烫之类的外卖里没点提味的，总是少了些灵魂。

月考是按照上次月考的考试排名安排座位的。纪淮上次月考没有成绩，被安排坐到了最后一个教室的最后一张课桌前。

课桌上涂鸦不少，课桌里的垃圾比课本还多。一整个教室基本都是男生，签到表上许斯昂的名字在第一个，虽然都是鸡屁股上的毛，好歹是颜色最艳丽的那根鸡毛。

大概就是抱着这点自信，许斯昂甚至还安慰纪淮考试别紧张。

纪淮看他一大早就泰然自若的样子，有点好奇："你不紧张？"

许斯昂摇头："不紧张，我特别喜欢月考。"

纪淮能理解，考试前一天玩了一个通宵，考试的时候除了语文，其余的二十分钟不到就写完了，然后就趴在桌上睡觉。

这的确是比平常上课轻松多了。

不过也好，睡觉就睡觉，对监考老师来说，总比费力盯着一些作弊的学生要来得省心。

考试结束的铃声还没响，一帮人用草稿纸就打了一场无人员受伤阵亡的"大战"。监考老师也是睁一只眼闭一只眼，就是有点同情最后一个座位上的纪淮，她竟然还能全程低着头写考卷。

考完试还得回教室看一小时的书才能去吃午饭，两个班级的班主任正守在门口。

隔壁班的老师也在吆喝："交完试卷都回到自己的教室去，好好看书，准备下午的考试。一个个喊什么呢？等会儿中午我们比隔壁班早十分钟放学去吃饭。"

老宋也不服输："多看几道题，万一下午考试就考到了呢！等会儿我们也比对面早十分钟去。"

"孩子们，别听隔壁老师瞎说，他是绝对不可能让他们班早走的，这个死老头从结婚的时候就爱骗人。"

老宋："我怎么就骗人了？当时还是你追求的我呢！你表白的那封情书我还留着呢，要不要登报认认字迹？"

"宋书骄，你翻来覆去也就这招，谁年轻的时候没瞎过？"

纪淮还是头一次看这样的热闹，夏知薇说老班和隔壁班主任以前是夫妻，后来两个人好像因为性格不合又离婚了。

两个人有一个女儿，在读小学。

有个胆子大的在喊"复婚"，一帮人也跟着起哄。

陈逾司坐在靠窗的第三个位子上，大概是考卷收上去了，前桌的人转过身和他说话，似乎在对答案。又因为突然的"喜剧"，对话被打断了。

纪淮抱着英语材料进了教室，听见有不少人在问他选择题的答案。

他连笔袋都没带，两支水笔，一支还是问旁边的人借的，空着手准备回隔壁教室，一派气定神闲的模样："忘了。"

纪淮的书刚翻开，夏知薇也回来了，就拿了一本英语书，书里夹着一本小说。

"不抓紧时间多看看？"

"不看，平时上课高度集中都没有记住的知识点，你叫我现在临时抱佛脚，等我考试的时候我肯定只记得一个大概，到时候反而更懊悔，还不如不会。"

夏知薇轻轻地叹气，从课桌里拿出一本爱情小说，翻到上回看的那一页，继续为别人的爱情落泪。"月考那是陈逾司、李致和孟娴一那几个神仙打架的战场。这不做早操的福利就是风水轮流转，成了永动机也轮不到我。"

"你这歪理……"纪淮一顿，"别说还挺有道理的。"

吃完午饭，纪淮和夏知薇看见了在老教学楼的陈逾司他们。他手里拿着Switch（一款游戏机），偏着头在和许斯昂说话。

夏知薇神经兮兮地说着土味十足的话："望过去的不是破房子，而是道风景线。"

纪淮嫌弃地拉下嘴角："他打的不是游戏机，是妹妹我的钱。"

夏知薇嗤声："你好煞风景。"

陈逾司比许斯昂先看见纪淮，她和同桌亲昵地挽着手臂从食堂走去小卖部。

Switch里的游戏还在继续，许斯昂正在说着游戏英雄加强的事，没第一时间听见陈逾司的搭腔，顺着他的视线望过去是自己表妹，许斯昂没好气地开口提醒："我虽然不是个好人，但我妹是个好姑娘。"

陈逾司收回目光，看了一眼许斯昂，冷哼了一声，不怎么赞同，但没解释，毕竟和一个男生说自己被另一个女生看光了全身也不是件多正常的事情。

三中最让人讨厌的地方在于每次月考都是周一、周二，过两天成绩也出了，周五就可以带着分数回家。

纪淮在做化学作业，这天要出成绩，连夏知薇看小说都有些心不在焉。没了小说拖后腿，她默写订正也不拖了，跟着纪淮的节奏看书、做作业："你考得怎么样？"

纪淮翻着笔记本，在草稿本打着草稿，随口一应："还行吧！"

上课铃打了，各科课代表抱着大摞的考卷和习题册进来，前桌就像个没有感情的传考卷机器。老班还没来，教室就安静不下来，你一句"怎么这么多考卷"，他一句"救命啊"，叽叽喳喳的。

作为班长的李致没管，他从不管。他从不关心和他学习、成绩没关系的事情，埋着头，充耳不闻地写着周末作业。

班主任来的时候就是这么一派菜市场模样，不过没真的恼，大家也都猜出来了，肯定是李致又考了全年级第一。

"首先，这次月考大家的进步都很大，当然也是因为这次月考的难度不大。所以大家的分数都咬得很紧，但是，我们班在平均分上依旧完胜隔壁班。这一次，我们班班长依旧是年级第一，各位同学要多向班长学习，大家共同进步，把隔壁班甩在身后……"班主任抬手鼓掌。

刚说完，隔壁班班主任正巧从教室外面走过。

班主任有点贱："大家鼓掌鼓大声一点。"

台下有个不怕死的："老宋，过分了。"

成绩总排名表已经做出来了，人手一份，还得带回去给父母签字。夏知薇看着看着快传到手的成绩表，心情跌到了谷底："我现在拿成绩单这么难过，以后找到了工作拿工资条的时候是不是也会这么难过，再老一点退休工资是不是也比不过别人？唉，人生真是从头难过到死。"

纪淮："所以说别想着嫁给总裁，总裁又不给你缴五险一金，以后退休工资找谁要？"

前排的人先拿到了成绩单，各式各样的反应让后排等的人抓耳挠腮。前桌自己拿了一张后，把剩下的传到纪淮手上。她的名字也没有多独特，从头扫下来，第五个就是她。

这次考卷不难，分数很难拉开。

大家都是毫厘之差。

夏知薇也看见了纪淮的名字，下巴有点往下掉："我一直以为你说先考前十是开玩笑的。"

纪淮看到分数大概也能猜到自己什么题目错了，目光向上扫，陈逾司牢牢地挂在第三名。成绩表翻到最后一页，许斯昂的大名果不其然出现在上面，成绩比他们少了一大半。

她能想象到大姨头疼的样子了。

这天不用纪淮做值日，她收拾完书包就准备放学，月考那时候对答案的氛围再次出现，到处是聊成绩的。她到楼梯口的时候陈逾司已经在下楼了，旁边的好像是他们班的男生。

"数学第一，陈逾司，你也太厉害了。这次要不是李致理综和英语爆了，谁第一还真不好说。"

"不过得亏你上次随堂小测给我讲了最后一道题，结果这次正好考到这个知识点。今天喝饮料吗？我请你。"

夸奖的话不少，陈逾司就听着。

纪淮考了前十跟在他们身后听着倒也没有觉得什么，就是她表哥也一副泰然自若的样子，她就觉得人但凡想要活得自在，没点脸皮厚度和大心脏还真是不行。

许斯昂没走两步，脚步慢了，从他们的大队伍脱离了出来。

纪淮悄悄走过去，扯了扯他的外套："表哥。"

"听说考得不错。"许斯昂回头看见是她，笑了笑，还有心情恭喜她，"你可以回去叫我妈明天做顿好菜。"

"那你想吃什么？"纪淮问他。

许斯昂的眼眸一沉，没顾及在学校里，伸手往她的肩头一钩："干吗？同情我就考了三百多分？"

纪淮抬起头看他，在他的视线里点了点头。

小时候的暑假，纪淮的记忆里有不少许斯昂的身影。雪糕的第一口、糖果的第一颗，每次都给她优先选择权……

他钩着她的手，在她的左肩头拍了拍："妹妹啊，这个世界上有很多事，连愉悦和快乐都不应该被当作在生活中追求的目标，我为什么非要把好成绩当成目标呢？"

说这话的时候他们已经走出学校门口了，等纪淮肩头的手松开时，她看见了马路对面对她虎视眈眈的女生，好像是之前许斯昂在学校老楼前搂过的那个女生。

"路上小心。"许斯昂叮嘱的样子，像是做哥哥的人，"以后少站我旁边，影响我勾搭女生了。"

盛泰又开启了新一季品牌的宣传，楼外挂满了各式各样的宣传海报。大屏幕也滚动着视频，这才是真的"一寸光阴一寸金"。

纪淮在十字路口等红绿灯的时候，自然而然和陈逾司并排了。

他说话的声音有些低，在盛泰大屏幕的背景音乐下，有些不怎么清楚："年级第五怎么闷闷不乐？"

"年级第三你倒是挺开心的。"纪淮确实有点蔫巴。

"废话，除了年级前二，谁考年级第三不开心。"

纪淮抬头看他："你和我哥穿一条裤子，你就没想过拯救一下他？"

问完，纪淮也觉得不现实："算了，要真有用，我大姨劝了这么多年了，我表哥要真有上进心还至于这样？"

人行灯跳了绿灯，陈逾司双手插着兜，视线落在前方。纪淮都走到马路中间了，他才迈开步子，走到她旁边："我倒是觉得，就是你大姨劝了这么多年你哥才这样。"

纪淮没想到，也不知道自己要怎么回答，只好等他继续说下去。

陈逾司感觉到了纪淮的视线，忽地一笑："看我干吗？当我是什么排忧解难的人生导师啊？"

他没解释，但纪淮很快就懂了。

周六一大早，纪淮照常早起吃早饭、做作业，大概就是这么一系列乖巧的样子，把蒋云锦刺激到了。

纪淮的考卷写到一半，走廊忽然嘈杂了起来，门被大力地敲响，没一会儿，许斯昂和蒋云锦就吵了起来。

"我做错什么了？我有做错什么吗？需要你一天二十四小时提醒我比不过别人？

"我只做错一件事，那就是没有满足你的期望。但，那是你的期望。

"对，别人什么都好。我笨，我比不过表妹，比不过陈逾司，比不过你那些小姐妹的孩子，你什么都要拿我和别人比，我是没本事超过他们，你这么喜欢他们，你努努力去当人家后妈啊！"

一瞬间，许斯昂所有的怒吼都在一声清脆的耳光里被淹没了。

纪淮不知道该怎么办，只能盯着和隔壁相连的墙壁。

一整天，房子里都是超低气压。

午饭许斯昂没下楼，晚饭还是没下楼。许家宗从自己妻子口中听说了，吃晚饭还没见儿子下楼，也气："别管他，翅膀硬了，不吃饭就让他饿着，一天到晚除了惹事什么都做不好。"

第二天纪淮忍不住去敲了门，依旧没人应。

房门没锁，她拧开门把手，房间依旧很乱，但没有人影。

"离家出走"这四个大字飘进了纪淮的脑子里。

陈逾司迷迷糊糊听见有人在敲他的阳台门，拉开门帘，不是幻听，纪淮上半身挂在阳台外，手里拿着根晾衣竿，正艰难地敲着他阳台的门。

"干吗？"他没睡好，头发乱糟糟的，眼睛也没睁开。

纪淮刚想说，但又怕被大姨听见，就朝着陈逾司勾了勾手指。

他不太情愿地走过去。他有起床气，没骂人就不错了。

他迈了几步，纪淮还在招手，叫他再凑近些。

陈逾司又走了两步，忽地一双手伸过来，钩着他的脖子将他半拉出阳台。穿过房屋的风吹起了她的头发，蹭过他的脸，她嘴巴呼出的热气洒在他耳边。

她的话带了些哭腔："陈逾司，我表哥人没了。"

陈逾司的手扶着阳台的扶手，脖子里棉质袖子布料的触感和手掌心的温热太容易区分开来了。他愣了半晌，才开口："洵川的火葬场在北面，走高架，下了高架一直开就是了。"

纪淮急了："是不见了。"

"派出所出了小区左转后直走一百米，二十四小时后可以报失踪。"

说完，他脖子上的手松了。

陈逾司看见了纪淮快哭的表情，连之前逃跑时候她都没这样子，他有些无措，改了口："打电话了吗？"

"打了没人接。"

陈逾司叹了口气，揉了揉太阳穴："让我醒醒神。"

房间外，传来大姨喊吃午饭的声音。纪淮应声后，压低声音："我吃饭二十分钟，给你半小时，半小时后我来听你的作战方案。"

陈逾司被她那句"作战方案"给逗笑了，起床气如鲠在喉，半是无奈，又想笑。

她说半小时，半小时后真的就在他家楼下敲门。

　　陈逾司给她开了门："没想到兄妹关系挺好的。"

　　"好不是很正常吗？"纪淮说起自己小时候因为某些原因被同学欺负，许斯昂暑假一去外婆家就帮她揍那些人的往事。

　　陈逾司的眸子暗了几分，那个和他模样有五六分相似的人此刻突然像一座小山一样出现在脑海里。他的语气淡了，半是自嘲："是吗？"

第三章

　　找许斯昂是件很简单的事情，陈逾司一猜就知道他在学校旁边的网吧！

　　他们到的时候透过网吧的玻璃门往里看，许斯昂坐在烟雾缭绕里，还没驾鹤成仙，但离肺部绝症然后西去估计不远了。

　　他眼底的乌青有些重，眼白泛着红血丝。

　　陈逾司一进屋先开了台机子，然后不紧不慢地跟着纪淮往里走。

　　纪淮在许斯昂旁边的位子坐下来："多大的人了还离家出走？"

　　旁边的空位子上还放着许斯昂吃剩下的外卖，网吧的店员正挨个收拾着垃圾和烟头。许斯昂管这次离家出走叫作不屈服，不是叛逆，也不是幼稚。

　　"小时候没办法，现在有钱了我想走就走。"许斯昂游戏打得不顺，甚至有点怀疑对面的那把狙击枪是不是"锁头哥"。

　　纪淮已经做好打持久战的准备，就是网吧的味道太难闻，许斯昂问她捂着鼻子做什么。

　　纪淮道："二手烟危害更大。"

　　许斯昂笑："要不我也给你点一根，你抽了那就不是二手烟了。"

"你觉得你很幽默吗？"纪淮抽走了那根烟，塞回烟盒里，"我都没敢告诉大姨你离家出走。"

"说呗，反正我让她不开心也不是第一次了。"

明明刚才还说他这个反抗的行为不是幼稚，但说出口的话幼稚得不行。

许斯昂开始下一局游戏："反正我就是一个只会闯祸的废物呗，学习不行，从来比不过别人。"

许斯昂看见后来的陈逾司，他刚开完机子，在自己对面。能猜出来估计是他带纪淮找过来的。

纪淮劝不回许斯昂，在网吧熏了两个小时，临走前还被使唤去给他们买了两份饭。

许斯昂目送着纪淮走出网吧门，朝着对面的陈逾司使了个眼色，咋舌："你把我妹带过来干吗？"

"她叫我带她来找你的。"陈逾司笑，"没想到不是亲兄妹关系还能这么不错。"

许斯昂呛他："废话，你以为人人都是你和你亲哥那样的相处模式啊？"

陈逾司的脸色垮了："故意的？"

故意提那个人？

许斯昂说得快，话没有过脑子。默了两秒后，才又开口："你也别劝我，我这次是不可能低头的。"

"没准备劝你。"陈逾司的视线回到电脑屏幕上，"爱回不回，关我屁事。三百多分的人，臭脾气倒是不少。"

许斯昂骂了："你以前不是这样的，你那时候还会安慰我呢！"

陈逾司看着游戏里一上来就锁亚索的队友，郁闷至极。逮住撞上枪口的许斯昂，给予一个嘲讽的笑："那你以前真是瞎了眼，觉得我会安慰你。"

　　陈逾司是高中才和许斯昂做的邻居,对于这个频繁招惹女生的邻居,陈逾司没多大好感。

　　今天牵手,明天接吻。高一他们是同桌,给许斯昂送水的女生不少,他来者不拒,每隔一个月他都提着一袋子的塑料瓶送去小卖部。

　　小卖部的阿姨见他就欣喜。

　　有一次送水的女生带了杯奶茶,手不稳,洒在了陈逾司的考卷上,陈逾司没好气地问许斯昂是不是缺爱。

　　许斯昂还能咧着嘴一笑:"当然缺啊!"

　　换座位的申请还没给老师汇报,有一次陈逾司开着阳台门睡觉,从隔壁传来的争吵声很快就吵醒了他。

　　和之后每一次吵架都差不多,妈妈嫌弃儿子,儿子顶撞自己老妈,两个人争执不下。

　　陈逾司被吵醒之后没了睡意,洗漱完之后隐隐听见阳台有声音——打火机和抽泣的声音。

　　他走到阳台,许斯昂看见他了,用没拿烟的手擦了把眼泪:"看什么看?要么一块儿抽烟,要么就把门关上。"

　　陈逾司双手环在胸口,站在自己房间外的阳台上和他对视着:"我站在隶属于我家资产的空间内,做着不侵犯法律的事情,你管我?"

　　然后许斯昂就哭不出来了。气闷在胸口,对面的陈逾司还颇有闲情逸致地站在他面前,甚至拿起水壶打理着那盆早就枯死的多肉和仙人掌。

　　许斯昂知道他是存心的,骂了一句脏话。

　　许斯昂卸了力,靠在阳台的栏杆上:"喂,你刚才都听见了吧?我和我妈吵架。"

　　"听见了。"陈逾司不撒谎。

许斯昂忽地一笑:"听后感是什么?觉得我对还是我妈对?"

许斯昂保证就算陈逾司说是他妈对,他妈有理,他都不会生气。

他那会儿就是单纯想找个人聊聊天。

两边的阳台离得不远,但也不算多近。

陈逾司淡淡地开口:"两个人都挺蠢的。"

许斯昂反手抓住他的领口。

陈逾司面不改色,继续说:"比不过别人的确是你自己蠢。"

抓着他领口的手还没有松开。

"但用一套标准去要求两个不一样的人就是一件蠢事。你总不能要求张伯伦和哈基姆比盖帽技术,要求哈基姆和张伯伦比篮板分吧?比不过,那就能说明他们其中有一个人不如另一个人吗?"

他说完,那只手终于松开了。

许斯昂垂着脑袋想了想:"可我好像真的什么都比不过对方。"

陈逾司从阳台离开了,走进室内,手搭在阳台移门的门把手上:"那你是真的蠢。"

许斯昂又是一句脏话。

四月的天已经算昼长了,但到九点多天还是那么黑。纪淮趴在书桌前,语文和英语要背诵的东西她都背熟了,不是十六圆月的日子,月亮缺了一块挂在天上。

陈逾司从网吧回来的时候对面的人还没睡。他将水壶灌上水,走去阳台浇花:"你明天上学的时候帮你表哥把校服带上。"

纪淮听见声音才回过神来,点了点头:"知道了。"

早上起床,纪淮特意把外套叠好放在书包里,防止被大姨看见。她不好站队,大姨对她好,表哥对她也好。

可她知道大姨到现在都没发现许斯昂离家出走,有些侥幸地高兴,又觉得为许斯昂心疼。

纪淮把校服送出的时候，许斯昂正在抄作业，还有那个一大清早给他送作业来抄的陈逾司，倒也不是陈逾司好心，而是那一个月的早饭终于见到影子了。

多了一个面包，是许斯昂拿过校服的时候从陈逾司嘴下抢出来的。

陈逾司："我吃得下，不撑。"

许斯昂已经把面包递到纪淮手里了："还不撑？两个鸡蛋、一杯豆浆、一个满料的手抓饼。我有点好奇，你是属饭桶的吧？"

陈逾司最不怕人抬杠，尤其是许斯昂这点嘴皮子。他喝了口豆浆："我也挺好奇，你脑子创造出来的时候是去抛光机上打磨过了吧，一条褶子都没有。"

许斯昂下战书："今天放学网吧见，游戏里决胜负。"

陈逾司笑，笑他不自量力："今晚父子局。"

人世间最伟大的信任都在这里诞生。

"借我抄抄作业。"

"我瞎写的。"

"没关系。"

晚上才是父子局，所以不妨碍许斯昂中午和陈逾司一起翻后门出去开小灶。马路对面是三中的附属校区，专收艺术生和体育生等特长生。

跟来一起吃饭的是徐娇。

许斯昂觉得这个世界上的姑娘大抵能分为两种，这两种有典型的代表，一者是《不能承受的生命之轻》的特丽莎，二者是同文里的萨丽娜。

徐娇是典型的前者。

她最近要控制体重，碳水化合物还有淀粉脂肪类的一律不沾。点了一份水果沙拉坐在许斯昂旁边，听着许斯昂和陈逾司聊天，尽管不太懂对话里关于游戏的内容，但她总会插话："那是什么？"

许斯昂喜欢她问问题，特别是问问题时候看着他那副专注的样子，尽管那些问题蠢得可以。

陈逾司和他完全相反，陈逾司很烦徐娇，所以这顿饭没吃两口就先走了，大概也因为早饭是真的吃饱了。

徐娇坐在陈逾司刚才坐的位子上，移到了许斯昂对面，刀叉戳着沙拉里的水果，问："你上周五放学在校门口搂的女生是谁啊？"

许斯昂咬了口面。他名声不好，所以他赞同他老妈叫纪淮少在学校里和他来往，筷子重新挑起一筷子的面："你管我？"

"问问而已。"徐娇不说话了，伸手给他倒了杯水，"你今天要去网吧上网吗？要不要我去陪你？"

许斯昂拒绝了，晚上和陈逾司玩，输了就输了，当着姑娘的面不行："不要，我不喜欢打游戏的时候旁边有女的。"

当着别的姑娘的面输给陈逾司不行，但纪淮就可以。大概是因为上回已经被陈逾司当着纪淮的面戳穿过实力了。

放学，纪淮被两个人叫去当跑腿。网吧隔壁有家好吃的老店，味道好，干净卫生，就是不送外卖。

徐娇这天正常下课，她推掉和朋友的放学聚会，赶着去辅导班。正巧和马路对面的学生一起下课，于是她看见明明白天还说打游戏不喜欢有女生在旁边的许斯昂，现下，上周五被他搂着的那个女生正跟在他和陈逾司身后。

纪淮拿着便笺纸记着他们对麻辣烫的要求，反问许斯昂："那你干吗找虐？"

"我不服气。"

这股不服气就是没用在学习上。

纪淮写完了两个人的要求，把纸条拿给了麻辣烫店的老板，又给大姨发了一条信息说学校有事要晚点回去。

纪淮拎麻辣烫回去的时候，许斯昂站在外面发呆。

全败记录，从 MOBA（竞技游戏）类输到 FPS（射击游戏）类。

许斯昂怀疑人生道："难道只有换装小游戏才能让我战胜他吗？"

纪淮把外卖递到他手上："叫几声爸爸了？"

"没叫。"许斯昂把烟蒂扔到地上踩灭，"就是输了一年的早饭。"

"他傻不傻？你能起得来？"纪淮把陈逾司那份也递给他。她要回去了，她不好意思让大姨等她吃饭。

"所以最后一把他说赌你。"许斯昂咧嘴一笑，"以后你起床给他买，哥哥我掏钱。"

纪淮在心里唾弃他，回到大姨家，一桌饭菜已经准备好了。蒋云锦只看见纪淮回来，也不准备等自己儿子了，甚至不想问，问了也只会让自己更生气。

纪淮明显感觉到大姨的情绪变化，埋头不语地吃着饭。她想帮大姨，问题关键在她要怎么劝动许斯昂。

纪淮写完作业、背完书，这晚的月亮很不错，她坐在阳台上想着怎么才能让许斯昂迷途知返。

陈逾司从网吧回来，纪淮还没睡，他看见她和往常一样在阳台上看月亮。

他找到水壶浇花，出声打断了她的沉思："早点睡，明天早自习前二十分钟我得见到早饭。你小心起不来。"

纪淮龇牙："我剪了你花盆里你的韭菜给你摊个韭菜鸡蛋饼，吃不吃？"

陈逾司不恼，笑容依旧："可以啊，葱和香菜我也种了，你记得撒葱花和香菜。"

生物钟准时在六点出头的时候叫醒了纪淮，转暖的天还是想要赖床。她看了一眼闹钟，翻了个身，醒了三分钟的神就立刻坐起身。

洗漱、换衣服、检查书包，也不过一刻钟。

这天大姨也没有做早饭，昨天吃晚饭的时候大姨看上去就有点心力交瘁。大姨从钱包里拿了张一百元给纪淮，叫她早上自己去买早饭。

纪淮出门的时候，隔壁的门也开了。

陈逾司一副没睡醒的样子，连帽球衫的帽子戴着，双手揣在上衣兜里，用脚踢上了门。他说他也是想许斯昂回家的。

纪淮走在他旁边，抬眼看他，他也是一脸倦意。

陈逾司清早就来了一个"老人看了要打人"的叹气，许斯昂考卷少拿了，所以他得一大早去教室补作业，陈逾司不得不跟着一大早就起床给他送答案。

但再着急也要吃早饭。

陈逾司有套奇怪的养生标准，可以晚睡，但早饭不能不吃。

他说吃早饭对胆和胃好。

小区外面的手抓饼店比学校门口的好吃。陈逾司凑到纪淮耳边说了一遍自己的要求。

纪淮跟着他报了一遍菜单上所有的加料，老板一愣。

她微微弯下腰，凑到窗口对着手抓饼店的老板说："全加。对，就是所有的东西都加一遍。"

老板用复杂的眼神看着纪淮。

纪淮反问："可以吗？"

老板就是有点吃惊："当然可以，你想吃我一冰柜的肉串鸡蛋都能给你加进去。"

老板觉得她是个大客户。

钱是许斯昂出，纪淮除了被排在后面的校友戳个脊梁骨，差点被打，也没有其他不愉快。

这天大姨没有做早饭，纪淮点完手抓饼在拐角的便利店买了两杯牛奶、两个面包，一份是给许斯昂的。

临期的。

陈逾司看见货架上贴着的临期商品标志，一笑："你干脆买点耗子药算了。"

"临期商品可以减少销毁食物的浪费与再加工中的环境污染和人力财力的消耗。"纪淮自己那份也是临期的。

她从钱包里拿出自己的零花钱递给收银员，出了便利店，撕开包装纸，完全不介意地咬了一口："我妈妈和我说的。"

陈逾司突然觉得手抓饼里的海鲜酱有些腻味了，冒着热气的肉串包在生菜和饼皮里面，也没有那么香味十足了。

初晨的太阳，不那么刺眼，灰蒙蒙的城市将一切都染成青灰色，可她好亮。

只有纪淮傻傻地觉得她大姨什么都没发现。

那一记耳光之后的第一个电话在第二天晚上就打来了，许斯昂靠在小宾馆的床头看电视，课本被他拿起来看了两分钟不到就扔一边了。

许斯昂接了电话，一直没开口。

直到电话那头先出了声，语气很冲："许斯昂，我警告你，你明天给我立刻回家。"

"警告我？"许斯昂只觉得搞笑，"你干脆打死我算了。"

他的话换来了电话那头的沉默，他把蒋云锦这时候的沉默当作没理，从小到大他听过最多的话就是蒋云锦嘲笑、讥讽他。

从小每个人都说他母亲是爱他的，为了他放弃了体面高薪的工作成为一个全职太太去照顾他。

他没有别人聪明，考不了全年级第一。他也得过第一，不过是学校运动会跑了第一，但那是没用的第一。

他没有别人厉害，学不会乐器，也不会画画。后来跆拳道兴趣班也不上了，因为这个兴趣班只能帮他打架，培养不出情操，也熏陶不了他。

数学要比过陆阿姨家的儿子，乐器要比过妈妈那个高中同桌的女儿，要比爸爸助理的孩子听话……

许斯昂记得有一次新年去烧香，他许愿自己快乐，但被妈妈轻轻地打了他的屁股，说："你要让佛祖保佑你学习进步。"

电话不知道是什么时候挂的。

早上晨会课开始之前，陈逾司在吃早饭，语文书倒扣在桌上。许斯昂把书包扔在桌上，熟门熟路地从陈逾司那里找出作业，不急不忙地开始抄。

许斯昂还是忍不住问了一句："叫个如花似玉的姑娘给你买早饭，你真好意思？"

这话说得像是忘了完全是因为他能玩的游戏没一个能赢陈逾司，所以才导致纪淮不得不给陈逾司买早饭。

"她扬言要割了我的韭菜还有葱的时候，那如的是霸王花吧！"陈逾司扔了一个面包给他。

许斯昂稍稍感动，扯开包装纸咬了一口："居然还想着我呢？"

陈逾司一笑："你那如花似玉的小表妹给你买的快过期的特价面包，说叫你去死。"

纪淮第三次劝说许斯昂回家失败，灰蒙蒙的天似乎随时都有可能下雨。

"我要炒粉，他要炒饭。"许斯昂已经在网吧坐下了，"快去快回。"

纪淮记下了。她刚走，陈逾司就开了机子，呛了许斯昂一句："叫个如花似玉的姑娘给你买炒粉，你好意思？"

"我小时候给这个如花似玉的姑娘教训了七八个欺负她的小屁孩，这就是坚如磐石的兄妹情谊，你没有，你不懂，你哥就只会骗你去死。"

许斯昂刚说完，一个塑料瓶的瓶盖就丢过来了。许斯昂拿起来看了一眼，瓶盖里面是"谢谢惠顾"。

陈逾司没理许斯昂的话，视线落到刚走出玻璃门的身影上。

他是有那么一点羡慕许斯昂，羡慕这个成绩没自己好，游戏也没自己打得好的人。许斯昂有完整的家庭，有个和他不是至亲却关系更要好的妹妹。

陈逾司想了想，他要是离家出走，他妈不在意，他哥不在乎，他爸不知道。

他的目光还没来得及收回，一个头顶突兀的假发的人出现在视线里。

他拿起书包："老周来抓人了。"

炒粉炒面的店得过条马路，纪淮站在十字路口。这个路口车流量不多，而且又是在居民也不多的旧街道，连个红绿灯都没有装。

纪淮左顾右盼，确定没有车要过来的时候，刚准备迈开脚步，身后急促的脚步声让她下意识地停住了脚。

她甚至还没有来得及回头看是谁，一只手已经拽着她的胳膊，将她拖去马路中央。

许斯昂伸手扯下纪淮的书包："快跑，学管主任来抓人了。"

纪淮不信邪地回头，果不其然，一个顶着啤酒肚的男人追了过来，假发飘飞，样子滑稽。

旧街道，小路、巷子多。

纪淮被陈逾司拽着，跑着跑着许斯昂又不见了。纪淮躲在居民楼的后门，靠墙撑着膝盖，良久才反应过来这次和上次情况不同，不由得问"所以你们干吗拉着我跑啊？"

简直就像无辜路人路过被抢劫的银行，结果收到了素昧平生的歹徒无比热情赠送的一把加特林和一个破洞的黑色头套。

她喘着大气，说话都断断续续的。

相比纪淮，就跑这么一段路对于陈逾司来说不算什么。他躲在墙后面，观察着巷口的人来人往。

纪淮的喉咙发疼，又道："为什么每次我都遇见这种事情？"

"刺激人生。"陈逾司一笑，带着些玩笑和痞气，丝毫没觉得这是让乖乖念了十多年书的纪淮破格的事情。

老周追来的时候假发已经掉了，纪淮还没来得及喘两口气，就被陈逾司拉着跑起来了，但脚步没跟上，跟跄了两步。

身后的人紧追不舍："陈逾司，我都看见是你了！你个臭小子，给我站住！"

纪淮内心抓狂，如果不是体力不支，她真想大喊一声——主任，左转去大路，去那里抓"抛妹弃友"的许斯昂。

纪淮的目光里只有一个背影，黑色的外套，袖口扯到了小臂上，手背的青筋鼓起，偏手指瘦长。他们逆着光从小巷跑出来，跑上大路，也没看临时停靠在公交站台的车是哪路车，拥挤的车厢，人都站到了刷卡投币的门口。

纪淮觉得自己是挤不上了，还不如好好思考一下怎么解释自己真的无辜，头套和加特林真是别人送的。

可抓着自己手腕的手没松开，陈逾司三两步上了公交车，手臂一用力，纪淮脚后跟擦着公交车车门收了上去。

惯性导致纪淮往前又跟跄了两步，撞到陈逾司身上。公交车徐徐起步，司机忍不住提醒了一声："刚上车的两个人，投币啊！"

陈逾司掏出钱包，两站距离不长，过了一个拐弯就又有人要上车。

钱刚扔进投币箱，一个脑袋重重地捶到了他的左锁骨上。

车厢里的人像沙包一样被挤来挤去，纪淮也懒得介意刚上车的阿姨臂弯里的购物袋都把她挤到不得不挺腰避开了。

纪淮五脏六腑都疼得仿佛不是自己的了，气息还不稳，阿姨把她挤到没地方站了，陈逾司也没多余的空间可以让给她。他只要一低头，就能看见她的脸。

她的侧脸稍稍带着些孩子的幼态，但眼尾又上挑，所以每个面部表情都像猫。

她靠在自己身上的感觉太强烈了，大口喘息的热气流透过衣服薄薄的布料和他原本的体温对冲。

他们刚才逃跑的速度可以说是马踏飞燕，纪淮现在的感觉也能用这个词来形容。

她的五脏六腑应该是那只被踏的飞燕。

半天了，她还是只能憋出一句："累死我了。"

血腥味在嘴巴里弥漫开来，好歹呼吸放缓了。

车厢摇摇晃晃，纪淮看着四面八方不管怎么伸手都够不到扶手，只好拽着陈逾司的书包。抬头只能看见他的下颌线条，公交车不是回家的方向，下一站他们就下了车，沿途往回走。

从下车纪淮就没松手，走了几步，她的步伐越来越慢，直到陈逾司书包带的拉扯感越发强烈。

陈逾司低头看着黑色书包上的手："生产队的驴拉磨都不一定有我现在费劲。"

纪淮没撒手，要不是他们非要把头套往她脑袋上套，她现在最多一个人吃一份炒粉、一份炒饭。

逃跑的时候她曾听见周主任叫他的名字。

"你都被周主任识破身份了，怎么不束手就擒啊？不过跑了也挺好，上回的检讨摘除第三点你还可以继续用。"

走在前面拖着她的人传来一声痛心的叹息:"你比你哥还忘恩负义,我不束手就擒还不是为了给你一点绝地逢生的可能。"

纪淮看着他:"继续说,我看你怎么编。"

"你刚走出网吧我就看见老周了,他肯定也看见你了。认不认得出不知道,但我不拉着你跑,他铁定抓得住你。"

说得挺像那么一回事情。

陈逾司放慢脚步,拖着一个人走,累得很。

他叹了口气:"挺好的了,我还知道拉着你跑,你看看,你哥呢?"

许斯昂带着纪淮的书包出现在小食店的时候,纪淮已经在吃炒粉了。许斯昂看见了她看自己的表情,那神情虽不能说凶神恶煞,也简直就是横眉怒目了。

纪淮算是弄懂陈逾司写检讨的那次,为什么生她表哥的气了。

许斯昂挨着陈逾司坐了下来,伸手朝着柜台里的老板打招呼:"老板,一份牛肉炒粉。"

"好嘞。"老板应声后朝着后厨喊了一声,"牛肉炒粉再来一份,堂食。"

许斯昂把肩上的书包拿下来,递给纪淮:"怎么样,跑掉了没?"

纪淮嘴里塞着炒粉没回答,陈逾司拿着筷子拌了加在炒面里的辣椒酱:"她是没事,我被认出来了。"

没有辣椒,就少了灵魂。

许斯昂放心了:"那和我没关系了。你反正还有奥数队这个免死金牌呢!"

"有奥数队这个免死金牌也架不住你三天两头卖我。你看看有哪场排位一上来送五个头能打赢的?"陈逾司拌好了饭,从筷笼里拿了把勺子。

许斯昂笑他年轻:"这个世界上没有不可能的事情,优秀的选手加上极致的运营能解决一切。"

"呵。"陈逾司反笑他幼稚，"不可能的事情在世界杯巴西被德国七比一之后就有了。"

"看不起我德国战车？"许斯昂的炒粉端上来了，他伸手去够装着辣椒的小罐子，挖了一勺倒在炒粉上，"我也是没有想到，一比零的时候我去冲了澡，回来就四比零了。"

纪淮嚼着牛肉，安不下心，乖乖念了这么多年的书，她妈妈一直告诉她少惹事。

好好念书，乖乖听话，不给长辈惹麻烦，这是她的人生信条。

看看对面两个人，似乎完全没有把去网吧被抓的这件事放在心上。

他们不放在心上，但纪淮担惊受怕了一个晚上。

第二天，早自习温书的时候，纪淮还有点心不在焉。

夏知薇抄她数学考卷的最后一题，抄的时候听见纪淮不知道重复念了多少个"来哉"。可默写完了，纪淮就错了一个字，连笔写的字，有些潦草了，被老师判了错。

一个错别字订正也快，赶在大课间之前纪淮就去交默写订正。

纪淮翻着手里的默写本，在办公室门口就遇见正在狼吞虎咽的许斯昂，早饭是包子，陈逾司帮他拿着袋豆浆，一脸不耐烦。

一个包子许斯昂三口吃掉，豆浆飞快地瘪了包装袋。他打完一个嗝，比了个"OK"的手势："可以了，进去吧！"

纪淮跟在他们身后走进教师办公室，办公室里一个秃头正站在第二排办公桌前。没了那顶诙谐的假发，她多花了五秒钟才认出来那是周主任。

看见走进来的两人，周主任气不打一处来："高二这么紧要的关头，三天两头在网吧上网，昨天还跑，我都看见了！还有一个女生，老实交代，是谁？"

语文老师探着头在看戏，手里拿着纪淮的订正，看见就一个错别字，心思又飘走了，和旁边的老师交头接耳："这两个小王八蛋又去网吧了？"

旁边的老师也不知情："估计是的。"

纪淮的注意力没办法不飘过去，听见周主任的问题，身子跟着一抖，把脑袋垂得更低了。

许斯昂开口，半吊子的样子全显现出来："哪有什么女生？主任，你看错了。"

"不老实说是吧？"周主任抬手拍在旁边的办公桌上，吓得（2）班班主任都一抖，"别以为你爸给学校捐了座图书馆你就是祖宗了。在学校里你就是个学生，你爸妈叫我好好管教你，你以为我不敢罚你是不是？陈逾司，你说，你拉着跑的那个女生是谁？"

陈逾司淡淡地开口："网友，还没来得及问名字你就来了。"

他目视前方，没什么表情，但叫纪淮评价，演技一般般。

纪淮交上订正，语文老师随手把昨天的语文考卷交给了她："你去后面的桌子找一下前天的家庭作业，叫课代表发下去，今天上课讲题。"

纪淮走到后桌，很快就找到了放在里面的一摞习题册，有点困难地伸手先抱了一沓出来。

"穿着我们学校的校服，你当我好骗？"周主任不信，"不知道名字？你们一上公交车就抱在一起了！"

周主任没戴假发，一生气，脸红脖子粗，连带着头顶都充血似的泛红。

他话音一落，纪淮手一抖，习题册从怀里哗啦一下全掉地上了。

陈逾司凝着眸子，看不远处躲在桌子下的人，忽地想笑。

许斯昂慢慢地转过头，有点不爽："你抱了？"

陈逾司不认："周主任，注意您的措辞，别污蔑人的清白，哪里搂搂抱抱了？公交车上拥挤，挨得近了点。"

"徐老师看重你一直在为你说好话，你是成绩好，那你更要为了你的前途好好考虑，人不能骄傲，要谦卑。你要补足你的弱处，而不是自我满足。"

陈逾司听罢，眉毛上挑："我的不足，是团队协作里永远需要别人牺牲自我来帮助我成长。"

周主任稍有点欣慰，还没来得及夸，陈逾司一笑，故意说："所以我准备好好练习一些节奏型打野英雄，体验一把食草蓝领打野的生活。"

周主任的笑容垮了，指着他们的手在不停地颤抖，转身朝着（2）班班主任下令："给我把他们的家长叫过来。"

纪淮的心都悬在嗓子眼了，硬着头皮把地上的习题册都捡起来，偷偷看过去，他们还是那副不以为然的样子。

等到上课铃响了，纪淮才看见他们从办公室出来，优哉游哉地朝着他们的班级走回去。

许斯昂还没当一回事，拍着自己的胸口道："我好想喝水，那个包子快噎死我了。"

陈逾司打趣道："正义的包子。"

"滚。"

两个人你一句我一句，全然不似纪淮现在手掌心全是汗。他们说话的声音不小，班级里不少人的注意力都被吸引过去了，讲课的老师敲了敲讲台："专心一点。"

这话还是没把纪淮的注意力拉回来，发现的是夏知薇，都讲到下一页了，纪淮课本的页数还没跟上。

夏知薇用胳膊顶了她："想什么呢？"

纪淮回过神，瞄了一眼夏知薇课本的页数，不动声色地翻到下一页。所以说人不能做坏事，纪淮一干坏事就差把"我是从犯"写在脸上了。

许斯昂说她心理素质太差，陈逾司说多被老周抓两次就能习惯了。

没一个能教好的。

大课间的早操从来没让纪淮觉得这么讨厌过，惦记着那两个要被叫家长，她刚走到楼下，就找了个借口，说早饭吃坏肚子了，不能去上早操。

大概是因为上次月考成绩比较好，班主任同意了。

纪淮转身三两步跑上楼，楼梯口是一个背脊挺直的身影，个子很高，身体不消瘦。他的目光落在办公室的窗户里，纪淮不知道为什么他看上去有点落寞。

她大姨已经在办公室里了，周主任站在那母子之间，不知道是在劝架还是在火上浇油。

陈逾司双手环在胸前，耳边的检阅进行曲正从全损音质的广播里放出来。

"打起来了吗？"纪淮的声音有点喘。

陈逾司看见身后冒出来的脑袋，摇了摇头："感觉直接跳到母子关系决裂这一步了。"

纪淮环顾了四周："你爸妈呢？"

"要找我爸不是用电话，得去警察局。"陈逾司开口，话里听着像是开玩笑，"我都找不到我爸。"

"失踪了？"纪淮讪讪地开口问。

陈逾司耸肩，语气比早上在办公室还无所谓，神情淡漠道："可能吧！可能在和他女朋友谈恋爱，也没准找的是个有夫之妇，被人原配打死了吧！"

半晌后，耳边的早操前进场音乐停了，陈逾司能听见纪淮的声音变得格外清楚。

纪淮看着他，好久才憋出四个字："父慈子孝？"

透过办公室的窗户看进去，争吵还在继续。耳边是纪淮的问题，趁着早操的音乐还没有响起，陈逾司倚着墙壁，似笑非笑地扬着嘴角，目光有说不出的落寞。

陈逾司的语气让人感觉不出情绪："小时候，我爸有一次带我，因为我一直哭，闹得他觉得烦了，就喂我喝白酒。"

纪淮偷偷打量着他细微的表情，两个人的视线在空中交汇，纪淮先收回了目光，安慰一个人的最好方法就是比他更惨。

纪淮拍了拍他的肩膀："我从小时候到现在都没有和我爸见过几面。"

广播里已经开始播放不知道是第几套广播体操的音乐了，音响上的灰尘被震了下来，在空气中上上下下地飞舞着。

陈逾司学着纪淮的动作，也拍了拍她，算作安慰。

她反倒装模作样地往旁边来了一个趔趄："赔钱。"

陈逾司眸子里终于不再是那份落寞，染上一丝笑意，眼睛弯了弯："求死个明白。"

"我感觉我表哥得被扫地出门，作为表妹，心有不舍，准备给他一点接济粮。"纪淮说完就朝着陈逾司伸出手，三根手指来回搓着。

陈逾司盯着她看，真希望她能在这样的注视下不好意思一点："你在这儿做好人就是从我身上挖肉给你表哥吃？"

但纪淮没有，她用实际行动向陈逾司展示了什么叫作血缘关系的强烈羁绊——和许斯昂差不多的厚脸皮。

"我也想自我奉献，钱不是给你买东西了嘛！"纪淮手上的动作没停。

他的笑意更浓了："你的小金库财力这么薄弱？"

纪淮咋舌："看不起没钱的人民群众吗？"

纪淮没有什么小金库，她妈妈不让她用外婆的钱，她也不敢跟外婆要零花钱，压岁钱大半都是用来交学费的。当然，跟着外婆生活也没有什么特别需要花钱的地方，她没什么才艺，因为打小就没有上过兴趣班。

外婆在老巷子里有个茶楼，弹琵琶演评弹的女人住在外婆家隔壁，教过纪淮一点琵琶技艺，但时间过得太久，她早就忘了。

不用陈逾司细想，这个时间点是做早操的时间，她这么气喘吁吁地跑回来，八九不离十是因为许斯昂被叫家长。

陈逾司心想：真好。

总比他小时候被一群国外小孩骂"Chink（一个涉及种族的污辱用语）"这种带有侮辱性的词汇时候，他哥还落井下石说他其实是自己不会处理人际关系要好得多。

没人在意他，爹不疼娘不爱，还有个把"陈逾司，你真是个多余的存在"挂在嘴边的哥哥。

没有蒋云锦这样关心孩子的妈妈，没有纪淮这样担心表哥的妹妹。

纪淮的手都搓得抽筋了，陈逾司就这么看着她。她在注视中败下阵来了，手刚准备缩回去，一只手掌握住了她的手腕，掌心温暖。

陈逾司："把手伸开。"

纪淮慢慢伸开五指，有点狐疑道："你不会是想打我手掌心吧？"

陈逾司没说话，手伸进裤子口袋，摸了颗糖出来："别人给的，等里面谈话结束了拿进去孝敬你哥吧！"

他一笑，补充："我也是没钱的底层人民。"

纪淮看了一眼窗户里的人，当着她大姨和周主任的面拿进去给许斯昂，那不是孝敬，那是送行了。等她想把糖还给陈逾司的时候，这个没钱的底层人民已经踩着双价格不菲的联名款球鞋走了。

许斯昂没当场被蒋云锦带回家，在早操结束之前，办公室里的谈话就结束了。

纪淮回教室的时候李致正埋头看书，看来守着年级第一的宝座的确得付出很多。李致看见回教室的纪淮，目光来回打量着她。

纪淮主动交代："我和班主任说过了，我肚子不舒服。"

李致又看了她一眼，这才一头扎进无边的学海里。

看看李致这副好学的模样，再看看她表哥许斯昂，果然早的早死，涝的涝死。

夏知薇做完早操回来，还不忘关心一下纪淮的身体："你的肚子还疼不疼？"

装的，当然不疼了。

纪淮摇头。

他们做完早操上楼的时候，正巧周主任把蒋云锦送下楼。夏知薇拧开矿泉水瓶，好奇地问了句："陈逾司的爸妈来了吗？"

纪淮还是摇了摇头。

夏知薇没那么意外，突然想到了什么似的，朝纪淮勾了勾手指，又是一阵小八卦："听说陈逾司的爸妈离婚了，他妈和他亲哥在国外生活，他爸好像也不要他了。"

纪淮听完心里一沉，难怪他刚才说出那些话的时候，听着语气平淡但又沉重。

蒋云锦猜到了周主任口中的那个女生是纪淮。但她没当场发作。

为了防止许斯昂又不回家，蒋云锦这天难得喊司机去学校门口接孩子。因为是邻居，顺道把陈逾司也接回了家。

大课间的时候，班主任没来得及和蒋云锦聊几句，这天放学既然蒋云锦来接许斯昂，顺道就和她聊了几句。

三个小孩坐在后排，蒋云锦站在校门口正在和（2）班班主任聊天。

纪淮看着大姨的背影："不知道在聊什么。"

许斯昂瞥了窗外一眼，哼了一声："多半说我没救了。"

许斯昂不在乎。这么多年以来，他早就听惯了蒋云锦贬低自己。

早上刚经历了约谈家长，他现在已经没感觉了，拿着手机刷论坛，还能和陈逾司讨论两句游戏。

许斯昂把手机屏幕转向陈逾司："看《三国杀》新出的武将了吗？"

陈逾司看了一眼屏幕："没看，技能说明简直就是小作文。"

许斯昂找到了知己，那密密麻麻的小字简直比数学题还折磨人："我一直以为马岱砍血上限够恶心，直到曹冲出现，连伏皇后都快要洗白了。

你琢磨出对抗办法了吗？"

陈逾司点开微博首页游戏博主更新的游戏资讯。他已经挺久没玩《英雄联盟》外的游戏了："当什么贞洁烈女？打不过就加入。"

纪淮坐在他们中间，书包抱在怀里，余光能看见旁边两部手机屏幕上的内容，但听不懂他们聊到的游戏内容。

坐三个人的后排有点挤，男生坐姿不拘着，纪淮的腿挨着陈逾司的腿。

那边聊天结束了。

蒋云锦一上车就听见自己的儿子又在聊游戏。

刚刚的谈话无非是关于许斯昂成绩的，开了后门来了重点班，但总是拖班级平均分的后腿。

只有上帝知道蒋云锦当时听见这些话有多无地自容。丢人是她的事情，自己的儿子完全没有放在心上。

纪淮率先察觉到大姨的情绪不对，悄悄给两边的人提了个醒，示意他们别再说游戏，刚被喊了家长，怎么都得低调点。

许斯昂偏向虎山行，朝着前座嚷了一声："你要是看我不顺眼，你可以把我扔在外面。"

车已经慢慢启动了，蒋云锦原本生着气，这一把火一点，瞬间就炸了："你真是越来越过分了，带你妹妹去网吧！你作践自己就算了，你对得起你小姨和外婆吗？"

她已经不要求许斯昂能像纪淮这样成绩优秀了，可连最基本的好好做人，似乎他都做不到了。

蒋云锦不明白，不是儿子不听话，而是现在不要求已经晚了。

"我看你就是零花钱多了，有钱去网吧上网了。你以为你多聪明啊，你有你旁边其他两个人优秀吗？你看看我，我和你爸爸什么样的人？你看看你，你都这么好意思的吗？"

纪淮不敢作声，不敢看她表哥，悄悄扯了陈逾司的衣摆，朝他张了张嘴，无声地问："怎么办？"

陈逾司用实际行动告诉她——装看不见，依旧自顾自地玩手机。

听着蒋云锦说着难听的话，许斯昂反倒笑得更开心，又是这样的诋毁，这样来自家长不顾及外人在场的随意诋毁。

蒋云锦的这些话，混合着老师有意或无意间的羞辱之词重叠在一起。

"许斯昂，睡什么觉呢？你看看因为你我们班的平均分又比隔壁的低。"

"你看看你，长大了也没有出息。"

"许斯昂，你就听一听，不管听不听得懂，装模作样行不行？好歹老师在台上讲题也不觉得你碍眼了。"

"我造什么孽，生出你这样的儿子？"

…………

纪淮瞪了陈逾司一眼，但他这样装瞎还是稍稍有点用。她刚准备全身心投入装瞎这门技术活里，旁边一下子动静很大。

许斯昂喊了一声，他让司机停车，可司机毕竟是一个拿钱办事的人，只听蒋云锦的话，见司机不照办，他抬手用力地拍了一下车门："我说停车。"

蒋云锦原本就心烦，她像是一个新手妈妈第一次面对哭闹不止的孩子般手足无措，身心在哭闹声中逐渐崩溃，但"产后抑郁"迟到了十几年，她现在依旧想把"哭闹的孩子"丢到自己看不见、听不见的地方。于是，她开口："停车，他要走让他走。"

司机照做。

汽车靠边停了下来，纪淮用余光偷瞄着旁边的人，车门被狠狠地用力关上，透过车门还能看见她表哥怒气冲冲的背影，可这背影一眨眼就不见了。

纪淮的脑子一下蒙了。

一辆轿车出现在了车窗外，取代了她表哥原本的位置。

纪淮冲下车，只看见倒在地上的人，穿着和她、陈逾司一样的校服，腿肉眼可见地变了形，书包飞到旁边的车道上。

一个男人后怕地打开车门下车，他心虚地骂骂咧咧："这是斑马线吗？大马路上说下车就下车？"

纪淮捂着嘴站在几步外，大脑处理着飞快产生的情感信息。

该哭？该尖叫？五官、四肢该做出什么反应？她还没来得及处理大脑反馈的信息时，腿已经发软得差点跪到地上。

一双手伸到她胳膊下，将她从地上拉起来。

半晌，纪淮颤颤地启唇，却发不出半个音节，努力地从干涩的喉咙挤出一个字："报……"

——报警，叫救护车。

耳边汽车的引擎声夹杂着摇下车窗看热闹拍视频的人讲话的声音，这些声音在纪淮耳边，令她有种遁入失去自我的虚无里的感觉，她感觉自己像是处在梦境里一般，有种无力感。

那搀扶着她的手成了唯一的支点。

她听见许多声音里，最熟悉的音色："西环路，位于国行大楼外十字路口处。高中男生，下车时没看路被车撞了，腿骨折。我们需要做什么吗？好的，我记住了。"

陈逾司收起手机，将纪淮扶着："没事的。"

车流里，一个男人将车停到应急车道，示意过往车辆让他走过去："请让一下，我是市立医院的医生……"

第四章

肋骨骨折，左腿骨折，脑震荡……

医生再说下去的时候，蒋云锦有点撑不住了，踉踉跄跄的，被护士扶着坐在了椅子上。

两个小孩子被蒋云锦叫人送回了家，手术从准备到结束一共五个小时。许斯昂裹得像个粽子一样被推出来，麻药还没过，暂时醒不了。

蒋云锦给丈夫打去电话说了许斯昂的状态，等许斯昂醒过来已经是后半夜了，他看见房间里的蒋云锦，又把头偏过去，不去看她。

蒋云锦问他"渴不渴""疼不疼""感觉怎么样"，没有一个问题是得到回答的。

许斯昂索性闭上眼睛，装睡。

陈逾司以前揶揄许斯昂是不是缺爱，所以这么频繁地找女朋友。

许斯昂不否认："是啊！"

他想找个喜欢他的女生，他喜不喜欢对方关系不大。

那个女生最好关心他的三餐冷热，给点赞许，给点期待，说些好话。

他的标准很低，简单概括就是黏人就好。原因特别简单，他在蒋云锦那里得不到赞许和期待，也听不到好话。

许斯昂躺在病床上，察觉到蒋云锦在给他掖被子。他恍恍惚惚地睁开眼睛，月光投进住院处的高楼房间内，模糊了背光的母亲的面容。

　　看见蒋云锦的表情，许斯昂一愣。上回蒋云锦有一个母亲的样子是什么时候，许斯昂不记得了。

　　"你都快成年了，不知道走路要看车吗？你要是死了你让我和你爸怎么办？"

　　多搞笑的话。

　　许斯昂笑了，胸口起伏，全靠着麻药才没觉得疼痛："你不是总说我废掉了吗？不是老是后悔有我这么个儿子吗？既然有我没我都一样，你现在猫哭耗子干吗？"

　　蒋云锦的脸上挂着泪水，不懂儿子为什么要这么说："那是我说的气话，你是我儿子啊，我怎么可能舍得你死啊！"

　　"我多希望我不是你儿子。"许斯昂看着蒋云锦。

　　他没有什么感觉了，母亲的话、母亲的眼泪，在此刻激不起他内心的任何涟漪了。

　　那些话他记了好多年，他好奇蒋云锦怎么能用"气话"这么简单的一个词就一笔带过。

　　小时候他宁愿挨骂，也不想被蒋云锦打手、打屁股。

　　可现在，他不想多听一句责备。

　　有些话听着身上不疼，心里疼。它们扎根在心脏上，长出有毒的果实。

　　全身的纱布和固定夹板让许斯昂动弹不得，他没办法抬手擦去流出眼角的眼泪："我也努力过了，我也偷偷用功过，我试过比别人早起一小时背书，可我背了六七遍还是只记得七七八八，我就是比不过陈逾司看两遍就能记住。"

　　他越说抽泣越明显，哽咽着望向蒋云锦，问："妈，我一定得优秀吗？我不能普普通通地开心吗？"

陈逾司比平常早起了十分钟，二楼的房间门关着的依旧关着，他不死心开了主卧门，床上的被子整齐地叠好，电视机上已经铺了一层灰了。

一个多月没人住了，明明留言说一个星期回来的。经常食言。

陈逾司早出门，所以在买早饭的包子铺等了纪淮五分钟。纪淮到的时候，他手里拿着正在吃的一份，手腕上挂着另一份，他付过钱了。

他远远就看见她迈着无精打采的步子，走路慢得连早起散步的挂着拐杖的老奶奶都快比她有朝气了。

"昨天晚上没睡好？"陈逾司把早饭递给她。

纪淮点了点头，蹙着眉："担心了一晚上。"

她和许斯昂不是从小一起长大的，但关系特别好。就比她大四个月的许斯昂总能担着哥哥的样子，拿着他的零花钱带她去吃各种好吃的。

小学一个暑假，她期末考试没考满分，躲在房间里哭，结果许斯昂拿着他那张八十分的考卷，改了分数，改了名字，硬是给她做了一张假冒的一百分考卷。

分数改得拙劣，一眼就识破了，更别说许斯昂还把她的名字写错了。

但，纪淮就是破涕为笑了。

陈逾司听她说起那些事，看着她，喃喃了一句："关系真好。"

许斯昂给陈逾司说过，为什么自己总是无缝对接谈恋爱，以前陈逾司没羡慕过，现在垂着眼帘看着旁边的人，他到底还是羡慕的。突然，他也想要这么一个人关心他。

关心他三餐冷暖，吃了什么，这天做了什么事。

纪淮咬了一口豆沙包，看他手里的是鲜肉包，愤懑地吃了一口："我请你吃手抓饼的'满汉全席'，你就请我吃个豆沙包？"

"许斯昂都住院了，少吃点荤腥给你表哥积点福。"说着，陈逾司咬了一大口肉馅。

听着像那么一回事。

陈逾司特意带着她走了另一条路，避开了昨天许斯昂出车祸的西环路。问起许斯昂的情况，她早上起床的时候给大姨发了信息，大姨说已经没有生命危险了。

"虽然没有生命危险，但我还是决定放学去医院看看。"

陈逾司吃着早饭，点了点头："一起去吧！"

纪淮没想到许斯昂出事的消息比她还早地来到学校，夏知薇问她知不知道，她支支吾吾了半天也不知道要怎么回答。

传闻就是传闻，什么因为谈恋爱、因为去网吧被抓、因为要被退学了他想不开，各种传闻满天飘，就是没一个猜对的。

中午吃饭，纪淮倒完餐盘洗手的时候，陈逾司正巧也吃完饭，拧开她旁边的水龙头，不疾不徐地挤上洗手液。

纪淮跟他吐槽听到的关于许斯昂出车祸的传闻。

他把带着泡沫的手放在水龙头下，表情写满了无语："这些传闻已经挺贴合现实了。还有一个人问我，你表哥是不是从警车上跳下去的。传到我这里的版本已经是无证驾驶，当街飙车，被交警抓了个正着了。"

陈逾司关上水龙头，甩了甩手上的水。纪淮看见了，从口袋里拿出纸巾，抽了一张给他。

纸巾上带着印花，是棕色泰迪熊的图案。

夏知薇最后几口吃得特别快，等她倒完餐盘过来洗手的时候，陈逾司刚接过纪淮递过来的纸巾走了。

她还惦记着八卦："你说陈逾司知不知道许斯昂怎么出车祸的？他们的关系那么好，肯定知道吧？"

纪淮提前抽出一张纸巾，预备给夏知薇擦手："你那边听到的最终版本是什么？"

一说八卦夏知薇就来劲："许斯昂放学去网吧上网，结果被抓到了，抢了辆车开了就跑，结果无证驾驶还超速被警察抓了，上演了一出跳车逃跑的戏码。"

纪淮摆出陈逾司刚才那副无语的表情："你的版本比他的版本还进化了一点呢！"

但夏知薇很快就发现了"盲点"，挽着纪淮走在教学楼后面那条人不多的路上："你怎么知道他的版本？"

纪淮一愣："刚才洗手的时候问的。"

"果然送东西还是有好处的，这话都开始说了。"夏知薇忽地朝纪淮的方向顶了一下腰胯，屁股朝她一撞，"姐妹，有信心拿下吗？"

纪淮以为夏知薇说的是成绩，拍了拍胸口，握起拳头："我会努力的。"

纪淮这么直接夏知薇都没想到，握着拳头，用握拳的手敲了两下胸口："我是你坚强的后盾。"

小路走的人少，过道也窄。她们说说笑笑，步子也就慢了。

"借过。"一个女声从身后传来。

两人回头，是（2）班的孟娴一。

孟娴一买了两瓶矿泉水回了教室，陈逾司仰着头正好在喝可乐，视线和她撞到了。她不动声色地坐回自己的位子，把两瓶矿泉水塞进桌兜里。

窗外，纪淮和夏知薇说说笑笑地走了过去，陈逾司拧上瓶盖，视线下意识地跟着纪淮走了。

孟娴一拿着考卷想问陈逾司题目的时候，他的视线还没收回来。

题目没来得及问，化学老师提前一刻钟就拿着水杯进了教室："今天去隔壁楼，我们去做实验。"

陈逾司的胳膊夹着本化学书，走在班级的最后面，进了教室随便挑了一个后排的位子。刚坐下，孟娴一抱着一摞化学考卷在他旁边坐了下来。

提前给他发了一张。

"这是今天的家庭作业。"孟娴一说。

陈逾司"哦"了一声,将考卷扔到旁边,家庭作业,回家做。

孟娴一就不是这样的人,上课铃还没打,班级里闹哄哄的。她拿着笔心无旁骛地开始做考卷,但没写两道题就开了口,她问陈逾司:"你和上次月考第五名的纪淮很熟吗?"

前缀有点问题。

通常会说隔壁班的纪淮,说月考第五名,倒是会让人想到她自己上个月月考第二名,是第一时间会比下去对方的前缀。

陈逾司点头:"还行。"

是挺熟的,都被她看光了。

孟娴一解着化学题,笔没停:"她喜欢你,好像要追你,我中午吃饭听她和朋友夸下海口要拿下你。"

听罢陈逾司一愣,眉毛一挑:"是吗?"

孟娴一写字的手停了,扭头去看他,嘴角带着笑。他手里转着笔,那样子没觉得烦躁,更不是无所谓。

能归结在期待那一类。

期待啊,居然是期待!

最后一节课的老师拖了堂,要讲一道大题,陈逾司给纪淮发信息的时候,她藏在书包里的手机一振,把她吓了一跳。

她没胆子回,做贼心虚地瞄了一眼讲台上的老师,偷偷摸摸把手伸进书包里,直接把手机按关机了。

"再给你们三分钟,有没有人能做出来?"说罢就传来让人熟悉的喝茶吐茶叶声。

纪淮拿起笔重新做题的时候,照进教室的余晖在纪淮草稿本上投了一个倒影。

陈逾司的班级是准时下的课,他来等纪淮下课一起去医院看许斯昂。黑板上那道题,正巧是他们班级上午教的,一个老师教出来的,课程进度也差不多,坐标系与参数方程。

他瞄了一眼纪淮的草稿本,这道题的解题思路是对的,就是她写得有点慢。

他再要看下一步的时候,讲台上的老师看见他了:"陈逾司,干吗呢?"

"唰"的一下,全班的视线都看过去了。陈逾司在一片目光中淡定不已,到底是在全校面前念过检讨书的人,瞅见纪淮仰着头看他,他迎着她的视线朝着教室里的老师打招呼:"等人呢。这不,要等的人给您扣着了嘛!"

老师不知道他在等谁,也不想知道,把手里的粉笔往黑板的粉笔槽里一丢:"那你进来给大家讲讲你的解题思路,我看有些人心思都飘回家了,正好查查你上午记住没记住。"

陈逾司到底是陈逾司,虽然老去网吧让老师头疼,但学习实打实就是比其他人优秀了一大截。

他笑着:"你要找我当代课老师,我进去第一句话就是下课了。"

"你敢。"

陈逾司双手懒洋洋地揣着兜进了教室,他反正没什么不好意思的。他拿起粉笔,在黑板上洋洋洒洒地写了四个步骤。

很简洁明了。

老师向上推了推眼镜:"看黑板吧,知道你们写不出的也写不出了。心思都收一收,讲完这道题我们就下课。"

陈逾司站到门口,手指搓着粉笔灰,动作漫不经心。橙黄的太阳余晖在空气中借着玻璃开出七彩的光晕,四周一切被淡化。他模样专心地看着老师讲题,全身浸在阳光里,余晖弱化了侧脸的棱角,镀上些许少年的澄净。纪淮遥遥地看着,心思飘飘。

粉笔在黑板上发出刺耳的声音，这才让纪淮重新集中注意力，只是目光还没收回，陈逾司忽地抬眸朝她这边看过来。视线交汇，他笑了笑，又扭过头去看黑板上写下的板书。

这道题还好纪淮会，否则听个一知半解下回考试要是遇见就糟了。

听到一半，夏知薇悄悄把草稿本挪了过来，一行小字画着标记重点的双下划线。

"你说，陈逾司是不是来找你的？"

纪淮抬起笔，想在夏知薇的草稿本上回一句，但是拿起笔又不知道要怎么把答案回得不让人遐想。

彼时，题目也讲完了，放学下课的消息一宣布，全班学生发出欢呼的声音，也不在乎老师是不是还在场。纪淮埋着头整理好书包，检查了一遍作业都带全了，才背起书包，朝着夏知薇打招呼："我先走了。"

她抬头，陈逾司已经不在教室门口了。

纪淮环顾四周也没看见他，走出教室左顾右盼，他站在不远处西边的楼梯口。

纪淮三两步跑了过去。最近天气转暖了，夏季的校服都穿了出来，他一直不是个按校规穿衣服的人，黑色的短袖、灰色的运动裤，除了应付昼夜温差的外套是校服，连校牌都不戴。

他说校服难看，很嫌弃："这个年纪，一生一次的青葱时光，我才不要套在校服里。"

纪淮笑他话里的字眼。

"还青葱时光呢，你一看就是没喜欢的人，多少人在青葱时光里穿着校服假装和自己喜欢的人是情侣装。这种年少心思才是青葱时光！"纪淮说着拍了拍裙摆，她倒是很喜欢三中夏天的裙子。

女孩子嘛，喜欢很正常。

陈逾司垂着眼眸，看她整理裙摆的动作，想到孟娴一的话，又细细咀嚼了一遍她刚才的话，眉尾一挑："想让我穿校服啊？"

纪淮有点不解："你要穿，该感恩戴德的是你们班主任，周五检查仪容仪表你不穿，扣的是你们班主任的绩效。"

陈逾司听完蹙眉，怎么和他想的有点不一样。

纪淮去医院的时候，给大姨发了信息，大姨在住院部楼下等她。姨父许家宗还没下班，大姨等纪淮来正好抽个空回趟家拿点衣服再吃个晚饭。

医院里，许斯昂躺在病床上动弹不得。护工刚给他喂了点流质食物，他躺着吃，他不习惯被人喂饭，吃到嘴角都有些脏了。

看见陈逾司和纪淮来了，他也开心。护工收拾完餐具就走了，他起不来，让他们自己随便坐，说起自己的感觉："其实我还是很后悔的，当时一冲动，只想从我妈身边逃走，根本没看路上的车，现在想想真的很蠢。"

纪淮见他终于肯说实话，皱着眉道："你现在知道错了？你要是真出事……你让大姨怎么活？"

许斯昂低着头，不说话。

"你要是再这样胡来……我也不管你了！"纪淮说着眼圈都红了。

许斯昂摸了摸头，表示自己知道错了。

纪淮也不再说了，把书包放下，就拿着面盆去倒了些温水，将毛巾放在温水里，揉搓了几下，拧干后，给许斯昂把脸擦了擦，又给他擦了擦手。

所以许斯昂和她关系好，本来这些事情她可以不用做。

陈逾司站在一旁，看纪淮给许斯昂擦完脸又擦手，细心耐心的样子像是让世界按下零点五倍速慢慢进行。她又给许斯昂倒了半小时后吃药的温水，考虑了很多，很周到。

纪淮做这些得心应手，以前和外婆住在一起，她也做这些。

就是看得陈逾司有点莫名不爽。

又不是手断了，不就是手臂上扎个留置针嘛，擦手还不能自己擦了？洗脸怎么就不能自己洗了？

陈逾司弯下腰，看着缠在许斯昂腿上的纱布，又屈起手指敲了敲他的护颈夹板，不由自主地刺他："你这要是去埃及旅游，衣食住行能全免吧？不对，怎么说也要抓起来，好好查查是哪个金字塔里的法老王丢了个倒痰盂的太监首领。"

许斯昂哼了一声，也演上了："愚蠢的平民，要不要听听法老王的故事？"

陈逾司不客气地从床头拿了瓶高钙牛奶，用吸管戳开盖子，递给了纪淮，自己又伸手拿了一瓶："听你讲木乃伊的制作方法？不过，伤得挺重啊，交警说怎么判了吗？"

许斯昂不关心："反正有人处理。"

纪淮听着他俩聊天，想从果篮里找了几样水果切给许斯昂吃，许斯昂叫她别忙："我吃不了。"

陈逾司已经把果篮递过去了："我能吃。"

许斯昂白了他一眼："你来看望病患不整捧花来就算了，还惦记我的吃的。两手空空，你好意思吗？"

"楼下那绿化带有保安看着，采不了菊花送你。"陈逾司伸手把自己的书包拿过来，"再说，怎么可能两手空空？"

许斯昂坐不起来，看不见陈逾司从他书包里要掏出什么东西来，想要抻长脖子看，但护颈不允许。他嫌弃陈逾司动作慢，忍不住催："什么好东西？"

陈逾司卖关子，等纪淮苹果都削完皮洗干净要给他的时候，他才把东西拿出来。

"今天一天的课堂笔记和家庭作业。"陈逾司把东西放到许斯昂的被子上，伸手拿过纪淮手里的苹果，不客气地咬了一口。

真甜。

"太不是人了。"许斯昂恨自己现在不能抬脚把他从十一楼踹下去，"陈逾司他不做人了。"

后半句是对着纪淮说的。

翌日纪淮他们还要上学，蒋云锦没花多久的时间就回来了，站在门口听见里面儿子说说笑笑，全然不似跟她相处时候的那种压抑。

纪淮说周末可以过来陪他，陈逾司想了想也开口："周末我也来陪你。"

许斯昂受不起了："拿上你的作业，快走、快走，周末都别来了。"

星星挂在天上，天空还剩下最后一点亮度，像微软经典蓝色屏幕壁纸。直到夕阳彻底降下地平线，四周还是很亮，钢铁森林专属的霓虹灯，来往车流的车灯，路人有的行色匆匆，有的行迈靡靡，但夜风照旧徐徐。

二十四小时营业的便利店出售了两份加热后即食的便当和一瓶矿泉水、一瓶可乐。

纪淮坐在陈逾司对面，照旧用力拧着瓶盖，她没有在男生面前顾及形象的打算。

等便当加热的片刻，她还抽空写了两道题。没和他说话，更没看他。

全然不像孟娴一说的那样，不是要追他吗？给点行动啊！

陈逾司想着，这时候她终于抬起了头，便利店的白炽灯落在她眼睛里，比启明星还亮。对视了两秒后，陈逾司没等到她开口说句话，她突然茅塞顿开，低头继续写着解题步骤。

"纪淮，你不和我说点什么吗？"

第五章

陈逾司走出店门转换心情了。

门口还站着一个在抽烟的人，白烟从一明一暗的红色火星中产生，向上飘着，还没飘到门的高度就消弭殆尽了。对方拿着手机在打电话，说着一口陈逾司听不懂的方言。

服务生将热好的便当拿出微波炉，给了防烫的瓦楞纸。纪淮端着两份便当回座位，收起自己的考卷。等她咬了一口便当里的猪排，依旧没搞懂陈逾司为什么生气。

难道就因为自己说了一句"这题我会"，还是因为他知道了自己正想要努力考试超过他？

生气？

陈逾司想，干吗生气？有什么好生气的？

就为了三分钟前的事情生气？

没必要，他是这么容易就生气的人吗？

三分钟前陈逾司还是忍不住开口："纪淮，你不和我说点什么吗？"

陈逾司说完，纪淮抬头，她正在做放学前讲的那道题的例题。她用拿着水笔的手挠了挠下颌，一脸不解地看着他："嗯？我要说什么？"

她垂下眼帘，看着坐标系与参数方程的知识点，努力回忆了一下。难道是因为他那时候来他们教室讲了这道题的解题思路，被他发现自己在看他没看黑板，让他误会自己没掌握？

纪淮赶忙解释："题目我会的，坐标系与参数方程我掌握得还可以。"

陈逾司蹙眉，谁管题目和知识点了："不是这个。"

那纪淮就更不懂了。

看纪淮一脸不解的样子跟真的一样，为了防止她存在装疯卖傻的可能，陈逾司挑开说了："我听说你要拿下我。"

纪淮记得自己说这话是和夏知薇吃过午饭回教室的路上，当时身后跟着的是他们班级的孟娴一，被听到倒是不意外，但知道孟娴一转达给他就很意外了。

纪淮不好意思地点头，虽然她是想着要考过陈逾司，但下战书似的承认她还是有点胆怯。她本来就只打算暗暗努力，和夏知薇那样说也只是开玩笑。

陈逾司说完就看见她的表情变了，她脸上的不解没了，多了些忸怩，虽然不太像害羞，但欲言又止的样子，说明孟娴一没谎报军情。

他没多想为什么少了些害羞，虽然女生被戳穿暗恋总要害羞一下，但想想她都能在阳台上偷看了，没害羞也能理解。

纪淮想着他应该不是那种只允许自己考好成绩的人，一咬牙点了头。

就像她想的那样，陈逾司的嘴角一扬，没生气。

纪淮看见他是这样的表情，也松了口气，按压式的水笔，没节奏地被她按着盖帽。她还是有那么一点紧张，毕竟以后是竞争对手了。

纪淮看着他，目光坚定如炬："所以，下次月考请全力以赴。"

陈逾司一愣，嘴角的弧度变平了："嗯？"

"我一定会超过你，把你拿下的。"纪淮重新提笔开始做题。

陈逾司："……"

椅子脚在地面上划过，发出刺耳的声音，纪淮从刚写了一步的方程式里抬头，就看见他径直走了出去。

陈逾司转头看向便利店里的人。纪淮正吃着炸至金黄的猪排，一脸不解地看着他，猜着他为什么突然出便利店了。

所以说，生气吗？他可是爱打游戏的人，游戏里多少"奇葩"，他可是经历过这些的人，生气？

可能吗？

当然可能，排位遇见四个"演员"他都不一定心态像现在这样崩。

他的心态崩了。合着人家压根儿没喜欢自己，对自己一点非分之想都没有。心里装着圣贤书，就想着和他拼成绩。

他们走在小区的路上，她的影子落在他旁边，被风吹起的头发和裙摆碰到了他的影子，可她明明离自己很远。

陈逾司揣着一肚子闷气回了家，到家看见满屋子的昏暗之后，找不到出口的怒气在身体里乱窜，最后书包被他摔在地上，他才算泄愤。

第二天，他故意错开纪淮上学的时间，踩着铃声到了教室，懒散地坐在位子上，没看见桌上有早饭，伸手摸桌兜也没有摸到，问了四周的人，没人看见有人给他送早饭。

孟娴一抱着化学作业走到他的座位旁，他不死心地低头看桌兜，除了他的几本漫画书，没别的了。

陈逾司叹气，把书包从身后的椅背上拿起来，放在桌上，拿出所有的作业叫孟娴一自己翻。他托腮看着窗外，心里郁闷。

喜欢这件事不受人控制，它由一个诱因开始，然后潜藏在朝气蓬勃的血液里，随着血液流淌过四肢乃至全身各处的经络。于是乎，听见她的名字，看见她的人，血流就开始加速，他就跟着开始心跳变快，耳朵发烫。

第二天，陈逾司上学看见了桌上的手抓饼，全料的。心情晴转多云，刚咬了一口，前桌拿着他的考卷转过身问他写的那是什么字。

前桌看见陈逾司吃得津津有味，问完了字，打趣了一声："真是良性竞争。我要是孟娴一才不给你买早饭，给你两个鸭蛋，祝你下回考试零蛋。"

陈逾司咀嚼的动作停了。

孟娴一抱着其他组的化学作业来收陈逾司考卷的时候，看见他将才咬了几口的手抓饼收了起来，扔进了垃圾桶。

她给自己找好了台阶，安慰自己他向来不收女生送的东西。她伸手将头发别在耳后，尽量说得无所谓："昨天看你一直在找早饭，今天顺道就给你买了。虽然你只吃了两口，但记得给钱，不是送你的。"

纪淮没察觉到陈逾司的不对劲，只知道省了好几天的早饭钱。

她高兴，兜里揣着省下来的早饭钱和夏知薇放学在学校门口喝奶茶。

拿着号码小票站在旁边等叫号，夏知薇不忘忙里偷闲地看小说，小说已经进行到"追妻火葬场"的阶段，距离完结不远了："我的肾和眼角膜还有骨髓都在，你说我能不能当个总裁夫人？"

纪淮佩服她天马行空的想法，笑笑："这个不知道。你就算是嫁给一般人，一般人也得要求你器官健全吧？"

"什么破学？居然还要未来的总裁夫人亲自来上。"夏知薇叹了口气，抱着那本书，将下巴搁在纪淮肩头，"又要月考了，又要受到你们这些学霸的降维打击。"

"哪有这么夸张？"纪淮耸了耸被她靠着的肩膀，"好好努力，考试前都不要看小说了。"

夏知薇的斗志也被点燃了，直起身郑重地点了点头，五秒后斗志的火苗被浇灭了。她重新靠回纪淮的肩头："算了。"

夏知薇努嘴，叫纪淮朝校门口看："看，是陈逾司。人与人的差距，他打游戏、上网吧能考第三名，我看小说一不留心成绩都要被踢出重点班了。"

纪淮看过去，他身边少了许斯昂，但也不缺人跟他一起吃午饭、体育课结伴。他还是没穿校服，校服外套系在书包上，身上那件是纯黑的长袖，就带了一个品牌的标志。他的手揣在裤子口袋里，偏着头在和旁边的男生讲话。

没一会儿一个女生穿过马路朝着他跑过去，刚和他说话的男生立刻就走开了。

纪淮认得那个女生，还是那个和她表哥在厕所门口亲昵过的女生。

两个人不知道在讲什么话，纪淮没继续盯着看，耳边传来服务员叫号的声音，正好是她手上那张。

陈逾司懒得搭理徐娇，说了好几遍自己没空，徐娇还是在放学的时候把他拦下来了。她是从马路对面跑过来的，有点喘。

徐娇伸手拦住他："你要是觉得我耽误你放学回家的话，我们可以边走边说。"

陈逾司看她烦，干脆开门见山地说了："许斯昂要和你分手，原因我不清楚，但和他上回在校门口搂的那个女生没关系。"

"因为你喜欢她是吗？"徐娇不依不饶道，"我听说了，你这种从来不收别人送的东西的人，收了她买的东西。"

徐娇没问到什么，他已经抬腿走人了。

许斯昂的身体状态逐渐稳定，但骨折没有一百天恢复不了，入了五月，这学期是没机会再去上课了。

蒋云锦怕耽误纪淮学习，让她平时别到医院来，等周末再去。

但许斯昂也没在医院躺多久就出院了，脑部没什么问题了，剩下的骨折可以待在家里慢慢养，定期去复查就可以了。

因为行动不便，许斯昂的房间搬到了一楼。蒋云锦这天炖汤，叫了陈逾司来吃饭。许斯昂出院回家静养的时间卡在周末，纪淮趁大姨去医院给表哥办手续，主动把一楼的房间打扫了一遍。

陈逾司到的时候，就看见一道背脊的弧度，她娴熟地展开床单，将床单的头端塞到席梦思下，这样睡觉就不容易把床单弄皱。扯平床单上的褶皱，再把枕头套好。

陈逾司双手抱胸，身体靠在门框上，有点不爽："给你哥圈个草席睡睡得了。"

纪淮转过身看见是他，嗤了一声："听听这是人话吗？"

陈逾司看纪淮铺好床了，不客气地直接坐到了床上："你哥哥还没回来啊？"

"在办出院手续了，中午前能到家。你来得挺早的，午饭都还没开始做呢！"纪淮转身，刚准备把椅子上的被子抱到床上，回过身看见他穿着外裤就这么坐在了刚洗干净晒干的床单上，顿时嫌弃道，"脏不脏？你穿着裤子就坐上去了。"

陈逾司愣了，把手伸到腰上，手指缠上了运动裤的系带，微微仰起头看着站在面前的纪淮，嘴角扬起："怎么着，要我把裤子脱了吗？"

害羞？

纪淮会害羞？能站在阳台上看他一件件穿衣服的人会害羞？

治陈逾司的办法就是比他更厚脸皮。像是回到了纪淮去三中报到的那天，他们为谢不谢这件事拌嘴。

人要脸树要皮，电线杆子要水泥，电灯泡子要玻璃。只要纪淮不要脸，陈逾司就说不过她。

看他的动作手指绕着系带，纪淮把被子放在床边，一笑："可以啊，看看是我眼睛先疼，还是你屁股先觉得冷。"

没救了。

这话是周主任每次去网吧抓陈逾司和许斯昂之后，在学校里找他们谈话时候会说的。

现在纪淮也会这么说了。

许斯昂坐着轮椅回来的时候，纪淮和陈逾司坐在沙发的两端。纪淮的样子神清气爽，倒是陈逾司一副吃瘪的模样。

蒋云锦最近都不多说一句，生怕许斯昂又干出什么能要了她半条命的事情。下午，陈逾司帮许斯昂把楼上房间的电脑搬到一楼的新房间，娴熟地给他装好。

"你和徐娇分手了？"陈逾司没抬头，开机检查着分屏能否照以前那样使用。

分手这事是许斯昂前两天躺在医院病床上临时决定的，他没有好好喜欢过对方，所以也谈不上什么难不难过。

许斯昂两只手没多大事，把玩着手柄。等陈逾司给他装完电脑，他看着手柄上的按键，"嗯"了一声："突然想到，我不能成为某个人的男朋友，我得单身，我要做一个女孩的芳心猎手。"

许斯昂猜到了，他一说完，陈逾司肯定会骂他一句。

事实也是。

许斯昂还是多说了一句："她原本是想要追你的。"

陈逾司把电脑调试好，拿起另一个游戏手柄，随便开了一局游戏："和我没关系。"

许斯昂选定角色，等待着开头动画的播放："其实你们也挺合适的，你也缺爱，可以试试。"

陈逾司依旧开口骂了他一句，这次多了一个字："大傻子。"

纪淮把切好的水果拿到他们房间的时候，就听见陈逾司在骂她表哥。

她把果盘放到桌上，看见两个人手里的游戏手柄，警觉地睨着许斯昂："这次没打赌吧？"

许斯昂原本就没有陈逾司厉害，现在半残不死的状态更打不过了，没几下就连败了两场，有点窝火："没打赌，就切磋切磋。"

陈逾司坐在坐垫上，后背靠着床侧，表情轻松，修长的手指拿着手柄，操作着角色，根据许斯昂的进攻按下不同的按键。

纪淮虽然不了解游戏，但看着两个人完全不同的表情，又看看屏幕上一个总在挨打的角色，还是能分清赛果的，不是惜败，大概率是被血虐。

她叹了口气："干吗找虐？"

陈逾司放了两秒的水，这个机会，许斯昂还是没抓住。陈逾司又赢完他一局后，把手里的手柄递给纪淮："过来，让你表哥在你身上找找自信。"

许斯昂生气了："陈逾司，羞辱我呢？"

许斯昂不准纪淮接，正巧纪淮也不想玩，只提醒他们记得把果盘吃了："不要，我要去做理综考卷了，你好好沉迷游戏，我努力学习。"

许斯昂这回是把"好好学习"听进去了，但他也不知道自己踩在了雷区上："对，我的好表妹，快去写作业，努力考试超过他，加油！"

陈逾司没说话，舌尖舔过后槽牙，不爽。

前些天便利店里的回忆又出现在脑子里，他的生气没随着时间变弱。他拿着游戏手柄，抬了抬手，示意许斯昂继续，撸起袖子："继续吧！"

有了上次月考的成绩排名，五月的月考纪淮更努力了。夏知薇刚吃完饭，又拆了一包贪嘴解馋的奶糖，看见纪淮认真地看着错题本，道："要适当休息。"

说着，抓了几颗奶糖放在纪淮的课本上。

纪淮笑着道谢："我没在写题，只是看题目，这已经是在休息了。"

夏知薇指着第三组的李致："淮淮，你这是和班长学的一套走火入魔的功夫吧！"

李致的认真程度，纪淮还是望尘莫及。她至少只是午休和大课间努努力，课间十分钟时不时还会偷个懒和夏知薇在走廊上散散步放松一下。

反观李致一天到晚除了必要的上厕所，其余时间屁股基本没从椅子上离开过。

虽然认真，但已经认真到连老师都害怕。班主任宋书骄还时不时地劝他要放松放松。他却抬起头，推了推方框眼镜："老师，我不累。我是一个学生，努力学习是学生的本分。"

这话把其他班级的老师都感动到了，还纷纷问老宋是在什么庙里烧的高香，能把李致这样的好学生分到自己班上。

宋书骄害怕这样的学生万一哪天成绩一个不稳定，应激反应也大。

但想想怎么都比自己前妻班级里隔三岔五就闯祸的学生好。

这天，宋书骄往水杯里泡了去年买的还没喝完的金骏眉，颇有闲情逸致地走到自己前妻的办公桌旁边："少了许斯昂之后，我看魏老师你们班里另一个大爷也挺乖了嘛，这几天我都没看见周主任来骂人。"

对方没好气地回了句："宋老师还是继续去庙里烧烧香，保佑你们班级的好学生保持好成绩，让你每个月能多拿二百块。"

宋书骄不可能就这么吃瘪，刚准备还击就看见来办公室交作业的纪淮，笑着朝纪淮招了招手："马上要月考了，上个月考了年级第五吧？我看分数差距都不大，下个星期好好努力，向李致学习，名次进步一两名，给我们班级争光。"

魏书舫瞥了他一眼："滚。"

宋书骄嘴巴上占了便宜，也不生气："魏老师说话粗鄙了，太粗鄙了。"

纪淮胆子不大，所以没办法大声喊出"复婚"。

她走出办公室，五月下午的太阳已经热了起来，穿堂风没在教室停留，翻动书页，又从开着的门窗跑走了。

（2）班下节是体育课，纪淮碰见陈逾司的时候，他正从楼梯口往下走。他这天穿了条校裤，上身还是件黑色的短袖，今天的这件背后多了一个涂鸦画。

一到月考的时候，学校可能觉得学生的压力不够大，隔三岔五就宣传一遍早就听烂的考试规章制度。

天越热，早操就越招人嫌。纪淮已经够偷懒了，还是出了一身薄汗，小卖部里三层外三层的人形围墙比长城还屹立不倒，纪淮放弃了买水，每天自己带水杯，还能泡点红茶或是柠檬水带过来。

她不去小卖部人挤人，走回教室的路上，人都少了，路过（2）班，看见陈逾司正拿着一本漫画书，颇有闲情逸致地吹着穿堂风。

这大概就是第三名的好处。

纪淮一咬牙，回到教室就开始做考卷。五月的天早操就难为人，更别提入了六月或是九月刚开学。

夏知薇去一楼倒水，一回来就看见纪淮在做作业，下巴都快掉了："这么努力？"

纪淮点头，算题的手没停："我一定要拿下陈逾司。"

夏知薇八卦的少女心再一次绽放，握拳拍胸口："淮淮勇敢飞，姐妹永相随。"

月考前一天，纪淮的错题本都翻了两遍了，睡前过了一遍语文以往的背诵范围。

等她准备收拾书包去睡觉，一抬头，见对面房间的阳台上亮着灯，一个打着哈欠的男生手里提着一个水壶，特别有闲情逸致地在月下打理着他的花花菜菜。

他看见也还没睡的纪淮，抬眸看过去："紧张？"

他刚洗完澡，准确来说是看自己支持的队伍比赛，结果那群人打得稀烂，气到他直接关了视频去洗了个澡。一从浴室出来就看见对面窗前坐着个人，正伏案认真地看书。屋里很亮，亮得能看清楚她发绳上的卡通图案是橙黄色的胡萝卜。

十分钟的时间，她蹙了两次眉，用笔抵着额头四次。

纪淮打了个哈欠："还好吧，刚看完书准备睡觉。"

陈逾司浇完花，伸手理着那盆韭菜，眉梢一挑，投了一个眼神过去："不多看两道题？我等你把我拿下呢！"

"你这是给我下战书呢？"纪淮把最后一本错题本放进书包，"不和你说话了，我要去睡觉了，我们现在是对手。"

说完，她把窗帘也拉上了。

拉上的窗帘是浅粉色的，是蒋云锦因为纪淮要来住特意换的新窗帘。

对手？

陈逾司想着，手一抖，揪下来一片好的韭菜叶子，嘀咕了一句："对个鬼的手。"

因为上回月考第五名，纪淮月考是在自己的教室，就在自己座位的前面一个位子。考试前的巩固阶段，班主任来盯梢，考前还是忍不住提醒了一遍认真阅卷读题，同学离开比隔壁班晚了一会儿，半数（2）班的人已经在教室等了。

陈逾司没和任何人站在一起，倚在走廊的栏杆上，手里就拿着一支水笔。纪淮坐在靠窗的位子上，听得见外面的对话。

有个男生突然叫了陈逾司一声，问他复习得怎么样。

陈逾司因为那一声，偏过头，眸子里藏了些倦意："没复习，昨天晚上看比赛看得太晚了。"

靠近纪淮窗边的男生背对着陈逾司翻了个白眼，朝着旁边的人张了张嘴，嘴型一眼就看懂——装。

　　陈逾司眼下有点乌青，看他这样子昨天肯定没睡好。那几个男生嘀咕了两句，转身又厚着脸皮问了他几个题的解法。

　　陈逾司不卖关子，告诉他们简化计算的办法。

　　纪淮把一切都看在眼里，忽地有点为他愤懑。像是小时候得知自己特别要好的朋友和别人开玩笑说纪淮可以去演电视剧，演《三毛流浪记》，因为她爸妈不在身边。

　　陈逾司把玩着手里的那支水笔，远远地朝纪淮递了个眼神过去——有信心吗？

　　纪淮深吸了一口气，已经认真复习和认真听讲了，她把能做的都做得尽善尽美了，还是有那么一点信心的。

　　纪淮的信心仅仅维持了一上午，考完数学就废了。

　　最后一道题，她磕磕绊绊地写了一半就打铃收卷了。那道题有点超纲，她绞尽脑汁也没想出最后一小题的解题思路。

　　食堂饭菜原本就不好吃，纪淮胃口一没，没吃两口就倒了饭菜。

　　小卖部照旧有人，纪淮站在洗手池前洗手的时候，陈逾司正好手里拎着个面包从食堂对面的小卖部出来，满脸倦意。

　　似乎习惯了他旁边总有人，现在看他一个人拿着面包走出小卖部感觉有点落寞。

　　困，又累又困。

　　昨天晚上浇完花，他本来打算睡觉了，但临睡前又想到了自己喜欢的那个队伍的上单，在最后一把用凯南闪现过去挑衅对面满血的船长。陈逾司想了半个小时也没有想明白为什么这个凯南敢这么操作，最后一看时间不早了。

小卖部的面包也不怎么好吃，面包夺走了嘴巴里的水分，里面夹着的肉松吃着一点味道都没有。

老教学楼前的爬山虎绿着，长满了半面墙。

忽然，一罐咖啡摆到了他手边。

陈逾司嚼着面包侧过头，先看见撑在围栏上的一双手，然后是灰色的校服裙摆。

纪淮的脚压根儿碰不到地面，帆布鞋在空中晃着，她是来问题目的："你数学最后一道题写出来了吗？"

陈逾司拉起拉环："写出来了。"

"那完了，我估计是考不过你了。"纪淮说完，表情垮了，有点委屈地看了看他，又看了看他手上的咖啡。

陈逾司把咖啡递到嘴边，在纪淮的表情下还是没能喝下去："怎么着，准备要回去？"

纪淮摇头，颓丧的表情好转了一些："那倒没有，就是想喂你吃安眠药。"

一想到六月份顶着个大太阳在操场上舞动青春就觉得热，可考不过他也没有办法。

陈逾司还没接话，她倒开始自我安慰："还有三场考试呢，我还有机会。"

纪淮好不容易建设起来的心理安慰，在下午考前复习开始的半小时内就被打破了。

数学第一个满分出现了。因为是按照月考成绩排的，第三张考卷，一猜就能猜到是陈逾司。

这个打击有点大，纪淮回到大姨家，朝着沙发上一倒。

许斯昂还是头一回看见纪淮这么垂头丧气："怎么了？"

纪淮抱着沙发上的抱枕，半死不活道："陈逾司数学满分。"

许斯昂想起来了这天月考，他现在很懂纪淮的心情，毕竟自己打游戏被陈逾司虐来虐去不知道多少次："我能理解，你说这种人上帝不降他智商别人能活？"

纪淮撇嘴，很赞同。

许斯昂用手转着轮椅的轮子，来到茶几前，拿起一个血橙丢给纪淮："晚上多看几题，不到最后不要轻言放弃。"

夕阳的余晖从屋外照进来，照到许斯昂身上，这就是大自然赐予的哥哥的伟大光辉吗？

纪淮的鼻子一酸："表哥，你真好，太会安慰人了。你是不是因为被陈逾司虐的次数太多了，都学会自我调节了？"

许斯昂嘴角一扬："没有，我这是事不关己，说话不腰疼。"

纪淮："……"

陈逾司这天浇花没看见书桌前的人，抻长脖子又朝里面看了看，这才看见她肩头披着毛巾，头发湿漉漉地从浴室出来。

纪淮想破脑袋也没有想出最后一道数学题要怎么做，考一门丢一门，结果化学看了几题，有些磕磕绊绊。

她的视线和窗外浇花的人撞到了一起。

纪淮没什么复习的心思了，推开阳台的门走出去，看着他架子上的一排花花菜菜："难道我和满分之间的距离是没种上一盆韭菜和一盆香菜吗？"

漆黑的夜里，对面传来很轻的笑声。

他举了举手里的水壶："要不从今往后我这盆满分韭菜你来浇水？"

纪淮灵光一闪，眯着眼睛盯着那盆绿油油的韭菜，挑眉："既然是满分韭菜，不应该吃了的效果比浇水好吗？"

"没有科学研究表明韭菜对开发大脑有效，它只是一盆韭菜，不是'机智豆'。"陈逾司的笑容没了，伸手护住，"别打坏主意，明天我起床发现少了一片叶子，我和你拼了。"

第二天的早饭纪淮买手抓饼还特意要了一根香肠和两个鸡蛋。陈逾司照旧是他的"满汉全席"，并且狠狠地嘲笑了纪淮的封建迷信。

纪淮不理睬他的嘲讽，咬了一口热腾腾的手抓饼："宁可信其有，不可信其无。"

陈逾司笑："但某些人似乎忘记英语满分是一百五十分了。"

仿佛一道天雷劈了下来，纪淮石化在原地："晚了，完了，怎么办？"

陈逾司转过身，看她束手无措的样子："单脚原地蹦三下。"

"哪只脚跳？"

"男左女右。"

纪淮抬起左脚，人有点不稳："这样就能破除魔法了？"

"不会，只会让你封建迷信的行为看上去更蠢。"陈逾司终于不憋笑了，眼睛弯弯，"叫你打我韭菜的主意。"

纪淮被他捉弄了，耳尖泛着红，把抬起的脚放下来，忍着没踢过去。她张了张嘴，没发出声音，但他看她那想吃人的表情，不用猜也知道不是什么好话。

人就是这样，只喜欢听自己喜欢听的话。纪淮这时候就同意陈逾司的观点："封建迷信要不得，新时代的接班人不能信奉这种东西。"

纪淮含着泪吃完了香肠和两个鸡蛋，还忍不住闭眼在胸前画十字："菩萨佛祖，保佑保佑。"

"你倒是挺会的嘛，中西融合啊！"陈逾司把她往自己这边拉了一下，防止她闭眼画十字的时候被高出一截的人行道绊倒。

纪淮又抬手对着空气拜了拜："都求求，总没有错。"

拜完还不忘睨他一眼，警告他："你成绩够好了，你不准拜。"

出成绩的那天，正巧赶上学校要办夏季运动会，班会课需要安排运动会，所以月考的成绩中午就贴在了公告栏。

夏知薇吃过午饭挤进公告栏，最后挤到发绳都松了，在附近转了一圈没看见纪淮的身影，回教室发现纪淮终于没有在看书了，而是趴在桌上。

课本盖在纪淮的头上，夏知薇把英语书拿走，看见她眼睛睁着，脑袋旁边还有一长条"机智豆"。

"淮淮，你第四名！"夏知薇把她扶起来，"激动一下，欢呼一下。"

纪淮在公告栏贴出来之前就知道自己的成绩了。

比陈逾司少了五分。他语文没考好，她数学没考好。

但人家就是比她高五分，能坐在教室里，不用在太阳下舞动青春挥洒汗水。

夏知薇带动不了纪淮的情绪，摸了摸她的脸，帮她理了理衣领："不是你没考好，是他们考太好。你第四名都这么颓废了，我这种四十四名的岂不得喊个唢呐队来表演？"

是有那么点道理，放别人眼里，第四名还这样就是装了。

纪淮扯了一包"机智豆"给夏知薇："吃吗？"

夏知薇接过："你怎么买这么多？"

纪淮自己也拆了一包："陈逾司买的。"

"机智豆"是陈逾司买的。

因为他不用出早操，被老师喊去登记分数，他先知道排名。纪淮吃午饭前去交作业，正巧碰见他从办公室出来。

他春风得意的样子，纪淮没等他开口就猜到了结果。

爬满爬山虎的老楼前多了个人，纪淮坐在围栏上，靠着旁边的柱子，两只脚垂在空中。陈逾司从腕上的购物袋里拿出一个面包，剩下的连同袋子一起递给了她。

一个面包、一瓶牛奶，还有一长条的"机智豆"。

纪淮粗略地数了数，大概八九包。

"你这是在嘲讽我吗？"纪淮拿着一包"机智豆"，有点委屈。

"我这是在给我的韭菜降低死亡可能性。"

纪淮把"机智豆"塞回袋子里，又从袋子里拿出面包，拆开包装咬了一口发现是红豆味的。纯牛奶解了面包的甜味，纪淮还是有点颓。

这个状态也不是没道理，自己认认真真地看书、背书、复习，然而别人随随便便上课听听，考前打游戏不复习分数还是比自己高，怎么能不垂头丧气啊？

纪淮啃着面包，看着旁边的人："陈逾司，你真的好聪明啊！"

她能懂为什么奥数带队老师非要他了，他看上去像是小聪明，但其实是脑子更适合读书。

陈逾司听到她的话，扭过头。

一阵风吹响了爬山虎，吹动了衣角。

恍惚间，陈逾司好像听见一个十岁小孩的声音，那个声音从很远的地方传过来，但好像就在耳边。他脑海里浮现出北约克郡哈罗盖特的一个雾天，有一双手牵着他来到河边，对他说："陈逾司，你愚蠢得可怜，你什么都比不过我，妈妈一点都不喜欢你，她只喜欢我。"

他看向纪淮的眼睛，在自己眼眶微红的时候移开了视线："说得这么真诚？再夸两遍。"

陈逾司小时候住在英国北约克郡一个叫作哈罗盖特的小城市，那是一个多雾的小城。他那时候住在距离"龙道"不远的地方，在阿什维尔学院念的小学。

家里有一个比他大五岁的哥哥，叫陈逾钦，两个孩子都随母姓。

父母在陈逾司小升初的时候离婚了，对于爹妈要离婚这件事，陈逾司没多大反应。

这一切要从半个月前，他老妈清点衣帽间发现丢了两个名牌包和一块腕表说起。

不得不说他老爹很蠢，蠢到直接拿他老妈的东西送给小三。

原本就是吃软饭"嫁"给他老妈的男人，乖乖夹起尾巴混吃等死才是标准答案。

这是陈逾司和他哥的想法。

陈逾钦问他："那你为什么还跟老爹？"

陈逾司当时躺在床上拿着游戏手柄，耳机没戴，而是环在脖子里。

随着通关的提示占据了屏幕，他不知道按了什么按键，继续下一关。

陈逾司说："我怕我不走，有一天会死在你手里。"

他哥哥看着地上的行李箱，笑了笑："那些我是开玩笑的。"

陈逾司看着他脸上的笑容，就算过了很多年，还是弄不懂他那时候为什么脸上能扯得出笑容。陈逾司问："哪些是开玩笑的？是把我关进烤箱还是把我推下河？"

·············

"我小时候给这个如花似玉的姑娘教训了七八个欺负她的小屁孩，这就是坚如磐石的兄妹情谊。你没有，你不懂，你哥就只会骗你去死。"

许斯昂这话说得没错。

陈逾司哥哥会骗陈逾司烤箱里有一条通往地下的隧道，会骗他屋后那条河是一条有魔法的河，人会漂在水面上。

一直以来，陈逾钦都比陈逾司优秀、比他聪明、比他更会处理人际关系，这个哥哥像一把标尺横在陈逾司过往十年里。

和蒋云锦不同，他们的妈妈并不会要求陈逾司多优秀，他只要不犯错、听话就够了。

小时候陈逾司不太懂，后来他才知道这不是开明，而是无所谓。

无所谓他优秀不优秀，因为大儿子已经足够完美，完美到能成为一个被她拿出来炫耀的名牌高奢，陈逾司的优秀也不过是锦上添花。

为什么从奥数队退出？因为陈逾钦获得了一场全英规模的比赛冠军，他可以到 HSBC Holding（汇丰银行控股公司）带薪实习一个月。陈逾钦在社交软件上发着他获奖后和指导老师的合照。

陈逾司手滑点了赞，直到陈逾钦找他，他才发现。

"听说你也要参加奥数竞赛了，加油！"

不管表面看上去是多么鼓励人的话，但从陈逾钦嘴巴里说出来，感觉就是会变。

许斯昂和纪淮的关系让陈逾司很羡慕，蒋云锦对许斯昂的管束也让他羡慕。

可他上网逃课也没有人管，他考第一也没用，因为他哥能做到，而且比他做得更好。

…………

"陈逾司，你真的好聪明啊！"

…………

理科班女生少，抓壮丁的体育委员逮到时间就来游说运动会报项目的事情，没一个女生跑得掉。

做完早操回来，女生从书包里掏出各式各样的小型风扇。

纪淮一热，脸就会烫，小电风扇怎么对着脸吹都解不了身上那股燥意。最近温度不降反升，汗水顺着脖子滑进内衣里的感觉特别不好。

体育委员带着那个报名单走到纪淮那桌，朝着她们打招呼："两位美女有兴趣代表我们理科（1）班征战运动会吗？"

纪淮也想在绿茵场上奔跑，但之前两次逃跑的经历已经无情地把她是个运动废物这个真相揭示在她面前。

就在纪淮决定报个铅球、标枪一轮游的时候，班主任笑眯眯地把她喊出教室："是这样的，学校领导看你成绩好长得又漂亮，这么良好的形象非常适合成为颁奖的礼仪小姐。"

这种事情向来不给学生拒绝的机会，嘴巴上说着想让学生如何如何，但没有推脱的可能。

夏知薇在吃午饭的时候，知道了纪淮要当运动会颁奖的礼仪小姐的事情，一时间表情复杂，让纪淮不知道这件事是好是坏。

夏知薇安慰她："其实挺好的，就是往年裙子比较难看。"

纪淮咬了口四季豆，问："难看到能让我丧失一整个高中'择偶权'的那种程度？"

夏知薇没办法昧着良心，只好点头。

纪淮感觉自己一口气差点没有顺上来，等她看见去年那条胸口有朵大红花的人间富贵花的裙子时，那口气顺上来之后，差点咽不下去。

幸好去年深受其害的女生联合抵制，最后学校方面换成了青花瓷样式的批发旗袍。

素雅倒也比俗气好。

周主任带着她们去国旗下彩排走位和站姿，纪淮像个服务员一样端着个"空餐盘"。

红色塑胶跑道上，陈逾司他们班正在从七个报名一百米的人里选出三个。陈逾司不在其中，背着个书包站在不远处的足球门框前，不知道谁从器材室借了一个足球，球传来传去，传到了他的脚下。他用脚将滚过来的足球挡在了门框外，前脚掌踩在足球上，看清了不远处踢球过来的人。

他的脚微微用力将足球钩起来，随后一脚朝着刚来球的方向踢了回去。

操场上的人嗓门挺大的，喊着陈逾司的名字："踢足球吗？"

他没回答，而是直接把书包从后背上拿下来，随手扔到场边。

纪淮没看过他踢足球，没看两眼就被周主任点了名，一起被喊名字的还有另一个女生。

"那边那两个女同学，看什么呢？到你们走过来了。"

那个文科班的女生不害羞，回了一句："看陈逾司踢球呢！"

虽然陈逾司是个成绩好的学生，但约莫是周主任抓他去网吧抓多了，一听见这名字火气还是"噌噌"就上来："有什么好看的？！"

"大帅哥，肯定好看。"那个女生捧着圆盘走到指定的位置，说话的时候笑嘻嘻的，眼睛也弯弯的，很漂亮。

纪淮照着流程走了一遍，最后站到旁边休息。刚和她一起被点名的女生走到了她旁边，伸出手："匡从筼，文科（1）班的。"

纪淮也伸出手："理科（1）班，纪淮。"

那个女生听完，一瞬间有点失落："啊，你们不是同班同学啊？！"

纪淮点头，佐证她的话。

不过失落只有片刻，匡从筼抱着圆盘又聊了起来："不过他好帅，好想和他谈恋爱，但'男色'误人，人家也看不上我。"

"学校也不准早恋吧！"纪淮又补了一句，"怕恋爱影响学习。"

刚说完，纪淮一愣，脑袋里的小灯泡一亮，朝着匡从筼握拳打气："但不谈恋爱的高中生活是一定会充满后悔的，喜欢就去追。"

谈恋爱会影响学习。虽然想让陈逾司成绩下滑这个想法很罪恶，但是五月的大太阳挂在头顶也很罪恶。

快去谈恋爱吧，陈逾司，也好让她体验一把教室头顶的电风扇呼呼地吹风，而他在操场上流汗、流泪的日子！

纪淮眯着眼睛看着绿茵场上运球的人，足球在他脚边按照他的想法滚动着，她脑袋里自动为他配上足球解说情绪激昂的一声"禁区内一脚射门"。他带球过人，球在慢下来的几秒后，被他稳稳地踢进了足球门框。

匡从筠看见他进球，连忙鼓起了掌："你这么看好我？"

纪淮点头："万一他就喜欢你这样的呢？"

匡从筠的眼珠转了一圈，稍加思索："要不我试试？"

"冲！"纪淮的头点得更重了。

进球后，陈逾司没了一半踢球的兴致，一抬头和纪淮视线撞到了。她又偏过头和旁边的女生不知道说了什么，一个劲地在点头。

班主任出了个乌龙，陈逾司报的四百米不需要班级选拔，他白等了半个多小时。他正要走的时候，纪淮她们也彩排结束了。

几个女生也不客气，圆盘都交给纪淮，让她送回去。

纪淮从行政楼的仓库出来，陈逾司在楼梯口等她，丝毫不在意还在学校，手里拿着手机不知道在玩什么手游。

放学原本就晚了，又因为运动会的事情拖了一会，现下白昼再长，走回家的路上，天也暗下来了。最后一缕夕阳的余晖只能照亮五分之一的天空，那五分之一是橙红，另五分之四是深蓝色。

红与深蓝交汇，天空半明半暗，云朵已经不再是白色，而是成为灰色的云飘在天空。

再过一会儿，天就会彻底暗下去，而洵川这座城市却会亮起来。

"陈逾司，你喜欢什么样的女生？"纪淮走到十字路口等红绿灯的时候问了一句。

车水马龙在眼前，她在自己旁边。

陈逾司一愣，心跳快了一些。但想到上回的"拿下"的那个乌龙，又不敢往好处想："怎么了？"

"想要了解一下。"纪淮朝着他卖乖地眨了两下眼睛，"说说呗！"

事出反常必有妖，陈逾司斜着眼打量着她。

纪淮将自己的小九九美化："你说了我知道了之后万一遇见你的理想型，我也好介绍给你。"

陈逾司才不信她的说辞，起了逗她的心思："我喜欢成绩比我好的、游戏打得比我好的、爱做家务的。"

纪淮没发现他在逗自己，摸着下巴认真地思索了起来，成绩比他好，游戏比他擅长，还要爱做家务……

"那不就是……孟娴一埋头苦练游戏技术，和你结婚之后退隐电竞圈成为一个全职主妇。"纪淮分析完了之后，觉得不现实，"你觉得可能吗？"

陈逾司无语："这话的可能性等同于你哥考上首府大学，我那盆韭菜被你浇水浇成真兰花。"

绿灯已经亮起，五月的夜风还带着白天的热气。

纪淮的裙摆被风吹起，她走在他旁边。良久的沉默之后，她突然开口："陈逾司，换装小游戏可以吗？《黄金矿工》不行吗？"

对视的时间里，他点了点头，心想：行的，如果是你就行。

但陈逾司还是搞不懂她要干什么。

没过两天，陈逾司就知道她想干吗了。

当天早上买早饭的时候，纪淮叮嘱他晚上放学一起走。结果放学那天她和一个女生一起来了。

那女生自我介绍说叫匡从筠。

认清现实只需要十秒钟，十秒钟之后陈逾司发现这是纪淮给他介绍的女朋友。

打野 buff 开局，他被辅助抢了 buff 都不一定有这么生气。

陈逾司的拒绝也特别直截了当："你不是我喜欢的类型。"

陈逾司扔下匡从筠一个人，加快脚步走了。他抓到纪淮的时候她刚在盛泰的麦当劳甜品站买麦旋风。

纪淮拿着钱站在窗口外："奥利奥麦旋风，一个……"

她还没说完，旁边凑过来一个人："两个，谢谢！她付钱。"

还吃麦旋风，吃个冬瓜糖。吃吃吃，还好意思吃麦旋风。

纪淮从出货口把两个麦旋风拿了下来，递给他一个，还没来得及心疼自己的钱，先问了情况。

"怎么样？我特意问了，匡从筼童年玩过很多类型的换装小游戏，《黄金矿工》单人三十关卡不是问题。成绩在文科班也名列前茅，很符合你的标准。"

她还笑着呢，就差没在脸上写下"快夸我"三个大字。

陈逾司用勺子挖了一大口麦旋风，把手里少了一半的那份给了纪淮，拿走她还没吃的全满的另一份，吐出两个字："憨憨。"说完就走了。

纪淮蹙眉，看着手里只有一半的麦旋风，小跑着追上去："陈逾司，你骂人。"

花了钱，还挨了骂，好心当成驴肝肺。

纪淮有点委屈："如果不是因为在大街上，我都哭出来了，还好我坚强。对了，麦旋风记得给钱。"

陈逾司拿着勺子又从她那份麦旋风里挖走了一勺，咬牙切齿道："傻。"

这两天纪淮一直耿耿于怀，心里不太痛快。

但反思自己为什么不开心，她摸不准是因为被陈逾司骂了，还是因为麦旋风他既没给钱又挖走了她那份的两大勺。

五月的太阳毫不手软地烘烤着大地，早操抬了两下手，人就开始出汗。可惜纪淮跑不过那群如同出圈野马的校友，只能看着汹涌的人潮叹了口气。

陈逾司看见她像个小老头皱着张小脸时，便在雪糕上咬了一口，还嘚瑟地拿了一瓶冰可乐从她面前走过。

夏知薇问纪淮还买不买。

纪淮看了一眼前胸贴后背的男男女女，摇了摇头："挤成这样，转过头都能随便找个人的校服擦把汗了。"

早上还算好，一到下午太阳光从走廊的一侧直直地照进来。纪淮摸了摸自己的头发，吸热吸得，在头顶煎个鸡蛋没有问题。

许斯昂听说了学校运动会的事情，可也只是听过，来蹭饭的陈逾司敲了敲他腿上的石膏，对他反应淡淡的样子不意外："毕竟不是残运会。"

运动会批发的青花瓷样式的旗袍买来了，纪淮带回去，洗了一遍。

五月末，入夜也不凉快，她忍着蚊虫叮咬站在阳台上，把衣服从装满水的塑料盆里拎起来。

陈逾司没看门外，直接拉开移门出来浇花的时候，还是被吓了一跳："大晚上拿着一条白裙子站在阳台上，有心脏病的都能告你有谋杀嫌疑。"

纪淮嘀咕了一句："胆小。"

因为是件便宜货，布料不吸水，怎么拧都拧不干，水珠顺着裙摆的边缘一直在滴水，滴在她脚背上，夏日的凉拖湿漉漉的，很不舒服。

"怎么不扔洗衣机里机洗脱水？"陈逾司拎起水壶，动作娴熟地打理起他那盆韭菜。

"这种便宜货，扔进洗衣机之后拿出来，我都怕布料和盘扣都各各的了。"纪淮拧了两遍了，还是拧不干，只能滴着水挂在晾衣竿上。

陈逾司抬眸，看着晾衣竿上那件旗袍，普通到一眼看上去就觉得廉价，学校的抠门程度还是原来的配方："挺好的了，学校至少给你们换掉了那条'人间富贵花'。"

纪淮甩了甩手上的水："我怎么听你的语气有点遗憾呢？"

陈逾司一笑，样子有点欠："能掌握一个人社会性死亡程度的黑历史，难道不是一件快乐的事情吗？"

纪淮弯腰端起水盆："来，我请你的儿子们喝点水。"

学校抠门，脸皮也厚。

运动会两天，有一天还是周六。许斯昂周五要回医院复查，有个项目约满了，只有周六一大早有空，不想来回折腾，他干脆住两天院。蒋云锦给纪淮发了条短信，让她晚上自己在外面买点吃的。

运动会赶上高温的开头，气温往上升了4℃。4℃听着没什么感觉，但足够把纪淮热化在马路上。

纪淮出门的时候特意带了一把遮阳伞，关院子铁门的时候，陈逾司正巧从院子里面走出来，看见纪淮手里撑开的伞，眯着眼睛又看了看头上的晴空万里："天气预报虽然是被叫作'天气乱报'，但也不至于你这么大个太阳还带伞防患于未然吧？"

纪淮前两天胳膊差点晒脱皮，导致她痛定思痛，每个课间都不得不补个防晒，防止自己晒成包拯："我不想冒充包拯后代。"

陈逾司想想也是，走到伞下，幸好没有厚着脸皮让纪淮给他举着伞。

就是……

纪淮抬头看着离自己头顶快有三十厘米的伞面，摸了摸发烫的头顶，自己全身上下都浸透着清晨的阳光。

再看看他，也差不多。

"陈逾司，你是在给寂寞打伞吗？"纪淮走出伞下。

他听罢，把手放下了一点。

这时候就不得不感谢城市绿化部门对在马路边种树的执着了，巨大的樟树，枝繁叶茂，比陈逾司那撑伞技术好太多。

他还撑着那把粉红色印有派大星图案的伞，伞柄搭在他肩上。他转动着把手，挺有兴致的："我一直觉得打伞就是精神上的降温。"

"明明就是你不会打伞。"纪淮指着旁边的手抓饼店，"你的'满汉全席'还要不要了？"

"带你去吃个别的。"

学校西门有一排商铺，陈逾司走在前面带路，找了家卖冷面、凉皮的店。

茶壶里装着的是大麦茶，水温已经冷下来了，喝着能解清早的暑气。

纪淮还穿着校服，这天要穿的旗袍被她叠好装在了袋子里。

陈逾司看见了那个袋子，问："所以你一个项目都没参加？"

"对啊！"纪淮喝着大麦茶，也不美化自己，"我又不是天才。宣传口号要求'德、智、体、美、劳，'全面发展，本来就是一件搞笑的事情。大部分人都只能做到一两点，有甚者连那一两点都做得不够好。我就是那种人，成绩稍微好点，其他的嘛，要才艺没才艺，要运动能力没运动能力。"

纪淮又反问起他。

陈逾司给自己也倒了杯大麦茶："就报了一个四百米。"

还是班主任强制要求的，要求全班每人至少一个项目。

没一会儿老板端了两份凉皮过来，纪淮加了一勺辣椒，拿起一双筷子搅拌："那你加油，到时候我给你颁奖。"

陈逾司拿过刚被纪淮放回去的辣椒酱："我原本都打算预赛一轮游了。"

凉皮一半在嘴巴里，不方便说话。纪淮睁大了眼睛，不解地眨了两下。

他解释："这种天难得不用上课，不逃个课去网吧上网都觉得在虚度光阴。"

纪淮没嚼两下就把嘴巴里的凉皮咽了下去："你不认真点跑了四百米才是虚度光阴。去跑呗，我递水。"

良久，对面的人点了头："好啊！"

班主任在教室里叮嘱，就算没有比赛项目也不准私自离开学校。

但对于真要跑的人来说没什么用，前桌听完就转过身问陈逾司："跑不跑？"

陈逾司用书桌上摞得特别高的教科书挡着自己那本漫画书，听见前桌的话，懒懒地回了一句："有比赛呢！"

前桌听懂了他的意思——不去。

"你不就报名了一个项目还打算一轮游吗？到底跑不跑？"

一本热血漫画，愣是在打架的时候"嘴遁"了整整一话。陈逾司看得有些头疼了，把漫画书一合，塞进许斯昂的课桌里，重新找了一本，随手翻开一页，手托着下巴："我也想啊，但实力不允许。"

纪淮本来想关注一下陈逾司四百米的比赛情况，结果她被排到第一天上午当礼仪小姐。她马不停蹄地跑去厕所换掉了校服，站在厕所门口努力做着心理建设。

等后来的匡从筠收拾完自己，纪淮还没从厕所出去。匡从筠理着裙摆，关心起纪淮："怎么了？"

纪淮的脸有点红："头一回这么穿，有点不好意思走出去。"

匡从筠还以为她是身体不舒服呢，挽着纪淮的胳膊，半拉半推地把她带出了厕所："怕什么，这件衣服已经不错了，我去年还穿过'人间富贵花'呢！你要自我催眠，老娘披个麻袋都是漂亮的，抬头挺胸，走出亲妈都不认识的脚步。"

匡从筠还说尴尬怕什么，她前两天还表白被拒绝呢！

这心态，真是人间能得几回闻。

三中的漂亮女生分成两种，一种是马路对面的艺术生，那种从气质到外表都挑不出毛病的，美得很上镜，且各有各的美法。

纪淮是另一种。第一眼是漂亮，但让人觉得漂亮得没特点。因为三庭五眼太过标准，五官一点瑕疵都没有所以才会丢失记忆点，可胜在耐看。学生不让化浓妆，素淡的样子完美地把她的五官比例的优点放大。

"再说，你很漂亮啊！"匡从筠忽地凑近到纪淮面前，"真的。"

班级列队成方阵，表面样子得做好，得绕着操场走一圈，还得学生代表宣誓，宣誓友谊第一比赛第二。

但每个班主任都清楚，这也是个和绩效挂钩的大项目。

操场上排着队伍的人顶着大太阳前后交头接耳着，不关乎绩效考核，老师也睁一只眼闭一只眼。

陈逾司被太阳照得有些睁不开眼，所以说，好好读书有用这话不假，否则他就得一周五天这么站在太阳下。

耳边的窃窃私语在闷热的太阳下也显得聒噪。

隔壁那一列是普通班。在陈逾司旁边交头接耳的两个男生，其中有一个高一没分文理之前还和他当过同班同学。

"这次的旗袍比去年那条奶奶裙好看太多了。"

"看见了吗？倒数第三个女生超漂亮的。"

"哦，哦，看见了。好像是新转来的，月考的分数还考很高很高的那个，叫……纪淮？"

…………

那一排女生很显眼，稍微侧过头就能看见最旁边穿着旗袍的一列队伍。

纪淮背脊很薄，人清瘦但不见骨，很适合穿旗袍，头发低低地绾了起来，但还是有几缕未扎起的头发不听话地被风吹起。

她也在和别人讲话，似乎是被身后女生的话给逗笑了，梨窝淡显，伸手把被风吹起的头发别到耳后，之后陈逾司便没再看了。

别说，长得真好看。

"用饱满的热情参加本届运动会，严格遵守比赛的各项安排，遵守比赛规则和赛场纪律，服从裁判、尊重对手、团结协作、公平竞争、赛出风格、赛出水平……"

台上几个学生代表正在宣誓，上面说一句，下面的人跟着念一句。

陈逾司的前桌举着手宣誓到一半，转过头，又问了一遍陈逾司："真不溜走？"

"不溜。"陈逾司没改口，还开始好言相劝，"人生只有一次高中生活，都高二了还不好好体会校园生活？一天到晚想着上网，没出息的。"

前桌的表情像是听了"屁闻了不仅可以抗衰老还可以抗癌"似的，抽着嘴角，表情神似地铁上看手机的老人："只要我留级，我就可以体验很多遍。"

"可以的，六十岁的高中生，到时候高中毕业证和养老退休金一起领。"陈逾司笑着损他，"没上岗就下岗，多少人梦寐以求的生活。你在高中不仅能陪你儿子，你再努努力，孙子跟你一起考大学。到时候大学刚上就老年痴呆，流着口水躺进棺材，还不忘拉着你儿子的手，临终时说'儿啊，为父英语四级还没过'。"

前桌说不过他，不服气但也没办法："好了，闭嘴吧，陈逾司，你都要把我说得两眼泪汪汪了。"

四百米的预赛在上午，前桌看见陈逾司真去热身了，正纳闷的时候看到终点线附近手里拿着水的女生，大概能明白原因了。

就像男生打篮球，多少是为了那种被女生围观的自豪感。

可转念一想，前桌更纳闷了，陈逾司是不收女生东西的，那他还跑什么四百米，体验什么高中生活嘛，他又体会不到被女生送东西的快乐。

四百米预赛竞争压力不大，一共四组，每组前四晋级半决赛。

陈逾司是第二组，比赛开始在吃午饭前。纪淮她们刚结束，几个女生走在一起，交头接耳地说着话。纪淮被发令枪声吓了一跳，看了一眼跑道上的人，很快就在旁边等待的人群里找到了陈逾司。

等陈逾司那组各自调整助跑器的位置时，纪淮已经不在操场上了。他没多想，站在第五道做着准备。

四百米不比一百米，电光石火之间就结束了，但也不比三千米那么漫长，一分钟也比完了。陈逾司是小组第二个过线的，进入下一轮。

只是，他喘着气环顾四周。

没有纪淮。

倒是有一个面生的女生跑过来，手里拿着一瓶功能饮料："学长，喝水吗？"

陈逾司看了她一眼，没讲话，径直路过拿着水的学妹朝自己开赛前扔衣服的地方走，心里有点闷，不知道是跑步导致的还是被纪淮气的。

陈逾司拎起草地上的外套，抖了抖上面沾到的草叶子。他从操场走出去，纪淮正站在不远处，怀里抱着她的校服，被一个男生拦在了旁边楼的楼门口。

陈逾司离得有点远，听不清两个人在说什么，只看见对方把花送给了纪淮，纪淮也收下了。

等他走过去的时候，那个男生已经小跑着走远了。

"我说怎么没等到你送水呢，原来是在这里收花呢！"

"我都指望你给我送水呢！"纪淮先听见他的声音才看见他人，本来以前读书她就嫌大课间做早操太阳晒人，现在她还傻乎乎地当什么礼仪小姐，隔三岔五就要在太阳下站一站。

她把手上的小高跟还有那束花交给了陈逾司："我找洗手间换衣服呢！"

操场最近的那个厕所人满为患，她不得不跑到行政楼这边来。关键还是这天热得不行，她一上午颁奖的次数不多，但旗袍有点贴身，又闷又热。

她原本打算换了校服就给他送，谁知道厕所的隔间全被征用了。

纪淮没给陈逾司拒绝的机会，踩着帆布鞋麻利地跑去了女厕所。

行政楼人来得少，厕所也干净，纪淮随便找了个隔间，手摸到身侧的拉链，一用力，拉链纹丝不动。

她狐疑地"嗯"了一声，再使劲，结果还是不变。

陈逾司看着手里那束花，学校统一批发的，价格便宜得不得了，舍得花钱就不是三中了。花束由桔梗、康乃馨、玫瑰还有满天星组成主体，剩下的都是一些绿叶和包装纸的装饰。

花还没他种出来的好看。

有什么好看的，摆在家里都嫌丑。陈逾司看见旁边的垃圾桶，犹豫着要不要扔掉，然后假装这花被那个男生要回去了。

陈逾司正打算这么干的时候，看见从女厕所探出来的脑袋。

她说："我的裙子脱不掉了。"

她抬着一边的胳膊，侧着站在他面前。是因为拉链把布料卷在里面了，所以拉链拉不下来。陈逾司困难地把布料一点点尝试着扯出来，拉链还是纹丝不动，又不好使蛮力。

纪淮的胳膊抬累了，稍微往下垂点，胳膊内侧就碰到了他的手。

她的胳膊垂下来，有点碍事，温热的手掌心抵着她的胳膊肘往上抬了些。

空举着手太容易酸胳膊了，纪淮自作聪明地把手搭在他的肩膀上。

陈逾司拉拉链，越弄越烦躁，偏偏把手搭在他肩头的人还没感觉。批发的旗袍布料很薄，他的指尖隔着布料碰到她身侧的皮肉。

他肩上的手很白，手腕也特别细，他一只手抓两个没问题。

拉链拉开的瞬间，陈逾司尽可能地没去看，但突然进入眼帘的白皙肌肤还是让他慌了几秒。

纪淮没察觉到他的异样，只觉得身上一松，拉链终于拉开了。她赶忙伸手捂住拉链的位置，道着谢重新进了女厕所。

再出来她换回了校服。陈逾司站在楼门口，还没走，手里拿着一束花和她的小高跟，样子有点滑稽。

下午端花、端奖牌的就不是她了，所有人被分成两组，纪淮第二天下午还有一个半天就结束了。

运动会期间，校门出入查得不严，纪淮也不知道怎么就跟着陈逾司一起吃了午饭。她喝着解热的冰水："我还不如个饭店服务员呢，人家好歹端个菜能下饭，我端着捧花像个托塔李天王。"

"你不挺喜欢的吗？吃个饭还带过来。"陈逾司看着摆在她旁边的花就觉得碍眼。

结果面前的人还怕气不到他，拿起来抱在怀里理着那几朵难看得要死的花。

纪淮道："我人生头一次收到别人送的花，虽然不喜欢对方，但要好好对待别人的表白。"

那男生把纪淮拦下来的时候，先是支支吾吾地自我介绍，当时纪淮满心想的都是怎么把自己从那件贴身的旗袍里解救出来，听见对方的表白，有点意外。

没人非得喜欢另一个人，对待别人的表白得表现出感谢，哪怕是要拒绝对方，也得拒绝完了之后再说一声"谢谢"。

这个道理是外婆教她的。

外婆说："就像一个人给了你一个葡萄味的糖果，即便你不喜欢吃葡萄味的东西，你也要在拒绝别人之后对别人说一声'谢谢'，谢谢对方想要给你一颗糖。"

纪淮拒绝了他，但收下了他的花。

这个道理陈逾司不敢苟同，他信奉快刀斩乱麻，不能给对方任何一点遐想的余地。星星之火可以燎原，永远不知道自己给对方留的一点点面子和余地会被联想成什么。

老板把荞麦面端了过来："两份凉面，齐了。"

纪淮食言没给他送水，午饭她请了。站在店门口时，他不准备回学校了："我去上网了。"

"四百米半决赛明天吗？"

陈逾司想了想："下午。"

"那你去不去？"纪淮问。

陈逾司又想了想，逗她："不去了。"

说完，他已经朝着网吧的方向走去。纪淮拿着花两三步追上去："为什么啊？都进半决赛了，跑赢了一半人，放弃多可惜。"

"跑赢了也就拿个劣质的奖牌和这么一束难看得要死的花。"

纪淮看了一眼自己怀里的花："我这样的女生给你端来的花，不一样的。"

陈逾司垂着眼帘，看着矮自己一个头的人："知道吗？运动会的班级成绩是和班主任的绩效挂钩的，班级不同就是竞争对手。你说服我去跑就不太对了，你不应该为了你们班的男生说服我不去吗？"

纪淮点头，这个她知道。

"知道还劝我？"陈逾司笑。

怎么，拯救他积极向"下"的灰色高中生活？他是不是可以期待，有那么一个人能管着他，管他上网、逃课？

"你不是一直嫌弃这个花难看嘛，你要是跑赢了就把花给我呗，我能收集两朵玫瑰泡个脚，到时候里面撒点花瓣。其实我和我们班男生都没有和你熟。"纪淮咧着嘴，一笑，露出一排牙。

　　她是笑了，陈逾司的笑却垮了，不仅不想笑，还更气了："是啊，我们熟。我们多熟啊！"

第
六
章

陈逾司跑四百米了吗？

跑了，第二名。

纪淮还特意挑了保存得最好的那束花给他。她强调道："这束花最好。"

陈逾司把花丢给她，她抱在怀里在他们教室外等他。

最后一个是四乘一百米，大部分人都去围观了。他们两个就是小部分没去的人，教学楼人去楼空，操场人声鼎沸。

"怎么，还要我谢谢你吗？"陈逾司背起书包，从教室走了出来。

他说得阴阳怪气，纪淮这点眼力见儿还是有的，朝他撒娇，笑得很甜："哎哟，我知道，我得谢谢你，你真棒。"

陈逾司移开视线，她脸上因为笑容显出梨窝，视线向下，灰色的制服裙摆下一片白皙的皮肤，他只好把视线再往下压，低帮的帆布鞋被她踩着后跟。

她的脚后跟红着，被小高跟磨的。

"鞋子磨脚？"陈逾司问。

纪淮下意识地低头，抬起脚后跟看了一眼："对啊，所以晚上要泡脚放松放松。"

行吧，这个理由陈逾司勉强能接受。

纪淮踩着鞋子走路，所以脚步声轻不了，又说了声"谢谢"。

陈逾司每次看她一本正经像个乖小孩的模样就有些想笑。

纪淮的表情立刻变淡漠，捂着口袋："那我还不如自己去花店里买一枝玫瑰算了。"

陈逾司想开口再说时，和楼下上来的人视线撞到了一起。拐角台阶下的孟娴一看着他们，视线扫过纪淮怀里的花，没打招呼，侧着身路过了他们。

被孟娴一的出现一打断，陈逾司刚想说的话忘了，开口："总之，强制消费。"

盛泰广场的人不少，麦当劳的甜品站门口的队伍自从入夏气温飙升，人再也没少过。

纪淮拿着钱包抬头看着面前这个比她高出一个脑袋的男生，小嘴一撇，双眸剪水，楚楚可怜的表情说来就来："陈逾司，如果我只买一份麦旋风，等会儿我看着你吃，你会心软吗？"

陈逾司抬起眼皮，打量着她脸上的小表情，一点也不上当："不会。"

她装可怜的表情说没就没，小嘴一噘，能挂酱油瓶了："陈逾司花女生的钱，叫女生请客，丢不丢人？"

陈逾司的神情从容："小时候家里穷，我已经把廉耻拿去捐掉了。"

纪淮来大姨家住了没几个月，表哥许斯昂没向她学会认真读书，她之前住在许斯昂隔壁听他打游戏骂脏话，倒是学了一些。

大约是个女孩子，也不常说，骂起来说脏话都挺好玩："去你三舅姥姥的，我咽不下这口气。晚上我翻阳台去偷了你花盆里的玫瑰，拿来泡脚。"

前面排队的人频频回头看他们，交头接耳地说着什么"年轻真好"。

陈逾司双手揣在裤子口袋里，一派悠然自得的样子："怎么？自从我们第一次见面你偷看我穿衣服，你现在都不满足了，准备要采花了？"

"采花"这词从他嘴巴里说出来不知道怎么就变了味道。

纪淮的脸红了，排在她前面的两个人笑得都憋不住笑声了。她深吸一口气，努力让自己镇定点，前两次比不要脸，她都没输过。

不能考试考不过，比不要脸还比不过他。

纪淮扯出一抹笑，笑得咬牙切齿："难怪你在花盆里种韭菜呢，是不是提前预料到我会去采你的花？怕身体不好，所以提前补补？"

韭菜补肾壮阳。

所有男人有三样东西不能被质疑，一个是奥特曼的存在，一个是鞋的真假，最后一个就是身体素质。

陈逾司的脸黑了，看他不开心了，纪淮就开心了，笑着对窗口里的店员说："我要两份奥利奥麦旋风，谢谢！"

纪淮满脸高兴地抱着陈逾司的花回了家。许斯昂看见她怀里那束丑得没眼看的花"昨天不是拿了一束回来了，这么丑，怎么又拿一束回来？"

纪淮把花束里的玫瑰拿出来，剩下的插进花瓶里，昨天那束被她重新插花打理后摆在了许斯昂的房间里。

纪淮找大姨又要了一个空花瓶，在里面灌了些许清水，把花的根部泡在水里，摆在她的书桌旁。

晚上，纪淮坐在书桌前把脚泡在温水里，脚指头动着，充分放松，拿起两枝玫瑰，颇有闲情逸致地扯着花瓣扔进去。

陈逾司洗过澡出来，对面的窗户关着，窗帘、门帘都拉上了。嘴巴里麦旋风的甜味已经没了，但想到纪淮那些话，看见地上花盆里的韭菜，来气地踢了一脚。

这天不给喝水了！

周末，蒋云锦照常叫陈逾司过来一起吃午饭。许斯昂不能久坐，肋骨上的伤得在床上躺着，一开始这样居家不用上课的感觉爽得飞起，但时间久了，他在床上躺得头晕眼花。

家里通常也只有蒋云锦在，能和他说话的没什么人。

许斯昂坐在轮椅上，随意地问着陈逾司关于学校的事情："都办五月的夏季运动会了，马上要高考了吧？你们今年什么时候期末考试？"

"不知道。"陈逾司虽然是个客人，但看着许斯昂腿上的石膏，反客为主地给他倒了杯果汁，"可能暑假还要补课吧！"

许斯昂"哦"了一声，不算太意外："毕竟马上就高三了。"

陈逾司看他："是啊，那你呢？原本成绩就不怎么样，现在又不去学校上课，你高三开学怎么办？"

许斯昂嘴硬："走一步看一步呗！"

陈逾司敲了敲他腿上的石膏："没事，不行就坐着轮椅去要饭，总有出路的。"

"你有一天因为你这张嘴被打死，我一点也不意外。"许斯昂觉得无语，但又羡慕，"'嘴遁'无敌的感觉是不是很棒？"

无敌？

昨天刚输。

陈逾司喝了一大口果汁，心里还烦着呢！结果纪淮正好穿着拖鞋从二楼下来。

看见陈逾司郁闷的表情，她偏笑得特别甜，朝他挥了挥手："你来了？"

陈逾司的嘴角一拉，转过头闹别扭的动作特别明显。

许斯昂虽然没和陈逾司认识十几年，但对陈逾司这样的人的为人处世特别了解，他对姑娘从来就两种态度。

只要姑娘不追他，不向他表白，他就能带着基本的礼貌和对方相处。

但姑娘要是喜欢他，那他恨不得当着对方的面翻个白眼，然后把"嫌弃"两个字写在脸上。

前者以同班孟娴一为代表，后者以徐娇为代表。

可现在他对纪淮这态度就好玩了。

许斯昂偷偷打量着两个人，眉头一蹙。他是个男的，而且感情经历丰富，一猜一个准。

蒋云锦下午有事，这些天她一直在家照顾许斯昂。这天纪淮在家，许斯昂也有人照看着，她能走开一会儿。

纪淮帮忙盛饭，听见大姨的拜托，立刻就答应了："大姨，你有事就去忙吧，我今天就在家里写写作业，也没有别的事情。"

看着厨房里的两个身影，许斯昂朝着陈逾司抬起没绑石膏的腿踢过去："陈逾司，你别是喜欢上我表妹了。"

陈逾司刚拿起果汁杯，被他忽然踢一脚，手一抖，果汁洒了一些在桌上。听见这话，他心头一紧，但外表还是不动如山，抽了张纸巾，慢条斯理地擦着洒出来的果汁。

考试的时候选择题怎么没见许斯昂猜得这么准呢？

许斯昂不准他以沉默不回答蒙混过去："那束花是不是你送的？"

"第一天那束花是别人送的。"陈逾司开口，"第二天那束是她找我要的。"

许斯昂抓住另一个重点："谁？哪个小子？哪个年级、哪个班级的？"

陈逾司抬手把吸了果汁的纸巾扔进垃圾桶，看他跑偏了，也乐意顺着他说下去："怎么，你这个半残废的样子准备找人打架去？你现在除了能和林黛玉过两招，你打得过谁啊？没准人家林黛玉都和鲁智深学一招倒拔垂杨柳，给你直接从轮椅上拎起来。"

"你以后找的老婆没点心理素质能和你过日子？"许斯昂轻抚胸口顺气，"我表妹从小到大被我外婆一家捧在手心里长大的，听话又懂事。

你这种嘴，当你女朋友，她还小，承受不来的。你别祸害人家知道吗？"

是吗？

陈逾司第一反应就是不敢苟同。

但第二反应他又在想，自己是不敢苟同许斯昂对纪淮听话懂事的认知，还是不敢苟同纪淮不适合当他女朋友这件事。

他还没想清楚，纪淮已经端着饭菜出来了。

因为居家，所以她穿着私服便装，和学校里的裙子不太一样，到脚踝的长裙，因为她有些急的步子飘了起来。她把汤端了出来，有些烫手。

碗一放下，两只手捏着耳垂又跑回了厨房，继续端菜。

许斯昂坐在陈逾司对面，看着他的视线一直落在纪淮身上，拿起餐桌上的纸巾盒砸过去："眼珠子收起来，鱼头汤里的鱼眼睛都没你的大。"

陈逾司把接住的纸巾盒放到旁边，没生气，只是说："她要是也喜欢我，我们在一起这事你就别管，我反正肯定对她好。"

陈逾司说完，许斯昂一直没说话。

也不怪他，当有个男生在自己面前说要"泡"自己的妹妹，但凡有点兄妹情，文明的说个"滚"字，不文明的肯定砸鸡蛋叫他滚。

蒋云锦下午出门，纪淮把许斯昂推回房间，再把他扶到床上，空调徐徐地吹着冷风。骨头受伤的人，纪淮怕他这么吹，不养好以后年纪大了膝盖就疼。抖了抖薄毯，给他重新盖起来。

许斯昂躺在床上，看着纪淮熟练的动作，鼻子一酸。

倒不是多感动，就是一想到万一纪淮以后和陈逾司在一起了，那真是月老不干好事。好歹猪拱白菜还留点渣留个坑，现在他总有一种陈逾司要给他把菜园子都挖走的错觉。

进入六月，食堂空了不少，高三的学生在各个休息时间里奋笔疾书。连大课间的早操都不参加了，这才是让纪淮最羡慕的。

纪淮拿着一张湿巾贴在自己的额头上，站在人满为患的小卖部门口，望而却步："不用做早操的好日子什么时候才能轮到我？"

夏知薇也挤不进去，两个人望着冰柜解馋、解热："等期末考试吧，努力！"

最气人的不是和福利之间差距过大，而是明明毫厘之差就是得不到。更气人的还是自己全力以赴，对方闲庭信步，名次分数还在自己前面。

"要不我下回期末考试前请陈逾司吃个饭吧！"纪淮望着冰柜，咽了口唾沫。

夏知薇脑海里第一时间就蹦出"美色诱惑"。在光线昏暗的西餐厅，纪淮穿着亮片抹胸裙，一颦一笑，风情万种。用如杯中红酒香醇的声音喊着陈逾司的名字，桌下的高跟鞋擦过西裤，眨着美眸，说："陈逾司，让让我呗。"

夏知薇前些天看的那本小说里追逐爱情的男女主人公突然有了脸。是个男人这时候就会搂着女人的腰，用肯定的低沉嗓音说："宝贝，什么好处？比如你？"

大戏在夏知薇脑袋里演完了，最后她自己都打了个哆嗦。

太香艳了。

"被吓到了？"纪淮看见她打哆嗦，有点纳闷，"你是不是也觉得鸿门宴有点恐怖了？"

夏知薇脑海里的幻想如同一面破碎的镜子，从一个缺口变成满屏的裂缝，最后稀里哗啦碎了一地，愣着，她甚至不太敢相信："鸿门宴？"

她在想他们暗流涌动的爱情，结果纪淮却在这儿想着取陈逾司小命。

"也不是非要了他的命，什么安眠药、感冒药磨成粉洒在果汁里是上策，再不行就偷偷把他家门从外面锁上。"

夏知薇幻想崩塌后，吐出四个字："恐怖如斯。"

纪淮挽着她的胳膊："我要是不用做早操，就可以提前去小卖部给你买雪糕吃了。"

夏知薇权衡后："我家小区外面有药店，商量一下作战计划？"

原本夏天就懒得动弹，下午体育课要体测，抱着早死早超生的想法，纪淮和夏知薇第一组做了仰卧起坐，带着酸疼的上半身去了小卖部吃早上没买到的雪糕。

学校里有猫，小卖部的老板娘说前几年三中高中强制要求住宿的时候，附近的猫来得也多，都喜欢在宿舍门口要吃的。

最早是在男生宿舍楼前，最后又全跑女生宿舍门口了。

小姑娘爱猫的多，会给它们喂吃的。

屋后的树荫下，一只狸花猫在打盹。老板娘说它没有名字，因为一直在学校里，所以一点也不怕人。

附近还有几只没断奶的小猫。

纪淮买了一些小鱼干，怕猫妈妈吃了放了加工香料的鱼干不舒服，又用清水冲了一遍。

老猫不怕人，大概是吃了纪淮的鱼干，看见纪淮去摸小猫也没护着。自己惬意地躺在草地上舔着毛，幼猫叫唤了两声老猫也没动。

纪淮从老板娘那里打听到了，老猫一般中午会去食堂觅食，里面的阿姨会拿点剩菜、剩饭给它，晚上那顿就不知道了。

因为是流浪猫，所以连睡觉的窝都是老板娘给的纸箱。

纪淮小的时候外婆家养过一条狗，结果有一天跟着她出门上学被车流卷进了车轮下，等发现的时候已经被巷子口那家人装上了餐盘。往后，外婆家里再也没有养过猫和狗。

老板娘只以为纪淮是突然来了兴趣，结果第二天她抱着一袋子猫粮过来了。

老板娘倒是吃惊："还是你们小姑娘有爱心。"

纪淮给猫盆里倒了一些猫粮，好在老猫不挑食。纪淮摸着它的后背，它也不护食。好一会儿纪淮才发现猫脖子里的项圈，昨天看还没有的。

老板娘捧着把瓜子站在后门和纪淮聊天，说不记得人叫什么名字："也是个小姑娘给它买的。"

陈逾司最近放学总看见纪淮往小卖部跑，把手里的篮球传回给对方，准备下场。

有人叫他："陈逾司，不打了？"

陈逾司"嗯"了一声，远远地望见从教学楼走出来的人，手里撑着把粉红色带有派大星图案的伞。没有平时总和她一起的女生，只有她一个人脚步轻盈地朝着小卖部跑过去。

他伸手拿起旁边的书包，没看递水过来的人是谁，也压根儿不关心，就像没看见那只手和那个人一样，径直出了篮球场。

第二天就要放高考假了，纪淮不来学校。这天准备去一趟小卖部看看那几只猫，给它们加点餐。

纪淮买好鱼干和鸡腿，拐出后门就看见一个身影蹲在猫窝旁边，齐耳的短发没有别在耳后，挡住了大半张脸。

猫盆里已经填好猫粮了，纪淮估计是她加的。

她听见了纪淮的脚步声，扭头朝着站在自己后面的人望过去。她的脸显现在纪淮眼前，额头上带着突兀的擦伤。

纪淮觉得有点眼熟，很快就记起来，是刚来学校没多久，她在小卖部买水结果碰见一个被篮球砸了的女生。

纪淮记得，她叫易伽。

易伽站起身来，解释："老板娘说猫粮是你买给猫吃的，我来的时候看见还没喂，以为你不来了，所以私自给猫加了。"

"没关系，反正就是给它吃的。"纪淮把买来的鱼干和鸡腿放进猫盆里，"它脖子上的项圈是你买的吗？"

易伽点头："嗯。"

陈逾司在冰柜里拿了瓶可乐，先从后门走出来的是易伽。易伽这个姑娘挺特别的，和她的名字一样很少见。

话不多，但也不像个把"生人勿近"牌子挂在身上的"高岭之花"。说她文静，可脸上、身上总挂彩。

陈逾司高一和她做过一个月的同桌，那时候文理还没分班，那段同桌时间是他少数怀念的时光。

倒不是怀念姑娘，只是怀念话少事不多的同桌。

没一会儿纪淮也出来了，看见小卖部里站着的陈逾司还挺意外的："放学还没走？"

"准备走了。"陈逾司拿着可乐朝收银台走去。

纪淮手疾眼快地冲了过去，也没挑，从冰箱里随便拿了一支雪糕："他一起付。"

依旧是盛泰那条路，随便聊起小卖部后门的事情，纪淮把猫的事情和他说了，还说了易伽那部分。

陈逾司不意外："去年秋天吧，她在网吧那条街上还用校服将一只淋雨的流浪狗裹起来抱在怀里。"

纪淮咬了一口雪糕，眼睛一亮："是不是特别善良有魅力？"

善良倒是挺善良的，陈逾司没在意，关于易伽的事情也没特别仔细听，正准备点头的时候，瞥见纪淮的表情，那表情里带着不该有的期待。

他猜到了七八分了："你不会又准备给我介绍女朋友吧？"

纪淮没想到自己的小心思一下就被他戳穿了，咬了口雪糕，蹙着眉，表情严肃地盯着他："我觉得我很有理由怀疑你是超能力者，你会读心术。"

陈逾司不得不长叹口气，他也有理由相信自己要被气死。

自己喜欢她，她倒好，一天到晚想着给他介绍女朋友。

陈逾司拿着可乐瓶轻敲她的脑袋："听这脑袋的声音，你里面是装着东西的。"

纪淮抱住脑袋："你怎么开始骂人了呢？"

陈逾司朝着她没护住的额头屈指一弹："读心术对你没有用，你没有心，小没良心的。"

纪淮揉着额头："我在给你找幸福呢！"

陈逾司还能不知道她是怎么想的："怎么？想让我沉溺谈情说爱，成绩下滑？"

"常威，你还说你不会武功？！"

这都能猜到？

他们走过盛泰广场，十字路口的红绿灯交替更迭，夕阳已经在"钢铁森林"的背后沉下一半，余晖依旧将天空熏得红透了半边。

望过去的一切，如同剪影一般。

陈逾司和纪淮一起停在十字路口，面前车水马龙，半蓝半橘红的天空在头顶。他侧过身："纪淮，你就没想过自己来找我谈情说爱？拉低我成绩这种事情你放心交给别人做？"

雪糕已经没了，雪糕小木棍子上还带着甜味，纪淮从他叫自己名字的那一刻就抬头看着他。

太阳慷慨地将余晖落在她的眼睛里，那双眼睛现在看着他。

纪淮脑海里蹦出的第一个想法居然是觉得他说得很有道理，再仔细一想，就觉得不太对劲。

她警觉了起来："我们谈恋爱，万一成绩都下滑，岂不是被螳螂捕蝉黄雀在后了？不可能谈恋爱，我绝对不会让这种事发生！"

"没想过共同进步？"

"你天天打游戏不看书，共同进步什么呀？我注意力容易被分散，到时候反倒成绩下滑了。"纪淮再一想，"差点被你策反了。"

还是鸿门宴更靠谱。

绿灯亮了，纪淮已经在过马路了。

陈逾司扶额，好不容易没像上次在便利店里那样"跨服"聊天，结果他忘了《英雄联盟》的一条定律"菜鸟克高手"。

"唉！"

高考三天，纪淮放假待在大姨家里。因为六月有期末考试，月考就不再考一次了。

纪淮不想再输给陈逾司，放假的三天每天照旧看书复习。

上午刷卷子，中午午休之后，起床刷错题。

反观陈逾司第一天打游戏，第二天打游戏，第三天终于不紧不慢地开始写作业。

吃饭的时候蒋云锦询问了纪淮最近学校的情况，许斯昂的事情已经够蒋云锦操心了。母子两个谈不上和解，话还是像以前一样说不了几句，但好在没有以前的火药味了。

期末考试在月中旬出了日期，六月二十七、二十八日。

考两天。

养在小卖部后面的猫也一天天地长大，纪淮有几次放学过去还会遇见易伽，她们之间倒也没有因为一起照顾小卖部后面的猫而走得亲近。易伽额头上的擦伤已经结痂了，但手腕上的瘀青又不知道是什么时候添上去的。

"我们要不要给猫取个名字？"纪淮问她。

易伽用手挠着小猫的下巴，摇了摇头："名字，意味着权力。亚当命名了飞禽走兽，飞禽走兽便听令于他的呼唤。如果它们听命于我，我觉得我就需要对它们负责，但我不想负责。"

前半句是珍妮特说的，后半句是易伽的想法。

一下庄严感就弥漫在四周，这大约就是文理生之间的差别。纪淮原本想唤猫的"小黑、小白、小花"这些词一下都憋了回去。

最后还是全球统一称呼"咪咪"。

纪淮有一天随堂小测，出来晚了，到小卖部的时候易伽已经喂完猫了。

"我们今天和隔壁班一起模拟考数学，来晚了。"纪淮随手抱起一只刚打盹的小猫，小猫肚子吃得鼓鼓的。

那天易伽没像往常一样先走，反而问纪淮："暑假小卖部也不开门，食堂更别说了，这些猫怎么办？"

要不是易伽提醒纪淮，纪淮还真没考虑到这一点。

纪淮现在自己都寄人篱下，大姨从小就对狗毛、猫毛过敏，外婆家那只狗还是大姨出嫁后外婆、外公养在家里的，让她把猫带回去实属不太可能。

易伽说她也不能带回家。

这件事分散了纪淮复习的注意力，直到吃饭的时候蒋云锦随口说了一句："明天喊隔壁小孩一起来吃晚饭，一个人在家不容易。"

许斯昂"哦"了一声，大概是因为不关于学习，关于陈逾司，所以他理了蒋云锦："不过陈逾司都习惯了，他爸一年都回不来几次。"

第二天早上，陈逾司有点困。

昨天他看了好几场比赛，但也不知道是怎么回事，比赛服务器出了问题，等比赛结束时，已经快一点了。早上起床他的脖子有点酸，手揉着后颈，睡眼蒙眬地出门。

恍惚间看见一个身影从旁边蹿了出来，手里拿着一份牛奶还有一份梅子饭团。

无事献殷勤非奸即盗，偏偏她还是个脸上藏不住事情的人。此地无银三百两，昭然若揭。陈逾司打量着她，伸手接过了饭团和牛奶。

"这么客气？"陈逾司用吸管戳开牛奶。

纪淮带着笑，梨窝显现在脸颊上："哪有？我大姨今天多做了，给你带来的。"

陈逾司信她这话就有鬼了，嚼着饭团也不开口问就看她能憋多久。直到饭团都吃完，牛奶也快喝完了，她还没开口。

陈逾司不知道她是真沉得住气还是他自己想多了。

等他把牛奶盒子扔进垃圾桶，纪淮拿了张纸巾给他，还特意问："吃完了？"

陈逾司坚信前者，她绝对是沉得住气有事求他。可仔细想想也没什么事情，难道就为昨天的数学考试？

可都已经考完了，现在给他喂安眠药，请他吃再多鸿门宴也没用。

他心里纳着闷站在路口等红绿灯，没一会儿，袖子上传来拉扯感。

纪淮扯着他的袖子，眨眼的动作尽显谄媚："你应该知道小卖部后面的猫吧？这不是要放暑假了嘛，我和易伽又不能天天去喂它们，你看能养在你家院子里吗？"

陈逾司看了她两眼，将袖子上的手腕握住，牵着她的手，掌心向上："我现在就抠嗓子眼，把早饭吐给你。"

纪淮从他手掌心里挣扎着把自己的手腕抽出去："强买强卖，听过没？"

"偷学到了？"陈逾司笑。

纪淮拍了拍他的肩膀："你教得好。"

关于劝说他暂时把猫养在院子里这件事，纪淮很上心，晚上放学都没跑去小卖部。

上回两个班级的数学考试成绩出了，陈逾司没什么意外还是第一。纪淮错了大题的最后一小题，还有一个填空题。

最后一节课，他趴在桌上睡着了，除了几个被留课堂的零零散散坐在教室里，一层楼都格外安静。

入夏的风都闷热，她穿着夏季校服，站在窗外，手臂撑在窗框上，挡住了穿堂风。

陈逾司睁眼，是白色的短袖制服，布料隐隐将里面的内衣透了出来。第三颗纽扣的线头还在，纽扣间隔之间的非礼勿视区勾人遐想。

他顺着视线向上，是一截白皙的脖子。她没扎头发，手绳套在她的手腕上。她的皮肤很白，藏在皮肉下的血管，就像是隐在制服下的内衣。

陈逾司转了转僵硬的脖子，还在醒神："又来？"

他说话的声音把教室里其他人的注意力也吸引走了，纪淮没注意看教室里有谁，她来是游说的。她把带着水珠的冰可乐递了进去："哪有？等你一起放学啊！"

陈逾司不信，手托着脑袋。他坐着，她站着。

他微微仰着头，睡意正浓，人有点慵懒："不说了？"

"说的，等你把可乐喝了我就说。"

陈逾司装模作样："刚睡醒，手麻了拧不开瓶盖。"

纪淮会意，把可乐拿回来，拧松瓶盖又递了回去："服务必须到位。"

陈逾司笑她这溜须拍马奉承的模样，不知怎么就是越看越觉得她可爱："不仅渴，还有点嘴馋，想吃哈根达斯，两个球。"

纪淮笑容没了，有点委屈："不求你了。"说完，扭头就走了。

陈逾司起身从窗户里探出上半身，叫她："真不求了？真走了？喂！"

他犯贱，看她这样气鼓鼓的样子都觉得好玩。他伸手从课桌里拿出书包，无意间瞄到黑板上，他的名字写在上面。

陈逾司忘了他这天是值日生。

"孟娴一，"陈逾司已经走到教室后门了，看见隔壁组回过头看他的人，"跟你换一天值日，我今天有事先走了。"

陈逾司刚走几步，想到桌上还没喝的可乐没拿又折返了回去。

孟娴一拿着黑板擦站在讲台上了，看见突然折回来的人，他脸上带着笑，从教室外把桌上的可乐拿走了。

玉树临风是他，温文尔雅也在他身上。

陈逾司是帅的，运动学习都好，身材偏清瘦但不显得羸弱。

让作为理科生的孟娴一形容陈逾司，只有一句话。没有文科出身的女生写给他的表白情书那么文艺，但重点抓得好——她是个俗人，所以她喜欢陈逾司。

可现在他收了一个女生送的可乐了。

陈逾司同意把学校那几只猫养在他家院子里了，但铲猫砂、喂猫粮、洗澡这些事得纪淮去做。

许斯昂看纪淮热情地切水果、倒果汁，忍不住问了陈逾司原因，才听说了养猫这件事。

他拿着游戏手柄看着坐在自己床边的陈逾司，有点无语："你就惯她吧，学校的流浪猫你都让她养在你家里。"

陈逾司没说话，吃着切好的蜜瓜，随手选了个英雄，反正英雄随便选哪个都能虐许斯昂。

纪淮隔天放学后把猫暂养的事情告诉了易伽。

易伽没多说什么，第二天带了一些玩具还有给小猫的项圈、颈环。夏知薇好奇纪淮是怎么和易伽认识的，纪淮简单把小卖部的事和她说了。

夏知薇爱心一泛滥买了一袋猫粮和一袋猫砂给了纪淮。

那些东西陆陆续续地都搬去了陈逾司家里，纪淮准备最后一天考完试就把猫带走，为此易伽特意又买了两个笼子暂放在小卖部，好让纪淮那天装猫。

期末开始的日子一眨眼就到了，少了高三的学校空了不少。

座位顺序还是按照上个月月考的成绩排的座位，因为在自己班，纪淮比陈逾司先坐到位子上。临考前纪淮还翻了一下错题本，直到前座有了动静，她抬头看见陈逾司标志性的缺眠状态。

"昨天又打游戏？"

他点头，转过身问纪淮借了两支笔："没作业的日子适合打游戏。"

看他疲倦的样子，纪淮不知道该担心还是庆幸。

开考的铃声一打响，纪淮的神经也紧张了起来。她特意留意了陈逾司做题的速度，一开始翻卷的时间毫厘之差，但做到大题目，她的速度明显被陈逾司甩开了。

她匆匆忙忙写完最后一道题，没来得及检查考卷就被收走了。

陈逾司转过身把笔还她，看见纪淮半惆怅的神情，挑起眉毛："要不要对个答案？"

纪淮捂住耳朵摇头："不要，不要，邪魔退散。"

期末考试赶上食堂断电了半个小时，最后午饭都没做好，大批大批的学生涌出校门。

夏知薇挽着纪淮的胳膊，忽然发现走在前面的是孟娴一，小声道："等会儿看孟娴一去什么店吃，我也要去吃，我还要和她吃一样的，力求拉近我和学神之间的距离。"

"封建迷信要不得。"纪淮劝她，"再说李致还在小卖部吃泡面呢，人家第一，法力更强大。"

夏知薇找借口："男女不一样。"

孟娴一那一行人去了一家卖凉皮、冷面的店，夏知薇心一横也进去了，偷听着孟娴一的菜单，最后真就要了一份和孟娴一一样的普通招牌凉皮。

纪淮要了一份干拌牛肉凉面。

夏知薇想怂恿她点一样的："这样我就能法力翻倍了。"

孟娴一看见了后进店的纪淮，第一次主动和她打了招呼："你数学最后一道题做出来了吗？"

和一个第一次讲话的人说话，纪淮有点拘束，尤其是一开口就问她题目。

纪淮朝她摇了摇头，撒了个谎："没有。"

孟娴一的表情一点也不意外，扯出一抹意义不明的笑："那道题挺简单的，就是上次数学考试最后一道大题的难一点版本。第一小题解公式就可以了，第二小题定点坐标是（4，1），第三小题比较难，要证明外接圆和抛物线的准线位置关系，需要用到第二题的答案……"

纪淮打断她："那祝你考个好成绩。"

纪淮倒是不讨厌别人给自己讲她不会的题目。

外婆从小就教育她直面自己的不足，对任何人的指正都要虚心接受。她也一直听话地这么做，但她还是头一回被别人指导得有点不爽。

纪淮用脚钩开椅子，还没坐下，旁边来了个人把她朝里面推了推。

陈逾司是和他前桌一起来吃的，他先纪淮一步坐下了，把她挤到里面的座位："拼个桌。"

他伸手越过纪淮拿筷子的时候，看见她眼底藏着的一丝不悦。

陈逾司的手臂搭在桌子边缘，将纪淮的小表情收在眼里。转过头，视线越过过道，看向旁边桌的孟娴一："定点坐标是（2，0），不是（4，1），第三小题……你第二小题就已经错了，第三小题和你也没有多大关系。"

说罢，陈逾司补了个笑容，学着纪淮对孟娴一说："祝你考个好成绩。"

纪淮不懂自己斜对面那个男生一直在不怀好意地笑什么，视线交汇后，他伸出手："郑丞，幸会、幸会。"

纪淮手里拿着筷子，刚把筷子放下，还没来得及握上去。

陈逾司瞥了一眼马上要碰到的两只手，不动声色地伸手从他们两只手中间伸向摆在靠墙的筷笼，嘴里嘀咕："筷子不太好。"

见他们的手还伸着，陈逾司又拿了一双筷子，再一次挡住："品控不过关。"

空中两只手被挡在两侧，郑丞还能不懂吗？很有眼力见儿地把手缩了回去："突然想到中午考完试没洗手，不握了，我的手有点脏。"

郑丞嘴上这么说着，但一看自己和纪淮把手放下了，陈逾司也不拿筷子了，忍不住找刺激："终于找到好筷子了？"

陈逾司懒懒地抬眸看了他一眼，没好气地"嗯"了一声。

男生吃饭快，一碗凉面没几分钟就吃完了。

郑丞说要去隔壁买东西："走不走？"

陈逾司抽了张纸巾跟着一起走了。

没一会儿，纪淮她们也吃好了，结账的时候老板拿了两瓶酸奶给她们，说是刚才有个小伙子请的。

夏知薇那样子像是想要拿个香案供起来："今天不仅和第二名吃一样的午餐，还收到了第三名买的酸奶，我这次期末考试不考进前三十我都对不起他们了。"

纪淮看着手里的酸奶，是很普通常见的牌子。从冰柜里拿出来的，握在手里凉凉的，和这炎热躁动的六月末风马牛不相及。

陈逾司和郑丞吃过饭去了隔壁小卖部买东西，两个人站在店门口说话，陈逾司忽地转过头，朝着纪淮的方向看了一眼。

那一眼越过八米宽的马路，落在她身上。

夏知薇看见纪淮的视线一直落在酸奶上，用胳膊捅了捅她："陈逾司是因为请你喝，才请我的吧？"

纪淮笑："这么不自信，万一我是沾你的光呢？"

"我还是有自知之明的。"夏知薇拧开瓶盖喝了一口，嘴角沾了一些白色的奶渍，"我虽然喜欢看言情小说，喜欢看闪闪发光的男生于千万人之中就注视一个女生，但我知道，想要和什么样的人在一起，首先自己就要成为那样的人。别人的爱情是别人的爱情，我不像小说里的女主人公那样或许善良、或许勇敢，我不是那样的人自然遇不到同样优秀的人。"

突然一本正经的夏知薇让纪淮不知道要怎么接话。

夏知薇不是个多愁善感的人。她天生乐观，心情和状态调整得也快："但你们就不一样了，郎才女貌，实力相当。我们学校的人爱脑补李致和孟娴一相爱相杀，这个剧本你和陈逾司也能演啊！"

纪淮蹙眉，表情和地铁上看手机的老爷爷差不多："怎么就相爱相杀了？"

"表面是天作之合的两人，不出早操福利之争，但颉颃间，背地里情愫疯长。"夏知薇扭腰，朝着纪淮一撞，"就比如，送送酸奶啊！"

纪淮恍然大悟。

看见纪淮这表情，夏知薇欣慰，还没来得及大喊"官配"必胜，就听见纪淮说："看吧，颉颃之间，这个人怕不是觉得我要撼动他的第三名，万一酸奶里加了安眠药呢？万一把我的那招鸿门宴学去了呢？这酸奶不能要。"

末了，她又补了一句："我看陈逾司就有反骨。"

夏知薇欲言又止："……"

过了半天才郑重地拍了拍纪淮的肩膀："我突然不羡慕你了，你这个优秀的学习成绩是拿情商换来的吧！"

"你在骂我？"纪淮没跟上夏知薇的思维。

夏知薇："我在心疼陈逾司。"

郑丞先看见马路对面的纪淮，提醒了陈逾司一句："纪淮在马路对面。"

陈逾司下意识地转过头去看。

"这不就是蛮久以前我们在操场上打篮球，来找过许斯昂的女生嘛！"郑丞还记得，那天是陈逾司带着纪淮一起先走了。

陈逾司目送着纪淮和夏知薇走远，风从房屋之间吹过，吹起了衣袖裙摆。

陈逾司揶揄他："你记性不错嘛！"

郑丞一听就发现话里带酸，八卦也不是女生的专利。可他再要问什么，陈逾司都不理他了。

陈逾司这个人搞不懂爱，因为他小时候没得到这种东西，没得到过爱，没得到过关心，所以到这个年纪他还不知道要怎么去处理别人给予他的爱和关心，甚至不知道怎么把爱和关心给别人。

无视是他处理被人给予爱和关心的办法。

迁就是他给予爱和关心的表现。

他不懂爱和关心会导致的情愫发酵公式，很多年后，二十四岁的他，还是不明白十七八岁那时候懵懂到不知道要怎么处理的感情为什么能叫他这么念念不忘。

第二天最后一门学科考完，班主任要留大家开班会。

各科课代表抱进来的考卷够回收废品的大爷乐开花了。

"不要觉得放了暑假就懈怠了，高三还要重新分班。到时候分班考，考出七十名外就要掉到普通班了。回去该看书还是看书，暑假作业好好做，这次期末考试自我感觉考得都怎么样？好的就继续加油，不好的就抓紧复习等分班考再战……"

宋书骄站在讲台上说着，底下的学生都像没有感情的传考卷机器，没一会儿，考卷堆得老高。

"各科课代表把暑假作业都写在黑板上，下面的同学都数数看考卷少没少。都给我数起来，别等到开学和我说少了哪张。"

"这是怕我多活一天吗？"

"这么多张考卷，老师们可真是一点都不关心环保问题。"

"我去，还有十篇语文作文，英语还有抄写？十本名著阅读？我现在就回家叫我妈把我塞回肚子里，给我多生两只手和一个脑袋出来，哪里写得完嘛！"

下面你一句我一句，说着说着声音也大了起来。

宋书骄拍了拍旁边同学的桌子，让他把过道的垃圾捡起来："少说两句你们就写得完了。今年暑假，我们八月二十九日报到，三十日正好是周一开始上课。开学过来就是高三了，一个个都打起精神来，这是高中最后一个暑假，让不甘和后悔留在这个暑假，带着全力以赴的拼劲冲刺高三。"

下面回应他的是懒洋洋的一声"好"。

宋书骄不满意："少年人们，朝气呢？"

有个抖机灵的："多写两张考卷就没了。"

知道学生的心思都飘了，宋书骄也没有继续留他们："好了，三天后出成绩，到时候会发在班级群里。现在收拾好东西，大扫除过后，各回各家。"

纪淮出教室的时候，隔壁班的人都走得没影子了。

陈逾司已经在小卖部等她了。她过去的时候他和易伽各坐在一张长椅上，一个喝可乐，一个吃雪糕，画面很和谐又莫名地怪异。

"你们班主任真能拖，难怪我们班主任受不了了要和他离婚。"陈逾司把猫笼子递了一个给纪淮。

易伽见她来了，便准备走："那就辛苦你了。"

"文静"这样的词放在易伽身上真的一点也不适合，她先走一步，纪淮看过去只剩下六月末里一个清瘦的背影。

纪淮作为一个理科生，脑海里蹦不出什么形容词，想了好久，等她带着猫走到陈逾司家门口才想到两个字——淡漠。

猫到了新环境也不拘束，没一会儿就满院子开始撒泼打架。

六月的天，已经有点闷热了。陈逾司颇有闲情逸致地靠在门口看纪淮满院子地追猫给它们戴易伽买的颈圈。

她伸手捞起一只小猫，朝着他喊了一声："陈逾司，快看，可爱吗？"

余晖从她的后方照来，在她的身上四散开，那些光越过她朝他奔来，和哈罗盖特的比起来，更亮、更耀眼。

他开口想回答，刺耳的刹车声在屋外响起。

院子里的猫都安静了，他望向停在门口的车，看着那个本该在一个多月前就回来的男人出现在眼前。

"纪淮，你先回去吧！"陈逾司脸上没了刚才的柔意，目光淡淡的。

纪淮应声，把小猫放在地上，偷瞄了一眼门口的男人，低着头赶忙跑了。

"家里没有饭吗？"

对方问这句话的时候，陈逾司双手环在胸前，看着厨房里的人低着头揭盖开锅。

陈逾司看着他，问："你怎么回来了？"

"我是你爹，我回家有什么问题吗？"赵骅放下锅盖从厨房走出来。他现在站在儿子面前已经矮了，走过去拍了拍儿子的肩膀，很坚实，他现在才想到问陈逾司，"最近过得怎么样？"

"在看见你回来前的那一秒钟还是开心的。"陈逾司不给他留面子，挣脱他的动作没收敛。

"刚才在院子里的小姑娘是谁啊？"赵骅收了手，"女朋友？"

陈逾司不想和他多说纪淮，反问他怎么突然回来了："你不会把钱都败光了吧？"

赵骅已经习惯了被儿子看不起，以前还在英国的时候就是这样，孩子的妈看不起他，因为他没本事赚钱。

大儿子也看不起他，觉得他连英文都不怎么会说。

"我最近准备和一个朋友在隔壁市合开一个厂，接下来很忙，所以准备入工期之前回来看看你。期末考试考完了吧，暑假要不要和爸爸一起去隔壁市走走看看？"

赵骅说完，儿子脸上没什么欣喜的表情，只是淡淡地看着他，留下一句"不去"，就上了楼。

他们一家人都是彼此的施暴者，从哈罗盖特开始，也没有能够在洵川被终止。

许斯昂从来没想过自己有一天会在电脑前待够了。入了夜，但时间离睡觉还早，他突然想出去走走。

纪淮给他拿了块雪糕："那我推你走走？"

"去吧！"一开始许斯昂对自己半残坐轮椅外出这件事还挺抗拒的，后来想着又不是永久残疾，而且出门遛弯还不用走路，这得让多少被迫陪爸妈出门的人羡慕。

好的心态对恢复也有帮助。

许斯昂问她："今天期末考试考完了？"

纪淮给他的手腕上戴上驱蚊手环，又给他的脖子、没绑石膏的腿和露出来的脚上喷上驱蚊喷雾："对啊，暑假作业发了好多。"

许斯昂被纪淮推着出门，看见了停在隔壁门口的车，狐疑道："陈逾司的爸爸回家了？"

纪淮下意识地看向二楼房间的阳台："嗯，好像是的。"

那时候陈逾司没介绍，只是让她走，她也不好判断是不是他爸爸。

她临走时偷偷看了一眼，陈逾司和他长得并不像，五官要比那个男人优越很多。

但风华正茂的十七八岁，不能和四十多岁的男人比。

许斯昂盯着那辆车看了好一会儿，扭过头对纪淮说："你去把陈逾司叫出来,让他和我们一起去散步。"

纪淮原本想去敲门的,但想了想还是转过身跑回大姨家,上了二楼房间的阳台,手撑在栏杆上,身子前倾,喊道:"陈逾司。"

没一会儿,对面阳台的移门拉开了。

陈逾司没说话,等她开口继续说。

"要不要一起去散步?"

陈逾司和轮椅上的许斯昂对视了三秒后,嫌弃的表情丝毫不掩盖:"为什么你在?"

"废话,当然是我聪明。猜到了你爸回来,知道你不愿意和他相处,所以叫我表妹喊你一起去散步。"许斯昂不怕他。

他现在是个病号,陈逾司除了在游戏里虐虐他,还能怎么欺负他?

许斯昂还补了句:"再说了,没我你以为我表妹乐意跟你散步?"

"呵?"陈逾司想笑,"等我跟她在一起了,以后天天推你出来散步,你就在后面自己滚轮子,我牵着你表妹的手走你前面。"

许斯昂来气道:"我诅咒你以后打《英雄联盟》把把对面四 buff 开。"

陈逾司幼稚道:"诅咒反弹。"

"你有病吧?"许斯昂抬脚想踢他。

陈逾司看着两个人的距离,一眼就知道许斯昂踢不到自己,连躲都不躲一下。

纪淮手里拿着驱蚊手环的袋子,刚走过去就听见他们在对骂,蹙着眉开口:"你有病吧?"

许斯昂指着自己,看着纪淮,又指了指陈逾司,愣了半天:"你替他骂我?"

"你自己要喊他下楼散步,现在你又和他吵架,你是不是有病?"

许斯昂转着轮椅的轮子往回走:"我不去了,我生气了。"

纪淮看着许斯昂头也不回地回了屋，手里拿着驱蚊手环的袋子。虽然叫陈逾司下楼散步是许斯昂的主意，但是是她去喊的人，现在当着面放鸽子，她也做不出这样的事情。

她只好把决定权交给陈逾司："还散步吗？"

"他不去，我们走吧！"

既然要去，纪淮把手里的袋子给他："驱蚊手环。"

一共三种颜色，黄色、蓝色还有纪淮手腕上的粉色。

陈逾司拿了一个印着 Hello Kitty（凯蒂猫）的粉色手环，和纪淮手腕上一样的印花还有颜色。

夜风徐徐，小区里路灯昏暗，节奏感十足的音乐从广场上传来，再热的天气也阻挡不了阿姨们舞动的心。

飞蛾绕着路灯打转，就像马路边的小孩看见气球就走不开。

纪淮看见广场上的阿姨拿着扇子在跳舞，驻足看了许久，陈逾司也没催她，陪着她站了好一会儿，直到她看够了，才继续走。

"我明天早上起床就过去喂猫。"

陈逾司随她："事先说好的，我不帮忙。"

"我知道，就是想说你能不能给我开院子的门。"

"我醒，然后下楼给你开门，和我醒了下楼喂猫有区别吗？"意思很明显，不可能。

纪淮在直白地向他要钥匙和在监控摄像头下翻围墙之间犹豫，最后怕被抓，也怕被保安把监控画面公布，贴在公告栏里配字：请业主和猫咪不要随意翻墙。

纪淮选择厚脸皮地问陈逾司能不能把钥匙给她。

"我家指纹锁。"

纪淮一愣："剁你的手指是不是太残忍了？"

陈逾司吓她："残忍？你压根就不能这么想，好吗？"

砍他的手？这根本就是一件不对的事情。

纪淮一愣，不能这么想？

她看着陈逾司，小心翼翼地问："你的意思是叫我砍的时候别有心理负担？"

马路两旁的樟树已经种了很多年了，长得和路灯一般高，树叶枝干将路灯围在里面，如同树上长出一个月亮。

陈逾司看着那像是会发光的树，沉思着自己看上纪淮什么了。

看上她什么了？

是他自己有病，他犯贱，他找虐。

纪淮木讷地看着陈逾司忽然加快了脚步，挠了挠头，小跑着追上去："你生气了？"

她站在他旁边，侧着脸，看着他。

陈逾司迎上那目光："是的。你要怎么哄我？"

哄人这事，纪淮还没做过。她扯了扯他的衣摆，南方小姑娘说话尾音上扬，软语和洵川不一样："陈逾司，你别生气了呀！"

陈逾司听着，也不说话，等着纪淮继续哄。可好一会儿后，她就这么看着他，手拉着他的衣摆，没下一句了。

红绿灯换了一轮，加班的技术员还没有下班，盛泰广场的大屏幕一分钟四位数起跳的播放价格已经烧掉了文员一个月的工资。

陈逾司："就这样？就这么一句？"

纪淮不解："这样一句还不够啊？"

何止不够，他更气了。

冷哼在喉间打转，但他视线里这张脸上写着"我不知道"四个大字，最后出口就变成了一声长叹："行了，我不生气了。"

于是他衣摆上的手收回去了，纪淮沾沾自喜："原来哄人很简单嘛！"

陈逾司扶额。唉，又生气了。

便利店里甜筒第二个半价的标志很显眼，纪淮拿着双色甜筒吃掉了甜筒的尖尖，便利店里冷气十足。

纪淮慢悠悠地吃着甜筒，他一直没说回去，也没问纪淮还要散步散多久。

巧克力偏甜，原味不甜但奶味很足，融合在一起的双拼，在甜味和奶味上达到了新的美味。只是纪淮看着对面面无表情吃着甜筒的陈逾司，看他那表情似乎还没有领会到双拼的美妙。

纪淮给他介绍了其中奥妙，他坐在她对面，懒懒地抬起眼皮。她是真觉得一个人嘴巴上说不生气就真的不生气了呗！

外面自动贩卖机投出了一瓶汽水，拿着篮球走过的学生，三五成群。纪淮百无聊赖地看着，突然想到了表哥一看见陈逾司爸爸回来就让她把陈逾司喊出来散步。

按道理久别重逢的父子不应该在家里聊聊天吗？这副不着急回去的模样，八成是和自己爸爸的关系不怎么样。

纪淮又点了点头，坚定了自己的想法。

陈逾司看她那小表情——比某些演员还丰富："想什么呢？"

纪淮想问，但怕涉及他隐私，他要生气："我问了你别生气。"

陈逾司笑："你还怕我生气呢？"

"那我问了。"纪淮看他点头了，才又开口，"你和叔叔关系不好？"

问完，果不其然是一阵沉默。陈逾司改了坐姿，懒散地靠在椅背上，一只手搭在旁边空位子的椅背上。

"想知道？"陈逾司反问。

在纪淮不知道点头还是摇头的时候，他起身："边走边说。"

他爸爸是入赘，后来出轨，在父母离婚的时候，他选择了跟着赵骅，他哥哥跟着母亲。其实原因不仅是他哥那么对他，还有一个原因。

剖宫产的刀疤在母亲的肚子上，但只有赵骅记得是哪天划开的。

就是这么简单的一个原因，他选择跟着赵骅回了国。但第二年，连赵骅也忘了是哪天。房子里慢慢开始只有他一个人，赵骅一开始是三天不回家，然后一个星期，再是一个月。

回家的路上，陈逾司神情平淡地和她说着哈罗盖特的雾天、龙道的房子、比他优秀的哥哥、他被关过的烤箱、那条没过他头顶的小河……

甜筒融化得很快。

那天晚上的一切像是粘在她手上的甜筒，在高中最后一个暑假，在那个暑假开始的前一个晚上，她看见了那个放肆招摇的陈逾司藏在无所不能下的酸苦。

第七章

风吹过装着路灯的树木，枝干晃动，从树叶之间倾洒出来的灯光忽明忽暗。

天上的云遮住一弯月亮，今夜没有星星。

他们在一盏灯丝烧坏的路灯下等十字路口的绿灯，路口有几辆打着转向灯的小轿车。鹅黄色的转向灯一闪一闪的，手里的甜筒已经只剩下甜味了。

陈逾司看见纪淮脸上那欲言又止的表情，那是同情他的意思。

他笑了笑："怎么，要安慰我啊？"

纪淮吃着已经发软的甜筒皮，想了想："我爸爸妈妈也离婚了，我也不和他们住在一起。但你和我比起来，你成绩比我好，你打游戏比我表哥厉害。"

听她分析完，陈逾司一愣："要不，我安慰你？"

纪淮眨了眨眼睛，强压着嘴角上扬的弧度："如果你愿意给我在小区门口的便利店买一个哈根达斯，我就觉得我不可怜了。"

刚说完，她的脑门就受到奇袭。

陈逾司赏赐的一个弹脑门。

绿灯已经亮了，他在过马路。

纪淮追上去："要不你明天请我吃个手抓饼的'满汉全席'？这个我也可以接受。"

陈逾司拒绝："起不来。"

纪淮："那我请你吃。"

陈逾司："几点？哪家店？"

那种又好气又好笑的感觉，纪淮也体验了一把。她和他并肩踩在斑马线上："你好意思……"

她还没来得及说完，一股力量将她拉向旁边。脚步停顿在下一秒，一辆疾驰的电动车从她面前呼啸而过。

陈逾司看了一眼已经开远的电瓶车，表情不太好，直到交警在下一个路口把人拦了下来，他拉着纪淮走过了路口才松开手。

他看向她的时候，神色已经恢复正常，朝她喊了一声："灵魂可以招回来了。"

纪淮低头看向自己的鞋，还好脚还在。她的头微微朝着陈逾司的方向偏过去，黑色的短袖上沾到了白色和棕色的甜筒。

是他刚才拉她的时候，她不小心蹭上去的。

纪淮看着他身上那件黑色短袖上的污渍："要不你脱了，我给你洗？"

陈逾司看了一眼，不太在意。但随后又想到了她转学来的前一天在阳台上偷看他的那件事："我觉得你这是'项庄舞剑，意在沛公'啊！"

"哪有？"纪淮立刻否认。

虽然是这样的。

但，她还是辩解："你，我从头到脚都看过了，光个膀子而已嘛，我会心潮澎湃吗？"

好吧，她会。

食色性也，老话说得不无道理，否则为什么这个世界上有"颜控"呢？

帅哥的身材和脸蛋儿都是造物主恩赐给众人观赏的风景。

她一说完，额头被双杀了两次。

纪淮揉了揉被打疼的地方，跟上陈逾司的步子朝着小区走回去："我觉得你在物理降低我的智商，赔钱。"

她伸出手。

陈逾司抬手往她的手掌心打下去："渣男，就不爱负责。"

纪淮嫌弃地看着他，脚下的步子没停，她没看路，被路边人行道上因为树根拱起导致不平的花纹石砖绊了一个趔趄。

幸好他手没松。

看她那心有余悸的模样，陈逾司没说什么，只是手一路上都没松开。

青春期的爱恋其实就是一件莫名其妙的事情，一旦来了还会异常热烈，从未有过悸动经历的人，因为青涩的情感不知所措。

相握的两只手，像是外婆家夏天雨季的房子。

潮湿、闷热，但雨落屋瓦的声音，让人喜欢。

纪淮看着握着自己手的那只手，手指修长有力，指节分明，指甲修剪得很整齐。他拉着她，步子比她跨得大，走在她前面，路灯的光先照到他，尘埃在光里面飘。

光停在他的发梢上，是金色的。

炸开在纪淮心里的那束烟花，是五彩斑斓的，但似乎都没有他现在这样逆着光那么耀眼。

她不知道自己加速跳动的心是因为刚才的心有余悸，还是因为被牵着的手。

一直走过许斯昂家门口，陈逾司的手还没松。最后他们在他家门口停了，纪淮一路的小鹿乱撞在被他拉进他家大门的时候停止了。

"哎……不是，我们就牵个手，你现在就带我回家过夜是不是坐高速列车了？"纪淮重心向后，不肯进去。

陈逾司回头看她，脸上带着笑："给你录指纹，难不成你还等我每天给你下楼开门啊？"

纪淮窘了，还有些会错意的不好意思。

他不见好就收，又打趣了一句："第一次见面就全程观摩别人穿衣服的小姑娘，还有嫌高速列车快的时候啊？我还以为你脚下都踩着火箭呢！"

"我就偷看了你一次，你至于翻旧账翻到现在吗？"纪淮被他拉着手指按在指纹识别器上，"这说明你黔驴技穷了。"

她一说完，额头再次一疼。

弹她额头的手还没垂下呢，他沾沾自喜："就这招你到现在还没防住，那点'技'还能显摆很长一段时间呢！"

纪淮揉着被打的地方，挺疼的："你下回再弹我脑门，我就不和你讲话了。"

指纹录好了。

纪淮说着，他就又给了一个栗暴："小朋友，请问你今年几岁呀？"

最后她带着"头疼"回了家。

陈逾司站在门口，看着她气鼓鼓地走了回去。他的嘴角噙着笑，开口提醒："小朋友，看着点路。"

纪淮听见他的声音，注意力被吸引走的时候，脚下一个踩空，差点摔了。

"叫你看着点路了呢！"

夏日的燥热经过一夜的沉淀，在清晨到来之前，一半已经被前夜消磨掉，幸存的另一半卷着初升太阳的热浪继续余烬重燃。

一大早纪淮就接到了妈妈的电话。

是用一个陌生号码打进来的，那时候她还睡眼蒙眬，直到听见电话那头熟悉的声音。

"妈妈最近去警备署了，你在大姨家要好好读书。等你爸爸那边结束了，我们一家人就可以见面了。你在外面要好好照顾自己，听大姨的话，人也勤快一点，别给你大姨惹事，有空就给你表哥辅导辅导作业。"

因为电话那头越说哭腔越重的话，纪淮的鼻子一酸。

"我知道了。"纪淮拿着手机，一开口声音就发颤，眼泪有点忍不住地往下掉，可她只能强忍着哭声。

总不能叫妈妈再为她担心。

"等你爸爸的任务完成，我们一家人就可以住在一起了。"

纪淮的耳朵紧紧地贴着手机的听筒，仿佛这些话都是在她耳边说的一样。

电话没有打多久，纪淮等电话挂了，倒回床上捂着被子又哭了一会儿。

最后两眼通红地洗漱完，坐在阳台上醒神。

昨晚可能起风了，陈逾司的衣服不知道怎么就吹到了她的阳台上，衣架很有难度地正好卡在阳台的围栏之间。

陈逾司起得不算早，等他拉开阳台门准备浇花的时候，纪淮眼角的红还没退下去。

一看就知道哭过了，陈逾司拿着浇花水壶，看了她一眼："怎么？不就是昨晚上没把衣服脱给你，至于让你一大早就偷我衣服还大哭一场吗？"

大约是因为早上接了妈妈的电话，一想到她爸爸，她高兴不起来。听见陈逾司的话也不觉得好玩，把衣服卷着衣架就丢了回去。

陈逾司一看，没笑。看来是真难过着，想着期末考试成绩是隔天公布，他就猜不出原因了。

他把花盆里的花花菜菜都浇了一遍，随手把水壶放下，朝着阳台上的纪淮偏了偏头："下楼，请你去吃'满汉全席'。"

许斯昂一出房间就看见纪淮在玄关处穿鞋，随口问了一句："怎么出门了？"

"跟陈逾司一起吃早饭。"纪淮把鞋带系好。

许斯昂不懂了，怎么就昨天晚上散了个步回来，一大早两个人还出去吃早饭了？昨晚和陈逾司吵架的场景在他脑海里重新演了一遍。

"等我跟她在一起了，以后天天推你出来散步，你就在后面自己滚轮子，我牵着你表妹的手走你前面。"

…………

许斯昂转着轮椅轮子飞快地飘了过去："我也要去。"

昨天还停在门口的车，早上已经开走了。这个家又仿佛恢复到以前只有他一个人住的时候，鞋柜上照旧贴着一张字条。

陈逾司看见字条上开头的"爸爸"两个字就没继续看下去，随手拿起来揉成纸团。

他是被短信振醒的，一条转账信息。英镑现汇，他妈转来的下半年的生活费还有高三的学费。

他在门口换好鞋，纪淮比他先出门，现在正在屋子外面给猫加粮。

水洗蓝的裙摆不长，她扎着一个马尾，和一群猫待在一起的画面，很养眼。但视线一放远，看见门口坐在轮椅上的人就觉得碍眼。

纪淮让他等一会儿："我弄完猫就好了。"

陈逾司没催她，迎着许斯昂那仿佛要吃了他的目光走过去："瘸子，你出来干吗？"

"死人渣，你问的就是废话，我当然是来阻止你'泡'我妹的。"许斯昂说完的那一刻感觉照在自己身上的不是夏天炎热的太阳，简直就是正义的光芒。

陈逾司给他一个白眼："我不生气，等会儿一路上有的是台阶和上坡制裁你。"

等纪淮喂完猫，许斯昂已经回家了。她不解，刚刚还吵着嚷着非要跟她一起去，怎么突然说回去就回去了？

陈逾司从她手里拿过那把粉色派大星图案的遮阳伞："管他干吗！"

暑假对于纪淮这样自律的人来说，很轻松。

对于许斯昂这样不自律的人来说，也很快乐。

纪淮不想浪费电，一到下午就拿着作业跑去相对阴凉很多的客厅写作业。许斯昂出来拿饮料就能看见她伏案写作业的样子，倒也不能刺激他抛下游戏，就是让他心里不舒服。

不是因为别人太努力，只是自己的懒惰和不上进一下被摆到了明面上。

纪淮也不是没想过要给他补课，但他兴致缺缺，书翻了没两页就困了。

许斯昂还以为要被纪淮在耳边念叨好几天好好学习，但没有。第二天纪淮自己就蔫巴了，来找许斯昂借游戏手柄的陈逾司知道原因。

"今天下午期末考试要出成绩了。"

陈逾司还顺了瓶果汁，看见她坐在客厅里，枕着数学考卷，嘴巴能挂酱油瓶了，一脸委屈地看着他。

她说："我感觉我这回期末考试肯定考不过你。"

陈逾司把从许斯昂房间里拿走的果汁放在她面前："你怎么会有能考过我这种错觉？"

她的眼珠子转动，给了他一个白眼："做个天才是不是很快乐？"

陈逾司挺好意思的，直接点了点头。一只手撑在桌边，一只手从她脑袋下随手拿起那份考卷，就看了没几秒："这题错了。"

他把考卷放回去，拿起她的笔，给她改了一下公式。

他的动作导致他将趴在桌上的人虚虚地搂在怀里，纪淮一转头，就能闻见他衣摆上洗衣液的味道。

这就是她跟陈逾司的差距，总有些人随随便便做一件事比别人拼尽全力都能做得更好。

许斯昂看见吃晚饭前还颓废着的纪淮，一猜就知道："没考过？"

纪淮点头，还是和陈逾司差了一些。

他这次数学和语文分数都很高，纪淮和他差了六分。

全是数学拉的分数。

但转眼纪淮就恢复了，许斯昂还挺欣慰："这就对了嘛，跟你表哥我一样，面对失败顺其自然。"

"不一样。"纪淮戳穿他，"我上课认真听讲，好好复习，竭尽全力之后面对失败不强求不后悔，这才叫顺其自然。你是敷衍了事不作为。"

许斯昂承认纪淮说得很有道理，但依旧坐在轮椅上不为所动。现如今，"鸡汤文学"充斥网络，叔本华的大作到处是。

快餐时代，用一分钟的抑郁去感同身受就够了。然后大拇指向上一滑，看见大神的游戏操作集锦，挺着一分钟前为鸡汤流下的"必须奋斗"的感悟泪水，点开留言板，留言一句评论："艾欧尼亚，昂扬不灭。"

垂死病中惊坐起，打开电脑，登录游戏，选择英雄刀锋舞者·艾瑞莉娅，最后顶着 0 杀 7 死的战绩被队友喷下线。

脑海里还残留着队友的问候："我玩个人马打野，马蹄铁跑掉都救不了你这个'奶奶怪'。"

晚上，纪淮洗过澡去了阳台。她手上、脚上全是驱蚊手环，盘着腿坐在藤椅上纳凉。陈逾司洗过澡，头发还在滴水，纯色的上衣，宽松的及膝短裤，头顶着一条毛巾来了阳台。

最近太阳大，他在浇水的水里滴了些营养剂，看见对面的纪淮，他拿着喷壶，对着她喷了两下："练功呢？"

"感天地之灵气，吸日月之精华。"纪淮双手合十，"每天向苍天求一个打败你的小妙招。"

"谈情说爱啊！"陈逾司笑话她，"你自己想的小妙招没实践呢，怎么就知道不行？"

"可我给你介绍的姑娘你都不喜欢。"纪淮在藤椅上翻了个身，侧躺着，用手托着脑袋看向他，"你对性别有要求吗？"

陈逾司猜，她想说的八九不离十是她表哥。他嫌弃地开口，一次性断了她所有的路："有，我对物种也有要求，必须哺乳纲灵长目人科人属智人种，女的。"

纪淮泄气了，重新仰躺回藤椅上。蔫巴了一分钟后，一个鲤鱼打挺坐起来："陈逾司，你要不要和我试试？"

陈逾司浇花的手一抖。

他慢慢抬起眼眸看着她，他向上帝保证，逆风局他闪现下龙坑抢龙都不一定有这么紧张。

他颤颤巍巍地开口："什么？"

"和我一起学习试试，你看你脑子特别聪明就是不自律，但我就特别自律。相互监督，共同进步，我不一定非要考过你，我只想不做早操。我们把李致和孟娴一挤下去，取而代之。"

她在阳台那边说得像誓师大会上的领导，眉飞色舞。

陈逾司叹了一口气，都这么多次了，他怎么还能期待，他怎么还指望能从纪淮嘴里听到什么他想听的话呢？

她朝着对面的人挑眉："怎么样？谈情说爱太影响学习了，我从今天起不给你找女朋友了，我要督促你好好学习。"

"……"真是无语。

她还特意说明："我们谈恋爱影响学习，但可以一起好好学习啊！"

纪淮说完，半晌也没等到陈逾司说话，看他放下水壶，黑着张脸，没回答她的话。

他现在有点生气，偏偏她还没眼力见儿地问他这个计划好不好，问他考虑得怎么样了。

陈逾司转身回房间，只觉得头疼。

许斯昂早上起床后看见客厅里做作业的两个人，重新回到房间，再开了一次门，但门外的一切没有变化。

他坐着轮椅挪到陈逾司旁边：“你……是不是有毛病了？”

陈逾司只懒懒地抬眸看了他一眼，手里的笔没停。

纪淮找他练数学，她每次考数学都觉得时间不够，如果能跟上他的做题速度，有他那样的正确率，成绩还可以再往上提一提。

只是，她次次都输。

蒋云锦给他们榨了果汁，她当然是欢迎纪淮和陈逾司给这个家里带来一点学习气氛的，没准就能带动许斯昂。但后者百毒不侵：别人写作业，他刷视频；别人讨论题目，他打手游。

问他要不要一起学习，他回“不学”。

就在许斯昂觉得自己也就这么混到开学的时候，许家宗为了应酬酒精中毒，司机发现的时候他已经面色铁青了，送去医院抢救得还算及时，再晚一点，后果难说。

许斯昂有次四五点醒了，他住在一楼，听见了客厅的动静，开门探头张望的时候，是已经从外面买完菜回来的蒋云锦和家政阿姨。

“这个排骨你做成汤煮给小孩吃，今天抽个空帮许斯昂把床上的四件套换一下，男孩子比女生脏，妹妹那床过两天再换。今天护理师要来，你记得要让他看看许斯昂的腿，许斯昂现在一天到晚不是躺着就是坐着，还要看看许斯昂的脊椎……对了，许斯昂昨天随口说要吃血橙，你给小孩做完早餐之后去买。我今天要很晚才回来，你记得等许斯昂洗完澡再下班。"

当天他坐在客厅等蒋云锦从医院回来，他问她："你总要我成为更好的人，但如果现在这个我就已经是最好的我了呢？"

蒋云锦走到他的身边，蹲下身，看着他："我希望你努力去成为更好的人，是想你以后可以有更多的选择。你如果抵触，我现在不逼你了，我就求求你好好地健康地长大。"

长大、懂事，似乎就是那么一瞬间的事情。他才十七岁，他还有重来一次的机会。

"我要复读高二，转文科。"

纪淮和陈逾司坐在一边，对面是许斯昂。

面对他刚刚宣布的消息，纪淮张了张嘴，但一个字都没有说出口，伸手扯了扯陈逾司的袖子，又抬手捏了一把，听见陈逾司倒吸一口气的声音，她知道自己没在做梦。

陈逾司回了他一句耳熟的，他第一天来找纪淮做作业的时候，许斯昂对他说的那句话："你……是不是有毛病了？"

他们甚至开始打赌许斯昂这个十年脑梗的决定能持续多久。

陈逾司抢先下注："我赌十分钟吧，不准跟押。"

"那不赌了。"纪淮耍赖。

"你可以赌半小时，稍微久一点。怎么，看不起你表哥？"

纪淮拉着嘴角，摇了摇手指："不是看不起，是太了解，这压根儿不可能。"

结果许斯昂像模像样地开始制订学习计划。

暑假重整学习计划的第一步就是要找个认识的人借文科高二一整年的笔记，提前预习起来。

陈逾司和纪淮吃惊过后，已经找到这天要比赛做的理综考卷了。

纪淮开始前上了个洗手间，跑开了。

陈逾司看许斯昂突然没了动作，还以为他已经放弃了。

许斯昂捏着鼻梁："我突然发现我没有认识的女生是读文科的。"

陈逾司照例解下手腕上的手表，慢条斯理地调倒计时时间："你泡过那么多妞，还没有吗？"

许斯昂掐指一算，有点失策了："我们学校里的，我找的好像全是马路对面的。"

陈逾司："看来老话说鸡蛋不能放在一个篮子里是非常有道理的。"

他调整好手表的时间，这是他和纪淮刷一张考卷的倒计时时间，手表刚放下，他注意到对面投来的视线。

许斯昂将希望寄托在他身上："别说没有啊，我记得你还收到过文科女生写的情书呢！那个情书我都印象深刻，里面有一块手帕子，还附了一首诗：'不写情词不献诗，一方素帕寄心知。'"

陈逾司不买账："忘了？那封信你看完之后我就直接扔垃圾桶了。"

许斯昂肯定没忘，那送信的小姑娘都没走远呢，陈逾司就当着人的面给扔掉了。但他不管："你帮我去借。"

"找你表妹，她可认识不少文科的女生。"

那个带到他面前介绍给他的女生，还有一起照顾猫的易伽……

许斯昂狐疑："她怎么可能认识？"

这个问题不好回答，就像他始终没办法告诉许斯昂，自己被他那个小表妹从头到脚看光过。告诉这个幸灾乐祸的人，自己被他表妹介绍过女朋友也不是件好事。

纪淮听见了，小跑着过来了："我认识啊，我还给他介绍过对象呢！"

许斯昂看着陈逾司那瞬间变黑的脸色，"扑哧"一声笑出来了。

两小时后，陈逾司和纪淮刷完一张理综考卷，他和许斯昂去了阳台吹风，纪淮在对两个人的答案。

许斯昂看了一眼客厅里伏案的人那认真的模样，笑着问："我妹是不是缺心眼？你喜欢她，她给你介绍女朋友？"

既然被他知道了，陈逾司倒苦水，把"跨服"聊天的经历都和他说了一遍："你们家缺心眼是祖传的吧？"

许斯昂："没准装疯卖傻，她就是不喜欢你呢？"

陈逾司不信，伸手理了理有些长的刘海。

见他不信，许斯昂笑："这么有自信？"

陈逾司的视线越过阳台的玻璃门望进去，里面的人不知道什么时候已经趴在了桌上，蔫巴的样子，一直没变，不用猜也知道，估计这张考卷还是没考过他。

听见许斯昂的话，陈逾司哼了一声："我人见人爱，这就是事实。"

"去你的吧！"许斯昂出声打断了他的臭美，"不过，你保证是来真的，那我就帮你了。"

纪淮理综最后一道大题错了，她侧着脸枕在考卷上，想着陈逾司的答案在脑袋里整理解题思路。还没想出来，他吹风回来了。她听见了阳台移门的声音，拖鞋踩过地砖，再踩过沙发附近的地毯，最后走到她身后，携着那股她都已经有点熟悉的柠檬沐浴露味道。

她的头发散在他的考卷上，他的手还没碰到她，她就坐直了身体，眼神很专注地看着他，也不说一句话。

陈逾司知道这注视反正和男女之间没什么关系，清了清嗓子："想到哪一步卡住了？"

见纪淮不说话，还是就这么看着他，他知道这打击不小。

打击能不小吗？

纪淮看过陈逾司的课本和笔记本，课本干干净净，最多有几条横线，还是用一支黑笔从课本第一页画到了最后一页。至于笔记本？压根儿没有那东西，课本最后一页那张白纸写写补充就够了。

好记性不如烂笔头，但人家记性就是好到听过就不忘。

纪淮也好奇过："你没有错题本？"

他一笑："我没有错题。"

他笑的样子真的很招人，嚣张又自信。她看着，心头一颤，偏过脸没再看他。

她呢？课本上用不同颜色的荧光笔画得特别好，笔记也用红笔、黑笔、圆珠笔字迹整齐地书写，便笺纸辅助。

考前认真复习，还不如别人就上课听听。

许斯昂比陈逾司后来，他回去的时候，陈逾司在给纪淮讲那道大题，两个人靠得挺近的。第一眼看着挺奇怪的，明明是给纪淮讲题，但考卷摆放的位置靠陈逾司那边。

"由玻义耳定律可得……"

直到许斯昂看见纪淮脚踩在椅腿之间的横杠上，因为主动倾身过去，人没稳住，一下半摔在陈逾司胳膊上。陈逾司那个老狗贼还内心狂喜、表面淡定地欲擒故纵："矜持点。"

他真会装！

纪淮聪明，陈逾司给她讲一遍她就会了。她用修正带涂掉答案，订正了一遍。

许斯昂问她要文科生的联系方式，她只有易伽的，不好直接给他，还得先问问易伽本人肯不肯借。

等回复的时候，纪淮忍不住好奇他怎么想到转文科。

他沾沾自喜："我高一的时候历史很不错。"

陈逾司在等纪淮改完理综考卷的错题，等她改完再做下一张考卷。他靠在椅背上，玩着手机休息，听见许斯昂的话，损他："你不是历史不错，你是其他太差。"

易伽的消息回得不快，纪淮和陈逾司一起做英语考卷的时候，搁在旁边的手机响了。纪淮不想被陈逾司甩开进度，便叫许斯昂自己用她的手机回复易伽。

许斯昂看对面两个人做考卷，就像他围观陈逾司玩游戏时陈逾司的手速和预判一样，都让他望尘莫及。

纪淮的手机密码就是她的生日，消息列表最上面的就是易伽。如果不是备注，许斯昂都不敢相信那个用风景当头像的人是易伽。

先是纪淮之前找她时候发的。

纪淮："小姐姐，在吗？我一个表哥想找你借一下高二整学期的全科笔记，可以吗？可以的话我把你好友推给他。"

易伽："你把你家地址给我，我明天把笔记拿去给你，你转交吧！"

易伽："明天你有空吗，我们给猫洗个澡？"

许斯昂随手点进易伽的朋友圈，动态不多，一些书籍推荐、日常店铺打卡，还有些小姑娘的碎碎念。只是那些碎碎念就很有意思了……

许斯昂是没想到："用阿姨头像的居然是个老'二次元'。"

陈逾司的英语作文也写完了，伸手从许斯昂手里拿过纪淮的手机，手机壳确实像个小姑娘的，上面印着一只抱着蜂蜜罐头的小熊。

陈逾司随手翻了两下，就把手机还给纪淮了："没去公告栏前围观过她的作文啊？"

易伽的作文都是和考试成绩一起贴出来的，许斯昂才不去那晦气的地方，自然也没看过她的作文。

陈逾司给他解释："她有一回写作文，开头是《海贼王》，中间是《银魂》，结尾用《亚人》升华主题一下。满分作文。"

"就看不起你们这种拿动漫台词和游戏语音乞讨作文高分的。"许斯昂哼了一声。

陈逾司瞥他："你不也用过盖伦的台词嘛，装什么'小白莲'？《英雄联盟》那么多好台词，人生导师卡密尔的发言你不写，非写'人在塔在'。"

许斯昂还特别好意思地为自己辩解："我当时去考试前通宵了一个晚上，写作文的时候两眼都发黑，脑子里除了'人在塔在'，就只有'fire in the hole（小心手雷）'和'请尽情吩咐妲己'了，前者写在英语作文里了，后者写的时候忘了'妲己'的'妲'怎么写了，我是被迫无奈才选了'人在塔在'。"

纪淮在旁边听着，有点心疼大姨，她是要多么坚强才能给许斯昂去开家长会，纪淮现在就差拿个扫帚和簸箕过来把自己和陈逾司掉了满地的嫌弃扫一扫。

纪淮扶额："就这？你怎么好意思转文科？"

陈逾司把考卷给纪淮，让她对答案，想了想原因："你哥理科题目看不懂，至少文科题目能看懂题意。虽然还是不会，但选了文能死个明白。"

纪淮不厚道地笑了："你太损了。"

易伽来得很早，但许斯昂还没起。纪淮让她进来小坐，自己跑去一楼的房间把许斯昂叫起床，怎么说也要让他亲自给易伽说声"谢谢"。

趁许斯昂洗漱的时候，纪淮给易伽倒了杯果汁。

许斯昂是她表哥这件事学校里除了陈逾司基本没有什么同学知道，纪淮怕易伽等会儿吃惊，就先给坦白了。

易伽喝着果汁，一脸平静地点头："我知道。"

她知道。高一的时候许斯昂成绩不怎么样，有一次老师家访，她当时作为学习委员和班主任一起来过这栋小洋房一次，昨天看见纪淮发给她的地址她就知道了。

许斯昂洗完脸还是困，他和易伽真说不上多熟，除了一声"谢谢"也没什么好说的。易伽也不指望从他那里收到三跪九叩，尴尬的气氛漫在四周，率先打破氛围的是易伽的手机。

打她电话的人就像那阵急促的手机铃声一样催着她。

易伽出门接完后，回来的时候有些不好意思："原本今天要和你一起给猫洗澡的，但我临时有事。这里是猫猫专用的沐浴露还有几条毛巾，要继续麻烦你了。"

"没关系。"纪淮送她，"你借笔记已经很帮忙了，你有事就先走吧，路上小心。"

等易伽一走，许斯昂拿着那袋笔记头也不回地准备回房间，纪淮及时拉住他："干吗？不帮忙啊？"

他困着呢，还要再睡一会儿，现在为了偷懒什么话都能说："我瘸子，瘫子。"

陈逾司胳膊下夹着考卷出门的时候，纪淮蹲在草坪边的水龙头旁给猫洗澡。七月的阳光毒辣，九点多就能烤掉人一层皮。

她穿了件衬衫款式的及膝裙，裙摆被她用膝盖后侧夹着，没垂到地上。随便绾起的头发将耳后白皙的皮肤暴露在空中。她挺开心的，嘴里哼着小曲在逗猫。

水池里有一个放不进水槽的大塑料盆正在装水，放水声盖住了陈逾司的脚步声。先是一个影子盖在了她身上，盆里的小猫抬着头朝她身后叫了一声。

陈逾司背着光站在她身后："要葱、姜、蒜吗？"

纪淮听懂他的打趣："要你的韭菜。"

"你一个小姑娘一天到晚惦记我的韭菜，你让韭菜怎么想？"说着，他挪了挪步子，尽可能地给她挡掉点太阳。

纪淮哄着猫，回头看了一眼陈逾司。她用手臂挠了挠下巴，但难度有点大，便朝着身后的人喊了一声："陈逾司，帮我挠一下下巴。"

这要求挺少见的。陈逾司那股心潮澎湃感又出现了，虽然他知道这百分之七八十又是她的无心之举或是缺心眼行为。

但他总是鬼迷心窍。

他在她旁边蹲下身，缓缓伸出手："哪边？"

陈逾司的指腹轻轻触碰到她的皮肤，随着她口中指挥的上下左右移动着。他的手指间收着力，不敢用劲，可怕轻了没用，重了她疼。

纪淮就这么看着他，满手泡沫，说话时颤动的喉咙就在他指边。

不知道她有怎么样的感觉，陈逾司觉得一道夏日的惊雷朝他劈了过来，电流沿着他的四肢百骸奔走逃窜。

直到纪淮的那独特的南方尾音的甜糯调在他耳边响起："好了，谢谢你！"

她没收到"不客气"，陈逾司在她说完的一瞬间起身。

他不知道是因为这天七月毒辣的阳光，还是因为指尖短暂的触碰，总之脸上是汗，耳尖是红，心头是乱。

陈逾司想了想：哦，想来想去，原因是她。

猫的脾气各不相同，有两只特别乖，虽然害怕但洗澡的时候很安静，两只前爪抱着纪淮的手臂。有一只小的就特别调皮，纪淮给它洗澡，听着小猫喊叫。

等纪淮把它从水里捞出来，它还甩了她一脸一身的水。

原本拿来给小猫一只一条的毛巾也只好被陈逾司拿来先给纪淮擦了把脸。

纪淮有记忆开始就是和外婆住在一起，外婆小时候给她用毛巾洗脸就像她现在被陈逾司这样擦脸。

陈逾司下手有点重，她随便被擦擦就忍不住叫他住手了："我这脸但凡有点不真实都要被你给重塑。"

她脸白，陈逾司是用自己平时擦脸的力度，不知道她怎么就皮肤泛着红。

听她开玩笑，陈逾司装模作样地捏了捏她的脸颊、下巴和鼻子："我小时候过年老是在华人社区里帮忙包汤圆，搓圆的手艺可好了，要不要体验一下？"

纪淮嘴上没说什么，但身体还是很诚实地朝着后面倾。

他拿下毛巾，抓着毛巾两侧摊开拿在手里，等着纪淮把那只小猫递过来。他没干过这种照顾小猫小狗的事，不是很熟练地给猫擦着水。

看他给小猫擦身的动作虽然不是很熟练，但能擦干就够了。

纪淮重新回到水盆旁边，嘴巴里唤着老猫，扭过头看了两圈还是没看见，等她要起身找猫的时候，一声猫叫是从斜上方传来的。

纪淮抬头，看见老猫跳到了水池上，对放水的水龙头特别好奇。大号的洗脸盆放不进水槽里，三分之一在水槽外面，它用爪子捞了两下水，下一秒，整只猫跳进了大号的洗脸盆。

脸盆受力从水池上掉了下来。

一只猫一盆水，将她浇得湿透了。

陈逾司听见响动的时候，纪淮已经半个身子湿透地站在他身后，怀里抱着受惊的罪魁祸首。

七月是属于燥热、台风、暴雨和雷电的。

这晴空万里的七月，知了少见，但麻雀踩在电线上叽叽喳喳。纪淮扯着因为湿透而贴身的裙子，欲哭无泪地看着他和猫。

她笑着，又委屈地望着他："今天晚上割了你的韭菜，我们喝猫汤，一荤一素都有了。"

许斯昂被陈逾司叫醒之前，他马上就要和回笼觉里的梦中美女牵手了。棕榈树、黄金海岸线，还有那个美女的白色裙摆和她被海风吹起的黑色长发。

他伸出手，突然光晕放大，天光乍现，一切都变得虚无。

许斯昂睁开眼，不是梦里的马尔代夫，而是在他的房间里。梦里伸出的手在现实中也伸着，只是手抚上的不是美女，而是坐在他床边的陈逾司。

后者嫌弃地看着自己黑色 T 恤上的手。

"思女呢？"陈逾司把他的手打掉。

被打搅了美梦，许斯昂烦躁地翻了个身，卷着毯子，恶狠狠地看着床边的人："你一大早叫我干吗？"

陈逾司看着他，一言不发，但下一秒，嘴角向上扬。

想到了刚刚帮纪淮挠下巴的感觉，陈逾司扯了一句："我高兴。"

许斯昂看他这样子，只觉得离谱。本来想翻个身继续睡，可闭上眼，他再也想不起刚和美女之间的画面了。

许斯昂气不过，骂了句："傻。"

一个上午他被吵醒了两次，睡意已经跑没了。他磨磨叽叽地起床，客厅里的两个人正盯着倒计时的手表准备做题。

易伽的字很好看，但丝毫不妨碍许斯昂抄了一页笔记就不想再抄了。

晚上吃过晚饭，他开始使唤纪淮，他坐在轮椅上这些日子也使唤习惯了："帮我找家店直接复印算了，要我亲手写完这些笔记，我腿上的石膏拆了可以打手上了。"

纪淮没拒绝，她还挺喜欢饭后散步的。她伸手找他要钱："多给点，我顺路去买个冰激凌球。"

许斯昂拿出钱包，给了两张红的，说话的语气倒像是给了二百万元一样："拿去随便花。"

陈逾司把水笔还给纪淮，将他自己的考卷整理好带走。

纪淮把易伽的笔记本都放好，自己上楼去找驱蚊手环。

许斯昂看见陈逾司都整理完了还没走，有点好奇："你站在这里装雕塑呢？"

陈逾司伸手："再给点，二百块给你复印完了，够我们吃什么啊！"

"你可以不去啊！"许斯昂呛他。

陈逾司瞥他："我是给你跑腿呢！"

许斯昂不信："你是想'泡'我妹。而且现在还打着算盘准备用我的钱去'泡'我妹。杀人诛心了，陈逾司。"

陈逾司还伸着手，屈了屈手指示意许斯昂快点给。

许斯昂不肯："万一我妹不要你去呢？"

陈逾司当然有办法，下楼的脚步声已经响起。他装模作样地把系好的鞋带重新解散，坐在玄关处开始重新系。

"许斯昂，听说了吗？小区物业群里说最近外出要小心，有条流浪狗不知道躲在小区哪里了。"

拙劣至极的借口，许斯昂听完就开始翻白眼，小声朝他吐槽："你说有暴露狂在附近都比狗好。"

陈逾司笑出了声，她还能怕暴露狂呢？她能把暴露狂看得不好意思！

许斯昂自作聪明给他改了："是暴露狂。"

"流浪狗。"陈逾司不准他改戏。

然而他们在玄关口争执不下，纪淮只是拿起桌上的笔记本换上室外拖鞋，准备出门。临走前看着门口的两个人："你们要不要打架？公证人马上要出门了。"

陈逾司跟着一起走出了门，他失算了，纪淮没喊他一起去。

他重复了一遍："有流浪狗。"

"没关系啦，我过年的时候被邻居家的小狗抓破皮了，当时打过狂犬疫苗，现在一年还没满，还可以被咬。"

还可以……被咬？

陈逾司："……"

纪淮想和他挥挥手再走，但他那表情挺丰富的。

"你什么表情啊？"

陈逾司强扯出一个笑："敬你是个英雄。"

小区的健康步道旁，广场上是舞动迟到青春的阿姨，两个身影被路灯照到了一起，交叠着半深半浅。

阿姨们有了新曲目，是领舞的阿姨去隔壁碧桂院里偷学来的。

陈逾司还是跟着一起来了，纪淮不是不想带他一起，只是想着他那么喜欢打游戏，现在白天能和她一起刷考卷已经有点迁就她了，晚上妨碍他打游戏似乎说不过去。

她想到在他们之间用了"迁就"这个词就很奇怪。

外婆是妈妈的妈妈，所以迁就体恤妈妈，将纪淮养在身边。

许斯昂是自己表哥，所以从小在吃穿用上都迁就自己，事事都让自己先。

妈妈是爸爸的妻子，所以在任何事情上迁就爸爸，一个人守着他们的女儿。

那陈逾司呢？

像数学和理综最后一道大题，她总是磕磕绊绊才能写出一半。

纪淮解不出这个问题的答案。

纪淮："等会儿多的钱我请你吃好吃的。"

小区外面那家文印店关门了，他们只好再走过一个街区去找另一家。空调间里虽然阴凉，但老板正在吃饭，菜是辣菜，香味重，漫在房间里一直不散就让人有点反胃。

易伽的字被复刻到了打印纸上，几百张，还全是彩印。

纪淮看着手掌心的找零，还多一元钱。

一元钱能买什么？公交车起步价都快不止一元钱了。

便利店里什么都买不到，只能找特别小的小卖部，最后纪淮买到了两根棒棒糖。虽然有些丢人，但纪淮保证："等我骗到我哥下学期泡妞的启动资金，我请你吃好吃的。"

"是不是有点过分？"陈逾司虽然这么问了，但还是爽快地答应了。

两个人各抱着一摞复习材料回家，随口聊着这天的考卷题目，纪淮没注意，和从旁边店铺里出来的人撞了个正着。

是戴着口罩和鸭舌帽的易伽，露在外面的眼睛是易伽很有特色的下三白。她的衣服还是早上来给许斯昂送材料时候穿的，但衣服上有些污渍。

"正好我这两天也要找你，这是你的笔记。"纪淮遇见她就正好还给她，省得到时候还要再联系再挑时间

易伽急急忙忙地正要回家，没和纪淮多说两句，接过那袋资料跑了。

纪淮看着她远去的背影："奇奇怪怪。"

易伽从公交车上下来，朝着家的方向一路跑回去，顾及不了右膝盖上的瘀青紫斑，还有后背的隐隐作痛。

一路上狗吠声不断，随着她不断加快的脚步越叫越响。

她再跑过一个拐角，最后站在堆满空酒瓶的屋子外，人还没有进去就能听见里面的咒骂声。

易伽掏着钥匙，手随着屋里的响声正不停地发抖。隔壁的邻居看见回来的易伽，赶忙叫住了她："好闺女，别进去了，进去你也要跟着一起挨打。"

"王姨，里面是我妈妈和哥哥。"易伽把钥匙插进钥匙孔。

"好闺女，不行就报警吧！"

门打开的瞬间，一切的咒骂和皮肉击打的声音混着熏人的酒味扑面而来。门口正对的走廊上，一个人倒在地上，不知道是死是活。

那人额头流着血，起伏的胸口代表着他只是昏死过去。

易伽深呼吸，一步一步地朝着客厅走过去。

视线里的餐桌已经被掀翻在地，下酒菜浸泡在白酒之中，妈妈倒在她昨天挨打的地方，整个人蜷缩着，挥动着拳头的男人面目可憎。

她不敢去看倒在地上昏死过去的哥哥，也不敢去看妈妈。

她用毛巾裹着玻璃瓶，压低着脚步在地上匍匐着，直到绕到那个男人的身后，朝着他的脖子稳准狠地打下去。

随着一声倒地声，满是酒气的屋子终于安静了。

易伽摘下口罩和帽子，那露在空气中的脸，精致漂亮。她五官的比例不正，但正是不完美的五官比例造就了这张脸独特的记忆点。

可眉骨上的不是眉笔眉粉，而是结痂的伤口，挂在嘴角的不是口红，是被打破皮的红肿。

她是这场暴乱的受害者，也是这场暴乱的善后者。

她是个和平年代的难民。

这方方正正的房子，框着一家四口，框着家徒四壁的亲情。

第
八
章

　　易伽的爸爸是出车祸离世的，她脑子里已经没有父亲的长相了。当时她才两岁，是个在灵堂上看着遗照，一直叫着"爸爸"，不知道悲伤和哭泣原因的小孩。

　　改嫁是她妈妈应琴那样带着两个小孩的普通工人唯一的出路。

　　但没有人愿意要她妈妈。应该说有人愿意要她妈妈，但没有人愿意要她和她哥哥。

　　最后找的现在这个。其貌不扬，但看着敦厚老实。牵线的红娘说："袁费那人家里也没钱，但肯吃苦。正好他要不到孩子，你带着孩子，两个人搭伙不要太好。"

　　后来日子也好过了，袁费跟着一个人开货车，虽然苦，但赚到了钱。

　　带着袁费开货车的男人带着袁费赚了钱，也带着他开了眼界，尝了赌博的滋味。袁费从来没想到以前一个温饱都成问题的人有一天也能坐在一群老板中间喝喝酒。

　　学坏很快，三天，袁费身上唯一的优点"吃苦肯干"也没了。赌博又把家里败光了，他也不肯再去拉货。

　　要易伽说就是"没有公主命但有公主病"，当了没几天人模狗样的大款，就真把自己当个有钱人了。

应琴的身体越来越差，也没有办法再管束他。

酗酒成了袁费逃避的最好办法，第一次打完人后，等酒醒了他会跪在他们母子三个面前，痛哭道歉。

他说他会改过自新，他说他会重新去赚钱。

经济不景气的前两年，同样的辛苦也赚不到以前那么多钱，袁费的酗酒更严重了，但她和哥哥要学费，应琴要医药费。

易伽默不作声地将一片狼藉全部收拾好，打碎的相框找不到可以替换的了。她把照片从碎玻璃后拿起来，抚掉上面的碎小玻璃，放回壁柜的抽屉里。已经发旧的抽屉里是厚厚一沓病历，全是应琴的名字。

易昊醒的时候，在他自己的床上，易伽刚做好早饭给他端了进来。

他的头有点疼，穿过窗户的阳光刺眼，他的眼珠子在眼眶里转了一圈，问："昨天是怎么收场的？"

易伽把小菜倒在了白粥上面，筷子搭在碗上。转身在床头柜里翻着东西，眼眸垂着："老办法。"

以其人之道，还治其人之身，打昏了袁费扔在那边。

易伽在床头柜里翻出一瓶活血化瘀的药酒，放在碗边："有自己涂不到的地方挨打了吗？"

易昊坐起身，掀起自己的上衣，将后背展示给易伽看："有吗？"

"没有。"

易昊从床上起来，浑身酸疼地起身去厕所洗漱，兄妹两个隔着一个厕所门，忙着自己的事情。易伽站在衣柜的镜子前，看着额头上的伤，伸手捋了捋头发。

等易昊洗漱完出来，易伽拿着把剪刀，给她自己剪了个刘海。

她转身对着易昊，问："奇怪吗？"

"挺好看的。"

易伽转过身又照了照镜子，挺奇怪的，但能把她额头上的伤挡住。易昊端着碗，看她没有要休息的意思，好奇道："要出去？"

"表姐开了家奶茶店，叫我过去帮忙，开工资的。"易伽戴上帽子和口罩。

她出了房间门，袁费已经醒了。主卧的房门半开着，里面传来了他们都太熟悉的道歉，每次都是这样，等一顿毒打之后又是这样的保证。

保证再也不喝酒，再也不动手。

"我不是人啊，我打女人、打孩子，下次再这样你就报警，你就骂我……"

多聪明的一个人啊，知道他们不会。

屋前买菜回来的邻居拿着手帕擦着汗，有说有笑地经过他们家门口。易昊昨天下午才回来，一回来就闻见了酒味，然而那时候家里还没有到吃晚饭的点。中午的酒味到现在都没有消掉，可想而知袁费是喝了多少。

他妈妈支支吾吾，还是邻居悄悄和易昊说，中午时，易伽回来已经挨了一顿打了。

易昊把妹妹送出门，日光洒在门口。他一路把易伽送去了公交站，看着游5号公交车慢慢地开来："我明年大学毕业之后一切都会好起来的。"

许斯昂这人看书还像个小孩子，捏着一整本，先飞快地让纸张翻一遍，然后随手翻一翻看看有没有图画，再返回第一页，看两行叹了口气，开始跑神。

这个时候，是风是花都有趣。

陈逾司的考卷比他的笔记好看，看纪淮做他看都看不懂的题目也比看认识的中文字有趣。

于是，他抻长脖子看陈逾司在草稿纸上给纪淮推算，看了半天，他没懂，点了点头。

纪淮听懂了，也点了点头。

两个人若有所思的样子出奇地一致，陈逾司看见许斯昂那和纪淮一样的小表情，笑了："怎么，你也听懂了？"

许斯昂没回他，而是问纪淮："你听懂了吗？"

"当然。"纪淮解题的大方向没有错，听陈逾司给她捋一遍她就能懂了。

许斯昂看纪淮下笔真就在那边写题了，还是不太信："这数学就离谱，全是英文，你们是怎么算出的数字？"

陈逾司可不怕打击他的积极性："知道吗？就算转了文科你以后还是要学数学。如果你努力地考上了一个大学你还有微积分高数。"

"所以我读什么书？还不如去艾欧尼亚当 ADC（射手）算了。"

"我觉得你会被人口贩子拐卖去'祖安'下水道卖烤串。"

纪淮听见"拐卖"两个字，心头一颤，写字算题的手也停了。抬头的时候，他们已经一前一后去了阳台吹风放松。

一道题的工夫，回来的时候两个人在拌嘴。

陈逾司损许斯昂打团技能乱放，说话的时候视线扫过还坐在座位上的纪淮。她眼帘垂着，手虚虚地握着笔，发呆的样子一眼就能看出来。

发呆倒也没有什么奇怪的。

奇怪的是她的题目没有写完，不太像她这样在学习上认真的人会做出来的举动。

等纪淮回过神来的时候，陈逾司给她从许斯昂那里坑来了一杯奶茶。就一杯，他们不是爱喝这种的人。随手点的奶茶，开在学校那边，但味道还不错。

纪淮看了一眼奶茶店的牌子记下了。

没两天许斯昂的奶奶打电话来说想孙子了，许家宗正好出院，爷俩一个虚着一个残着，蒋云锦想把纪淮也接过去住，但那是大姨父那边的亲戚，她去住会有些别扭。

许斯昂知道她拘束，开口帮她推脱："我要是能一个人住在家里，我都开心得飞上天了。老妈，你不用担心她，给她钱，她能照顾好自己。"

临走前他偷偷给她泄了底，他下学期泡妞的启动资金藏在了他二楼原本房间的衣柜的鞋盒里，钱不够用就去拿。

周日陈逾司不和纪淮一起刷考卷，生产队的驴还有休息日呢！

纪淮的生活很单调，不管是小时候还是现在，她只会好好读书，没有培养过什么兴趣爱好。

毛笔字是外公教的，读书的爱好是外婆给她培养的。

陈逾司早上起床在阳台上给他的韭菜浇水，那样子真像理发店里给顾客做完头发喷定型喷雾的发廊小哥。

同样的"理发手法"他对着兰花也来了一遍："那也是发廊古天乐。"

纪淮托着腮，没开空调，吹着上午的自然风，人也有点懒散没劲了："你说没有学习的一天应该干吗啊？好无聊。"

陈逾司从花架后面抬头："你把刚才的话往班级群里一发，马上就有事可以做了。"

纪淮："……"

不解的样子就差问为什么了。

陈逾司将浇花的喷壶对着她："挨骂。"

他知道许斯昂去了他奶奶家，问她为什么不跟着一起去。

风吹进房屋之间，解着热。最近台风要来了，手机和电视上都报着台风预警。等刮到洵川已经是造成不了什么破坏的程度了。

"那不是我的奶奶。"

纪淮想到了自己的奶奶，一个没过过几天好日子的老人。脊椎已经有些弧度地弯在那里，每天开着一辆破旧的电动车去服装厂里帮人干活。

陈逾司浇完花花菜菜的时候，她还托着腮坐在书桌前发呆。

他把水壶放回原位，朝她招了招手："过来，带你玩个好玩的。"

纪淮看着第三次十秒内被解决的战局，拿着手里的游戏手柄，看了看他又看了看电脑屏幕。

他放的是连招，一套连携技下来，纪淮选的角色什么都没干就倒地了。

纪淮："这是只用看着，还是需要我按按键玩的？"

《拳皇》这一类的游戏的确不适合纪淮这种游戏菜鸟。

只是换了个赛车类型的，她还是被套了一圈还多。埋怨、质疑的小眼神还是那样，看看他又扭过头看看电脑屏幕："你在羞辱我吗？"

不能让她输的唯一办法就是当队友一起赢。

五分钟后，纪淮所有的复活机会都用完了，从楼下帮他拿了瓶可乐上来。

十五分钟后，纪淮仔仔细细地观摩了一遍他书架上的乐高模型。

二十分钟后，纪淮倒在了沙发上百无聊赖。

半小时后，陈逾司一个人通关了。

陈逾司放下游戏手柄，回头在房间找她。她懒散地躺在沙发上，一截小腿垂在沙发边。

她坐起身来看他的眼神依旧，像个被坑的小孩："陈逾司，一点都不好玩。"

男孩子吃饭快，许斯昂下桌的时候蒋云锦碗里的饭还有一半。他一下桌便被蒋云锦偷偷拉住了，不过是叫他问问纪淮一个人在家里吃饭了没有。

许斯昂回了房间从枕头下面找出手机，先给纪淮发了条信息，没人回。

他立刻给陈逾司打了一个电话。

两声漫长的"嘟嘟"之后，陈逾司的电话接通了。

"我妹有没有和你在一块？"

电话那头的陈逾司靠在床尾，听许斯昂问完后，缓缓移动着视线。斜前方是一个清瘦的背影，坐姿规范地坐着，怀里抱着一个抱枕，一脸认真地看着电脑的显示屏。

"在的。"他朝电话那头说了实话。

"哦！"许斯昂这就放心了，"我给她发信息她都不回。你们吃饭了没有？"

"在等外卖。"陈逾司用肩膀顶着手机，双手握着游戏手柄，不疾不徐地按着按键。

许斯昂又唠叨了一句："都快十二点了，还没吃呢？在干吗呢？"

电脑显示屏上是排列纵横的棋盘，黑白色的棋子阵列在上。纪淮那方的倒计时又只剩下几秒了她才落子。

"下棋。"

比起纪淮前思后想地斟酌，陈逾司落子随意得不得了。

许斯昂一个激灵："什么棋？你敢跟她'下飞行棋'，我现在坐个轮椅就回来把你砍了。"

"过两天台风暴雨，你好好在外面待着，洗刷一下你的思想，挂了。"陈逾司说完就把手机从肩膀和脸之间拿了下来，电话打得脖子都酸了。

五子棋，是他们唯一旗鼓相当一些的游戏。

陈逾司刚这么想完，落子的光标移到他想要的位置，还没有来得及按下确定，斜前方的人开始懊恼。

"完了，我都没有看到这里。"

陈逾司的眉毛挑起，带着笑意，目光懒懒地落在她的后背上："放你一马？"

纪淮转过头，有点小庆幸，但嘴上还是推脱："算了，这样不太好。"

她口是心非完，陈逾司还是那样看着她。

她厚脸皮妥协了，把怀里的抱枕给他："你真是太好了！陈逾司，奖励你一个抱枕。"

觉得丢人她又转回身了，没看见陈逾司脸上更浓的笑意。

在他半放水之下，纪淮勉勉强强跟他下得有来有回。随口聊起刚才的电话，他说是许斯昂打来的："问你吃没吃饭。"

刚说完，外卖小哥打了电话过来，说是进小区了，叫陈逾司提前下去等。

被他放了一浴缸水的最后一局，纪淮赢了。他下楼去等外卖："你自己玩电脑吧！"

纪淮目送着他出了房间门，把两个游戏手柄都收起来，扶着椅子的扶手，坐在他的电脑前的电竞椅上，游戏的界面弹出对话框，问她是否要重新开始。

纪淮点了个否，界面回到了主屏幕。别人的电脑，她用得有点陌生，加之她平时也不怎么玩电脑。游戏的界面不小心被她关掉了，她又重新去找，找着找着，她看见一个名字是"数学复习"的文件夹。

鼠标停在上面，她下意识地看了一眼门口。

没有陈逾司的身影。

陈逾司这样平时连个错题本都没有的人，居然在电脑里放了数学复习材料，纪淮有点想不通。

但就像武侠小说里一样，她也想不通为什么每个掉下悬崖不死的人最后都能获得绝世武功秘籍。

鼠标双击的声音响起。

全是视频。视频名字也不是什么二项式定理和等差数列这种，而是看着像英语缩写的字母配上数字。

偷看隐私不好，但纪淮实在是想知道陈逾司这样的好成绩是买了什么网上课程。

她随手点开一个，视频跳转了播放器，进度条自动根据播放记录跳到上一次播放的位置。

这是什么？

白花花的皮肤被放大在电脑屏幕上，从头戴式耳机传出来的声音犹如魔音贯耳，纪淮整个人都僵住了。虽然长这么大多少有点耽误学习的废料思想，但她也最多看看不会动的上半身腹肌照，看看全靠脑补的文字。

这种直接在眼前会动的还是第一次。

她脑子死机了，动不了了。

门口传来的声音成了开机的密钥："好看吗？"

她的脖子是生锈的金属机械，缓缓地移到声音传来的方向，嘴巴张了张，不知道要说什么。

陈逾司提着两份饭走了过去，将她连人带椅地转了半圈，点了两下鼠标将视频关掉。

视频一关，破坏脑子处理系统的病毒没了。纪淮触电般地从椅子上跳下去，飞快地和他拉开距离，抱着自己，有点害怕地望着他，但开口第一句话是道歉。

看这种视频已经很尴尬了，还被他发现自己看了视频就更尴尬了，更何况还是别人的隐私。无措又羞愧，社会性死亡就是形容此刻的纪淮。

"对不起，我不是故意窥探你的隐私。我真的是不小心的，我就想向你学习一下的嘛……"

她以为真的是那种数学复习资料。

"学习一下？"陈逾司看她着急的样子——手都恨不得长张嘴帮她说话似的挥着——还打趣她，"要不我拷贝一份给你？"

纪淮赶忙阻止："不要，不要。"

看她这样子，想想她以前还敢站阳台上偷窥，还能厚着脸皮和他斗嘴。

色厉内荏的"小草包"一个，光会嘴巴上说说。

"我刚站门口看你看得挺认真的，眼睛都不眨一下呢！"陈逾司把手里的两份外卖放在桌上，指了指鼠标，"真不要？"

他一说完，纪淮捂着两只耳朵朝着房间门口跑了。

急促的脚步声越来越小之后，陈逾司摸了摸胸口。他贯彻的思想是，只要自己不尴尬，尴尬的就是别人。

但心跳一直没慢下来。

唉。刚拿完外卖上楼就看见难以启齿的视频被自己喜欢的姑娘点开了，该怎么说那种感觉呢？打游戏处谈对象，结果发现对象也是个"带把萌妹"都没有这么让人抓狂。

陈逾司往椅子上一坐，瞬间泄力。

早知道就给文件设个密码了。

没一会儿，脚步声又响了起来，只是没有刚才下楼那么急促。纪淮折返了回来，站在门口和他面面相觑，躲在门口的墙壁后，只露出一个脑袋，她指了指桌上的饭。

陈逾司点了点头。

她这才像只小螃蟹慢慢地挪了过来，草木皆兵得谨小慎微。他起了坏心思，想捉弄她。

他抬脚朝着地板一跺，同时发出专门吓人的叫声："吼——"

"啊——"纪淮如他想象的一样，被吓到了，刚刚的慢动作像是被按下了四倍速一般。她拎起桌上的外卖，转身撒腿就跑了。

看着逃跑路线上飞扬的灰尘，陈逾司的笑容不减。

陈逾司是个大坏蛋。

纪淮泪汪汪地坐在客厅吃着外卖，忍了半天还是忍不住仰天大喊一声："陈逾司是个大坏蛋。"

羞耻感如附骨之疽一般，不管纪淮怎么回想，都觉得丢人。但理智还是残存，她想了想视频也不是自己的，那她丢什么人？

她陷入了沉思，自己为什么羞耻？然后发现答案是自己看了视频，于是回忆起视频里那交叠的身影，回忆又引得她脸红羞耻，死循环着。

她还没搞懂为什么丢人的是自己。

口袋里的手机响了，是许斯昂。

蒋云锦让他又打了一个电话给纪淮，提醒她最近台风天不要出门，顺便把家里的窗户都关关好。

纪淮拿着手机，手里的筷子戳着米饭，只简单地"嗯"了两声。

许斯昂察觉到了电话那头纪淮的状态不对："怎么了？不是在和陈逾司下棋吗？被虐了？"

听见许斯昂关心的问候，纪淮还是以那句"陈逾司是个大坏蛋"作为开头，憋不住道："我不干净了。"

她这双立志看中华博学、山河壮丽的双眼，不干净了。

她的眼睛，黄河洗涤不了，乞力马扎罗山的雪也盖不住仅凭短短几十秒就扎根在她脑子里的画面。

电话那头的许斯昂差点被口水呛死："他牵你手了？亲你嘴了？脱你衣服了？"

"不是，我……"纪淮的话卡在喉咙口，没讲出来。

和她表哥说自己看了陈逾司电脑里的"数学复习"也不是件可以启齿的事情，改口，转换话锋："算了，和你说你也打不过他。"

纪淮拿着手机像个小媳妇一样念叨："你打不过他，我考试考不过他。我没他聪明，你没他帅。唉，他一个人'德、智、体、美、劳'就全面把我们给压制了。"

她念叨着念叨着，就变味了："怎么就有人这么厉害呢？"

许斯昂拿着手机想把纪淮的电话直接挂了："合着这样，你一开始骂什么他是个坏蛋啊？你直接夸不就好了？"

他一开始还觉得一头雾水，突然想明白了："你是不是下棋被虐了不开心，就准备来刺激刺激我，然后让我陪你一起不开心？"

许斯昂拿着手机，对着话筒吼了一声："纪淮，你是把我骗进来杀啊！先骂他引起我的共愤，骗得我不挂电话，看我没挂电话就把陈逾司夸了一遍给我听。"

是哦。干吗夸陈逾司？

纪淮回归一开始的状态："陈逾司是个大坏蛋。"

许斯昂气急败坏道："我信你个鬼，你能觉得陈逾司不好？挂了，不和你聊了。"

借着台风，纪淮躲了陈逾司两天，倒也不是害怕，而是觉得没脸见他，就是不知道在看了他电脑里的"数学复习"之后要怎么面对他。

这两天一过她都有些分不清这别扭是替她自己尴尬还是替陈逾司尴尬。

窗帘拉起来了，移门也关上了，好在在台风即将到来的日子也不奇怪。

至于陈逾司的形象崩塌，倒也没有。

因为台风登陆洵川那天早上，她准备把养在他家院子里的猫抱回来，那几只猫轻得不得了，她都怕它们被风刮走。

结果，纪淮早起到门口的时候，猫砂盆和猫窝都不在了。

就在纪淮想厚着脸皮敲门询问的时候，从一楼的窗户望进去，两只小猫坐在一楼的窗台上相互舔毛。

他比她还早地把猫抱进家了。

许斯昂和蒋云锦分别给纪淮打了电话提醒她台风天不要出门。她挂了电话之后，随手点进朋友圈，看到了夏知薇的追星动态，下面一条就是陈逾司的。

四宫格的图片，全是纪淮寄养的猫。

配了表情包里的小猫卡通形象。一共四只猫,他配了四只猫的小表情。

他们唯一的共同好友就是许斯昂。

许斯昂："你居然还敢放家里，等跳蚤、虱子在你家繁衍产卵了，你就知道什么是鸠占鹊巢了。"

陈逾司回了他："不愧是要转文科呢，都知道'鸠占鹊巢'了。"

纪淮知道，是自己给他捂了个麻烦。

但他没嫌麻烦地在照顾着。

他们早上还是在台风过后的阳台碰见了，纪淮在喝早上第一杯蜂蜜水。

陈逾司也刚醒，一脸倦意地将台风前搬进房子的花花菜菜重新搬回阳台。

他比秃头大叔对待最后三根头发还要温柔地打理那盆韭菜。

纪淮："你也太养老了吧？"

大约是两个人的睡意占比太大，也没有人觉得尴尬。

陈逾司打着哈欠，给韭菜浇水洒营养剂："你跟小区大爷似的喝着茶，笑话谁呢？"

纪淮找刺："你的韭菜都老了，炒蛋都不好吃了。"

陈逾司："我还是不放心你，我决定明天洒点杀虫剂，彻底打消你的念头。"

温水再温，夏天喝着也能出一身汗。纪淮的脑子还没有完全开机，坐在藤椅上看着陈逾司把一盆盆花花菜菜打理好。

等一杯水喝下去了，身上起了汗。

树叶和枝丫被昨晚肆虐的台风吹得到处是，楼下的院子里、屋子前的小路上……

这天没有太阳，厚厚的云将太阳挡住，潮湿又闷热。

"今天写不写作业了？"

睡意被闷死在这样的早晨，她终于彻底清醒了。不知道要怎么面对的别扭感又出现了，眼睛看左、看右就是不看对面的人。

明明只是短暂几眼的东西，却比死记硬背的知识点还容易扎根在脑海里。

陈逾司一看她故意左顾右盼的样子，猜到了。将水壶放下，两只手撑在栏杆上："你看别人身体你就尴尬，你看我的时候怎么不尴尬？"

纪淮都不好意思看见他，亏他还好意思问："有区别的好嘛！"

怎么可以混为一谈？

陈逾司分析："区别仅仅在于电脑显示屏里多了一个女的，这一点你更没有什么好尴尬害羞的，你就是女的啊！"

虽然明知道他在胡说八道，但又莫名觉得有点道理。纪淮思考了半晌，喃喃："狡辩鬼才？"

就这样，两人约好了九点恢复台风前刷考卷的计划行程。

等纪淮洗漱完之后，才反应过来他偷换概念。哪里是什么几个人的尴尬，是显示屏里人的行为。

纪淮不是个读书聪明的脑子，她得比别人努力才能得到现在这个成绩。两三天没和陈逾司比刷题速度，也没有像放假前那样翻书看笔记，她就会被落下。

大题不仅错了，连着填空和判断都花了比以前更多的时间。

旁边已经做完考卷喝果汁的陈逾司就不一样。他总是这副闲云野鹤的样子，因为做什么都得心应手，让落在他身后的人看他，总觉得是一副悠闲样子。

他比纪淮先写完卷子，虽然从暑假开始陪纪淮做考卷以来一直是这样的结果。

他的笔都已经放下了，托着腮，看着旁边的纪淮。看她握笔的手不停，并且不断地移过来。

他的手臂没移开，就看着她的题目越写越长，一直没换行，最后胳膊靠了过来，挨在他旁边，他不动声色地把手移了过去。

他们的皮肤随着纪淮握笔写下最后一个字，而贴在一起。

他得逞了。

他的视线顺着她细细的手腕，扫过白皙的臂膀，是清瘦的肩头。目光迈过脖颈，停在五官立体清秀的侧脸上。

陈逾司心头悸动，心里有了小算盘。

纪淮庆幸自己有平常心，否则都受不住陈逾司的打击。

她虚心请教，还不忘说："全力以赴的失败也是一种成功，这是我们家的家训。"

蒋云锦以前要求许斯昂优秀，不过是因为在学校几百个人里都赢不了，等到了社会上，千万个人，近亿人去竞争，还怎么可能赢？

这个道理反过来也一样，纪淮觉得世界这么大，总有人会比自己优秀，埋怨每个比自己优秀的人不切实际。

陈逾司："那总有人会成为第一，为什么你不去做那个人？"

"可你也不是第一啊！"纪淮抬杠。

他答非所问："下学期开学要分班考。"

纪淮看着他考卷上的答案，思考着解题的方法，听见他的话，"嗯"了一声："应该是根据成绩分班吧！估计到时候你第三我第四，应该分不到一起。"

"我考第一，你考第三就可以。"

纪淮的视线从他有些潦草的笔迹上移开，望向他："你膨胀了？"

他看纪淮还没研究出来，在草稿纸上写了细分的一步，并用笔尖点了点重点关注的分式："你就数学和理综差了点。不巧，坐在你旁边的我，平平无奇，就是数学和理综特别好。高一入学的时候曾经被带队老师选去训练过。"

参加奥数队这件事纪淮知道，但她没说，任他自卖自夸地炫耀了一番。

等他说完了，她才道："但你英语、语文也很好。"

陈逾司欣赏她的欣赏能力："所以考第一就交给我了，你努力考个第三名。"

"努力考第三"被纪淮写在便笺上，钉在毛毡板上。

暑假的电闪雷鸣比隔壁"二奶小区"门口隔三岔五上演的抓奸还要频繁。

周日不做题的时候，纪淮把前些天刷考卷做错的题目又拿出来巩固了一遍。

她的数学题做到一半，房子里的空气开关跳了，闪电和雷声渐渐远去，她拿出手机给许斯昂发了条短信。

过了一个多小时依旧没许斯昂的电话，纪淮这才发现原来是她的手机没电了。

她开着窗，即便是有夜风还是难抵夏日的炎热。房子里昏暗，唯有书桌上那盏蓄电池的台灯还亮着光。

电蚊香液罢了工，裹着毯子又嫌热，不裹毯子又要被蚊子咬。花露水的止痒效果还比不过它的清凉效果。

这个结论在任何方面都成立。

闷热带来倦意，纪淮裹着毯子蜷缩在床上时半睡半醒。隐隐约约听到阳台有动静，下一秒，阳台的移门被打开。

屋外的闷雷还盘踞在城市上空的不远处，有个身影在她的房间门口，稍长的头发因为睡姿微微翘起，眼底有些乌黑。他穿着不合季节的长袖，宽松领口露出来的那部分皮肤，与很多爱夏天打篮球的男生不同，白到没什么血色。

陈逾司开口，嗓音有点哑："许斯昂说电工明天早上来，我家还有电，过来吧！"

他来之前在看比赛，是决胜局。

他支持的战队正处在劣势局里，翻盘最关键的时刻，他正看得认真的时候，手机响了，是许斯昂。原本想骂人来着的，但听见许斯昂说他家跳闸，纪淮一个人可能怕黑，就算不怕黑，夏天热一个晚上都不行……于是咽回了一肚子脏话。

他来的时候是翻阳台的，但翻阳台这种事，纪淮不敢。

纪淮乖乖下楼，再走去他家，再上楼。

她坐在陈逾司房间的沙发上，下巴搁在膝盖上，用胳膊抱着腿，寒意渐起，忍不住看了一眼墙壁上空调显示的温度。

19℃。难怪他穿长袖呢！

陈逾司回去的时候比赛还没有结束，看样子是抢到小龙了。

趁着比赛里选手收线等待下一场团战的过渡期，他从床底下拖出一箱零食，没有会让人觉得不自在的招待。

只是纪淮撇嘴，发觉他似乎真的不会因为她是个女生而别扭。尤其是出了"数学复习"这档子事，现在她还得借宿。大概是把她当个妹妹看待了吧！

好朋友的表妹。

看她若有所思的样子，陈逾司转身又去墙角拿了瓶饮料给她："想什么？"

他转身又去找遥控器，不在床上，也不在枕头下。

纪淮接过饮料："我在想你——"

陈逾司放下枕头后，人僵在那边。

只听见纪淮又说："我在想你为什么这么大的心脏，能面不改色地和一个发现你看'有色电影'的女生待在一起。"

陈逾司将"听纪淮说一次真正的情话"列为了死前愿望。

能听到吗？

科技快速发展一下，人类能够活到三百岁，到时候纪淮经过三百年的人文历史熏陶，应该能说了吧！

他撸起袖子："那你过来，我现在灭口。"

寄人篱下，蹭人空调，不得不服。

纪淮走过去，抢过毯子："大侠饶命。"

纪淮裹着毯子坐在床尾，而陈逾司坐在电脑前在看比赛。

她不懂游戏，看着显示屏里眼花缭乱的比赛界面，她看都看不懂，甚至分不清敌我队友。也听不懂音响里传出来的解说在说什么，什么优势、什么英雄名字，她都不懂。

"怎么样才算赢啊？"纪淮随口一问。

于是纪淮得到了一份全面的《英雄联盟》入门"科普"，最后她听得都犯困了，陈逾司还敬业地一边看比赛一边给她解释。

"你要是想玩，下回我开个小号带你。"

纪淮倒是没想过要玩，她对游戏没有多大的兴趣。这个游戏她甚至看都看不懂，想想她表哥，肯定打游戏比她厉害，陈逾司还嫌弃他呢，自己这样什么都不懂的还是算了。

只是听他那么不厌其烦地给自己"科普"他喜欢的东西，倒是一件感觉有点奇怪的事情。有点高兴，有点欢喜。

纪淮："可是我一点都不会。"

陈逾司："低段位里，你泉水挂机我都能带赢你。"

这话说得还是一如既往，嚣张又自信。

晚上，陈逾司起了个夜。吃的外卖有点咸了，喝了半杯水还是不解渴。他困得眯着眼摸黑下了楼，头重脚轻的倦意压着他，他从净水器倒了一杯水，才暂时解了渴。

他走上楼梯，打开房门，踢掉脚上的拖鞋，掀起毯子。

倦意还保存着，仅仅几十秒他又要入睡了。

可旁边一个翻身的动作将清醒瞬间拉了回来，大脑处理不了突然涌入的清醒。

陈逾司睁眼。

月光柔和，透过窗户洒在室内。纪淮闭着眼睛面朝着他，睡容恬静，连呼吸声都缓缓轻柔。这一刻世界静默，没有夏日虫鸣，没有渡轮离港的轰鸣。地球的另一端太阳刺眼，但不妨碍此刻在洄川一张浸在月色中的床上，呼吸交织。

陈逾司还是在他爸爸的房间醒来的。

他打着哈欠走到他自己房间门口，房门敞开着，他还是下意识地敲了敲门，里面没有人回应。

床上他从来不叠的毯子叠好了，窗户和阳台移门大开着在通风。

垃圾桶里的垃圾也被清理走了。

他倒回床上，温度没有了，但气味还在。

回笼觉的梦绮丽，陈逾司睡了没多久就猛地惊醒，身上是汗，他没开空调就睡着了，天光大亮的夏日上午，风都是热的。

"醒了？"门口传来人声。

陈逾司坐起身，看清门口的人是纪淮后将毯子往身上盖了盖："有事？"

"奇了怪了，都一身汗了还盖什么毯子。"纪淮嘀咕了一声，但自己来是有事的，"昨天的收留万分感谢，我做了早饭，吃不吃？"

纪淮起了一个大早，天蒙蒙亮她就下楼给猫换猫砂，喂早餐。电工来得也早，修一修很快，钱到时候由大姨结算。

纪淮给大姨打了一个电话说是电工来修了。

蒋云锦又关心了几句："昨天去隔壁住了吗？"

"去了。"

蒋云锦知道自己儿子和隔壁的关系好，也没有觉得别扭："好，等我们回去好好谢谢人家。你吃早饭了吗？"

又随口聊了两句，纪淮挂了电话，看着冰箱里的食材，拿了自己需要的跑去了隔壁。

回陈逾司家的时候，纪淮发现他跑回他自己房间睡觉了，没开空调睡了一头的汗出来。纪淮上楼不仅是看他醒没醒，主要是还缺个食材。她蹑手蹑脚地跑去阳台，掐了两根葱。

一碗素淡的挂面，上面配了一个煎鸡蛋。

等她把面煮好了，又跑上楼想叫陈逾司起床，再睡都要赶不上刷题做考卷了。没想到再上楼，他醒了。

陈逾司洗了个澡，速度很快，所以面还没有坨。

看着鸡蛋上的小葱，陈逾司拌了拌面："自己种的小葱，天天浇水都有感情了，突然下不去嘴。"

"装什么呢？"纪淮戳穿他，"我去摘小葱的时候都看见你种的香菜上有被薅过的痕迹了，怎么，就小葱和韭菜是亲闺女，是吗？"

行吧，陈逾司不装了，咬了一口鸡蛋，厨艺还不错。

和陈逾司一起学习，纪淮倒不是指望能提高学习成绩，主要目的还是锻炼心理素质。

只要考卷难度一上去，高下立判。

纪淮连着两道大题都做得一知半解，陈逾司做出来了，就是时间花得比平时久一点。

"要立刻给你讲，还是你自己再看看？"

纪淮拿过草稿本："我自己先看看。"

为了讲题，他们是坐在一起的。餐桌长度也一般，胳膊容易碰到一起。

纪淮的皮肤有点凉，胳膊挨到一起的时候成为勾起记忆的诱因，回笼觉绮丽的梦再次袭来。陈逾司嫌躁了，起身去外面吹风。

陈逾司回客厅的时候，纪淮没在做题，最后一道大题她没有想明白。头枕在考卷上，朝陈逾司那一侧偏着。

他一坐下就进了纪淮的视线里："第三太难了，我们就不能第三和第五吗？前进不容易，退后还不容易吗？你保持不变我后退一名，这样我们就能在一个班级了。"

说完，纪淮坐起身来："不对啊，我们为什么非要在一个班级呢？"

陈逾司拿起水笔，在草稿纸上先列了一步步骤："男女生做同桌，'同桌'这个词听着像什么？

陈逾司想，亏她还是个女孩子呢，同班同学或是同桌一听就像自带粉红色字体的词语。多少同桌都进了老师"早恋重点关注对象"的大名单里。

纪淮想了想，什么都没有想出来。

只想到小学的时候她有一个同桌一直欺负她，扯她的辫子、拿虫子吓她。

纪淮深思熟虑后，呸了一声："男女生做同桌，那同桌就是小王八羔子。"

陈逾司感觉他的"少女心"都碎了一地了："我生气了。"

纪淮："嗯？"

许斯昂回来的时候，石膏已经拆掉了，也摆脱了轮椅，用一副拐杖进行日常活动。新鲜劲一过，许斯昂反倒怀念起轮椅了。

至少没有拄拐杖那么吃力。

蒋云锦要喊陈逾司过来吃饭，许斯昂推脱叫纪淮去喊。纪淮以前都不拒绝，这回却反推他了。

纪淮没说原因，因为她也不知道陈逾司怎么就突然生气了，还不理她。

许斯昂觉得奇怪。

打给陈逾司的电话响了四声才接通。

许斯昂："在干什么呢？过来，来我家吃饭。"

"哦。"陈逾司的声音听着兴致不高。

许斯昂想到了纪淮的反常，问陈逾司："跟我妹怎么了？"

怎么了？

没有怎么，反正被她气到也不是第一次了。

陈逾司进屋的时候，纪淮从厨房端了一碗汤出来，因为许斯昂的腿，这些天的汤总是排骨汤、猪蹄汤或是牛骨头熬的汤。

汤盛得满，纪淮小心翼翼地保持着平衡，但导热导致碗越来越烫。

忽地，她的手一松，碗易主了。

陈逾司把汤端走了。

许斯昂在位子上看着两个人，有些百思不得其解。不是关系挺好的嘛，还怕纪淮手烫着赶忙去把汤碗拿走了，真不知道两个人在置什么气。

饭桌上随口说起许斯昂的腿，蒋云锦把回家前去医院的体检报告告诉了纪淮："别担心，挺好的。医生说等开学的时候能正常走路了，就是不能走太久，也不能跑跑跳跳做剧烈运动。"

许斯昂还不忘打击她："看看，有些人就是不用考前三名也可以出早操。"

纪淮咬了口排骨，气鼓鼓的，不说话。

下午的阳光太大了，陈逾司担心阳台的花花菜菜，于是把花盆搬到背阴的地方。

纪淮在房间的书桌前做考卷，抬头先看见毛毡板上写着的分班考要考第三名的小便笺，才又看见他又在捣鼓那些花花菜菜。

这两天他们又没有在一起刷考卷了，她不知道陈逾司生什么气。就连第一次见面把他看光了，她觉得他都不一定比现在生气。

她开口语气带酸："你的温柔和细心全给了你的花花菜菜了吧！"

"又有题目不会了？"陈逾司问。

好吧，被他猜中了。

她在琢磨题目，但不是很明白，因为想不明白，抬头发呆的时候看见了对面阳台有陈逾司的身影。

原本还不想和他说话的，但中午他帮自己端了汤碗，想着他应该不生气了，她才开口。

陈逾司把所有的花盆都搬好了，自己出了一身汗。拿起水壶又给它们浇了点水，朝着对面的房间望去。

说不生气，假的。

他总觉得一个人不可能那么不解风情，她可能真的在假装不懂，装疯卖傻。可她每次缺心眼的时候又是那么真，于是这总能让他觉得"他的觉得"有问题。

"不会就不会呗，反正你又不要考第三。"陈逾司说着扭过头，不去看她。

水壶花洒的浇水把手被他重重地握了两下，降水量超标。

——反正你又不要和我在一个班级。

第
九
章

　　许斯昂在九点多的时候从房间出来，但没看见陈逾司在，只有他表妹一个人在写语文作文。他随口问了一句，纪淮停笔抬头看他。

　　把早上和在阳台浇花的陈逾司的对话说给许斯昂听了。

　　"他说他身体不舒服。"纪淮把陈逾司的回答告诉了许斯昂。

　　许斯昂听完不信，就陈逾司那种一年都不一定感一次冒的身体，就是吃路边烧烤都不一定闹肚子的胃，还装不舒服呢，也就纪淮信他是身体不舒服。

　　许斯昂回房间开电脑，陈逾司的游戏在线，状态是正在匹配中。

　　许斯昂给他发了个游戏私信过去，没一会儿，他回了。

　　我没医保别卖我："带病还打游戏呢？"

　　赢了请客吃蟹黄堡："被你妹妹气死之前想来和召唤师峡谷道个别。"

　　我没医保别卖我："那你的遗嘱里把这个王者账号给我，行吗？"

　　赢了请客吃蟹黄堡："信不信拉你黄泉路上做伴？"

　　许斯昂查了查陈逾司的战绩，那恐怖的豹女胜率，又给他发了条私信。

　　我没医保别卖我："好了，别生气了。我妹都不知道你生气，所以这样的生气是毫无必要的。"

的确是毫无必要的，他冷战闹脾气三天，纪淮天真地觉得他身体不舒服了三天。

三天后一起做考卷她还关心地问了句："陈逾司，你身体好点了吗？"

这关心，真是叫人百感交集。

感动啊，就是感动得一肚子火。

生气啊，就是生气得有点无奈又想笑。

他翻开这天的理综考卷，欲哭无泪："纪淮，我该拿你怎么办呢？"

她就听了表面一层意思："今天做考卷不虐我的那种办呗！"

许斯昂看见陈逾司黑了的脸，将自己藏在笔记册后面憋笑。

中场休息的放松时间，陈逾司叹了口气，许斯昂打包票："你带我上分，我去给你劝导劝导？"

陈逾司没抱希望，对他来说修补纪淮的心眼就像是在许斯昂的大脑上开凿纹路一样困难，前者是女娲补天，后者是京杭大运河一般的大工程。

晚上等陈逾司走了之后，许斯昂找纪淮帮他削个苹果。看着蹲在垃圾桶旁边，拿着水果刀样子无比认真的纪淮，他开了口："我的老妹啊，你就没发现陈逾司有点不一样吗？"

"没有啊！"纪淮削皮，分心听着许斯昂的话，果皮不小心断了，她又想了想，"应该没整容啊！"

许斯昂："……"

纪淮把削好皮的苹果和水果刀都冲洗了一遍，把苹果拿给许斯昂："怎么了？"

"你没有发现他不开心吗？"许斯昂试探地问了一句。

许斯昂问完，看见纪淮那吃惊的样子，就像他看陈逾司能把全是分式的数学题算出一个数字出来一样。

"为什么呀？"纪淮不解。

许斯昂："你惹他生气的，你觉得呢？"

纪淮觉得自己比窦娥还冤，手里的水果刀还没放回去，挥着的样子让人害怕："我没有。"

陈逾司打了一盘男枪，赢得挺顺利的，他的伤害仅仅比AD（物理伤害）低了三百。

结束的时候，一个OB（观察者）给他发了好友请求，账号是一串脸滚键盘打出来的英文。

whueiq："你好，请问你有俱乐部吗？"

赢了请客吃蟹黄堡："没有。"

whueiq："我是LUNATIC（狂人）青训队的经理，我们队正在招青训选手，我看了你几盘录像了，很不错，有兴趣来试训一下吗？"

赢了请客吃蟹黄堡："没有兴趣。"

whueiq："我真的是LUNATIC青训队的经理，不是骗子。我们这种大俱乐部就算是青训队的待遇都比一些小俱乐部的一队要好。试训上了前途很光明的，而且你来试训，我们的路费是可以报销的。你有意向打职业的话，这是一个很好的机会。"

赢了请客吃蟹黄堡："没有意向。"

whueiq："你要不先给我一个微信？等你有意向了可以联系我。"

陈逾司正准备回"没有微信"的时候，许斯昂的游戏私信也发了过来。

我没医保别卖我："面对我老妹的脑回路，我也失败了。"

得了，一看见这条信息，陈逾司连回那个找他打职业的人的想法都没有了。排了三分钟没有排进游戏干脆下线去看球赛了。

结果连他支持的球队那天也惨败，他烦躁地关了电脑，在椅子上打坐。

心态依旧调整失败。陈逾司拉开阳台的移门走出去，花花菜菜种在花盆里，夜风吹过，菜和花随风摇曳。对面阳台上的门关着，门帘和窗帘也都拉了起来。

第二天许斯昂起床吃过早饭后还是没等到陈逾司，瞥了一眼写作业的纪淮："他……又身体不舒服了？"

纪淮一脸真诚地点了点头。

陈逾司在家里又上了三天的分，遇见了好几个来挖他去打职业的。他拒绝了两个之后，剩下的干脆懒得回了，直接无视。

许斯昂提前一天叫他隔天过来，有事，他还是回了一句"身体不舒服"。

许斯昂咋舌："我妹明天生日。"

陈逾司的语气缓和了，"哦"了一声，补了句："知道了。"

纪淮其实没有那么想过生日，妈妈不在，外婆也不在。蒋云锦不想她受委屈，张罗着一大早起床和家政阿姨做一桌子的菜，蛋糕也是提前订的C家的蛋糕。

"大姨，真的不用那么麻烦，其实过不过生日都无所谓。"纪淮推脱着，"也不是小孩子了，我没有那么想过生日。"

"哪有生日不过的？不麻烦的。"蒋云锦不听，"你那天乖乖当个小寿星就好了。"

许斯昂看纪淮的拒绝在他妈的热情面前毫无作用，开口帮她："妈，她生日她想怎么过就怎么过。"

原因其实大家都知道，只是蒋云锦想着她妈妈不在，所以想热热闹闹地给她过个生日，让她不觉得在自己这个大姨家里孤孤单单。

但许斯昂站纪淮那边，他知道只要身上有疤，无论怎么热闹都还是失落。

纪淮坚持："大姨，真的谢谢你，但我不想过生日。"

蒋云锦只好作罢，给了纪淮一个大红包叫她喊同学一起出去玩。

许斯昂腿不方便出去，从他泡妞的启动资金里抽了几张红票子："出去想怎么玩就怎么玩。"

纪淮原本准备叫夏知薇的，但临时得知夏知薇那天赶上亲戚结婚。大约是原本就不想过生日，夏知薇没空她也不失落。

等到了当天她九点还没起床，许斯昂拄着拐杖上了楼，将她喊醒："老妹，起床了。"

"我生日睡个懒觉还不行吗？"纪淮睡眼蒙眬地坐起身。

"不出去过生日了？"

纪淮倒回床上："没人陪。"

许斯昂又把她拉起来，就知道纪淮这缺心眼的样子肯定没什么朋友："我给你找好陪玩了。"

纪淮："嗯？"

她是打着哈欠出的门。

夏日酷暑，不待在家里吹空调，出门的都是脑子有问题的，夏天出门一身黑的脑子更有问题。纪淮刚这么想完，就看见树荫下等着她的人，穿了件黑色的短袖，及膝的短裤，一双黑色的匡威帆布鞋。

干净简单的穿搭特别加分，没有夸张的配饰，只有手腕上戴着一只手表。

陈逾司低着头在刷手机，胳膊下夹着的是那把被他拿走后一直没还给她的粉红色派大星图案的遮阳伞。

他在刷游乐园攻略，全是些小情侣的旅游打卡攻略。适合拍照的旋转木马，适合接吻的摩天轮，还有游乐园贵得吓死人的表白气球。

他只在意气球表白这个重点，没一会儿视线的边缘出现了一双脚，黑色的凉鞋很衬脚的肤色，很白。视线向上就是纤细的脚踝，再往上就是浅蓝色裙子下的一双笔直的腿。

宽肩带的方领裙子很好地露出她的直角肩和锁骨，脖子上是一条衬皮肤的红色吊坠项链，手上是同款吊坠的手链。她背着一个斜挎的小包，站在他面前："陪玩是你啊？"

陈逾司收起手机，把伞撑开："失望了？"

"不是。"纪淮走到伞下瞄了一眼陈逾司，"我哥说你不开心，所以我没想到是你陪我过生日。"

"你也知道我不开心啊？！"陈逾司反问。

亏她居然把许斯昂的话听进去了。

两个人打着伞，但还是走在树荫下，伞不大，两人难免胳膊会撞到，纪淮干脆伸手扯着他短袖的袖子。

"我哥说是因为我。"纪淮继续说，"我想了好久，我做错了什么会让你这么生气？"

她想了好久都没有想出原因，许斯昂告诉她，陈逾司这两天都不是身体不舒服，就是生气，她就更想不出是什么原因能让他气这么久了。

她为此昨天晚上都没有睡好，困意犹在，加之盛夏馈赠的倦意，她的声音很轻，仿佛说话都是一件费力的事情。

陈逾司不知道要怎么接话了，余光里她一脸真挚，还有点委屈。

那样子太容易让人心软了。

纪淮的嘴角向下拉着，晃了晃他的袖子，恳求的样子："陈逾司，你能不能别生气了？"

陈逾司不说话，喉结起伏。

纪淮看他一直不说话，干脆拉着他的袖子停下脚步："是因为我上次给你煮面掐了你两根葱吗？可葱也是进了你肚子里，它是为你而死的。我那碗都没有放，我没吃你的葱。"

陈逾司："……"

游乐园的门票是许斯昂买的，昨天晚上发给陈逾司的。

还附言了一句："兄弟，别说我没帮你。"

陈逾司收下了，回复："后天带你上分。"

纪淮的身份证上刷出来是寿星，在检票口得到了一个卡通熊的玩偶发箍。她戴上后，又拿出手机照了照，转过头问陈逾司："我好看吗？"

她转头的时候，逆着风，头发被风吹得有点乱，笑容藏在发丝后，可依旧灿烂无比。

陈逾司抬手帮她理了理头发，眸子晃动："好看的。"

她放下手机，听陈逾司这么说就没有摘下来。

男生天生就比女生有方向感，检票处拿到的游乐园地图，自然而然被陈逾司拿着，他问："旋转木马？"

纪淮没拒绝，哪有来游乐园不坐旋转木马的呢！陈逾司让纪淮排队，等轮到她了他再去排队，这样她下来之后还可以再玩一次。

纪淮："那你不坐吗？"

陈逾司其实是有点嫌弃的："不了。"

纪淮不允许他拒绝，寿星的要求："官大一级压死人，听过没有？过来陪我一起玩。"

她还给陈逾司指定了一匹最可爱的粉红小马，看他明明不太情愿却还是坐上去的时候，偷偷拿出手机拍了张照片。

陈逾司随手拍了两张照片，回看照片的时候纪淮才发现镜头上方有两个女生也拿着手机在拍他。

纪淮没留神到木马启动，惯性让她向后一倒，差点摔下去。

陈逾司侧着头看她："都老一岁了啊，妹妹，长点心。"

旋转木马旋转的五圈对陈逾司和排队等待的人都是漫长的，木马一停，他长腿一跨就下去了，仿佛做了一件很丢人的事情。

纪淮小跑着追上去，将寿星最大那套运用得很熟练："唉，你看你都不情愿，果然陪我这种人过生日是一件很不开心的事情，对吧？"

阴阳怪气的，陈逾司还能听不出里面故意扭曲事实？

他扯了个假笑："没做过王子，有点晕马。可以得到大人您的原谅吗？"

纪淮眨眼："如果你可以请我吃个冰激凌我就能原谅你。"

陈逾司抬手给她的额头来了个栗暴，把手里的地图给她："等着。"

纪淮站在树荫下等他，甜品站门口的人不少。他一身黑衣站在人群里，纪淮望过去，人头攒动，他背影清明，十七八岁的年纪，处在成熟和青涩的模糊地带。

有两个结伴而行的女生走过去，不知道女生和陈逾司说了句什么，陈逾司回了一句，然后没再理睬。

纪淮看得有点出神，直到走过来的男生喊了她两声，她才反应过来。

"你好，可以给我你的手机号吗？"

纪淮看着面前这个一头大汗的男生，下意识地后退了一步，摇了摇手："我是移动的，移动月租费太高了，二手不太划算。我建议你找个电信的或是联通的。"

陈逾司拿着两个双拼的冰激凌回来的时候，和纪淮要电话的男生走了。

陈逾司走过来的时候远远看了一眼，没他高，没他帅，学习成绩应该也没他好，就这种人，让他吃醋都多余。

但他嘴里还是嘀咕了一句："搭讪之前都不自我评估的吗？"

纪淮咬掉了甜筒尖，摇了摇头："不是的，他是收二手电话卡的。"

当纪淮的缺心眼不是用在自己身上的时候，这个大缺点都显得可爱了，陈逾司来劲了："想玩什么？我今天什么都奉陪。"

三分钟后，纪淮带着他走到了鬼屋前。

陈逾司看着门口骷髅头的装饰，塑料质感太重，反倒没有恐怖的感觉，就是里面此起彼伏的尖叫声远比门口各种装饰都吓人。

陈逾司："看不出来你胆子挺大的嘛！"

"你害怕吗？"纪淮反问。她不是要用激将法，是真的关切。

陈逾司其实很怕黑，因为小时候被他哥关过烤箱，他也知道纪淮不是在激他，想和她说一说被关烤箱的后遗症，但这时候他看见相互搂着从鬼屋走出来的一男一女。

男生亲昵地抱着女生，嘴上安慰着："宝宝不怕，不怕。"

女生哭得厉害："我怕，吓死我了。"

男生宠溺地亲着怀里女朋友的发顶："不害怕，我在呢！"

陈逾司看着秀恩爱的一对男女，想了想还是没说童年悲剧，改了口："我肯定不怕啊！"

鬼屋门口有路线图，但纯靠脑子记。他们这个智商记一记是没有多大问题的，十分钟后，轮到了他们。

纪淮才觉得天真了，昏暗的环境里，刚才记的路线完全帮不了什么忙。

她走在前面，夜间视力一般，方向感也挺差的，没一会儿就迷路了。她拉着走在她身后的陈逾司的衣摆："陈逾司，你知道怎么走吗？"

"不知道。"陈逾司一开口就露怯了。

他的声音有点颤，但好在纪淮全身心关心着周围的环境，没注意到他的不对劲。几片破布在远处飘着，有点可怖，在破布后面还有一面镜子，照着他们走来的身影，把纪淮吓得不轻。

倒在角落里的枯骨指着一个方向，纪淮按照指示朝着前方走去。

陈逾司觉得有点窒息，耳边明明只有他们的脚步声和呼吸声，他却恍恍惚惚听见了男童稚气的哭喊声和拍打声。

"哥哥，放我出去。哥哥……求求你了，哥哥……哥哥……"

前方带路的纪淮一顿，他没收住脚步撞到了她的后背。等他回过神来，一个"鬼"就在她面前大喊着，而她岿然不动地站在那里。

尴尬悄然蔓延。

"鬼怪"停了尴尬的嘶吼，和面前这个面无表情的女生对视了十秒。

陈逾司和那只"鬼"只听见纪淮幽幽地开口，语速很慢，但很清楚："我们有一点迷路了，请问要往哪里走？"

伤害不大，但侮辱性极强。

工作人员也不是没遇见过不害怕的游客，但被问路还是少有中的少有。愣了半天，抬手指了指西面："呃……这个方向直走，再右转，再直走，再左转就是出口了。"

纪淮慢慢转过身，牵起了陈逾司的手。临走前还不忘有礼貌地朝着"鬼"鞠了一躬："谢谢指路，上班辛苦了。"

这份礼貌让剩下两个人尴尬不已，陈逾司被纪淮拉着走远了，回头看了一眼，那个工作人员还在那里，大概在自我怀疑。

他们走到第一个拐角，是往右转。

陈逾司走远了才反应过来，自己的手被纪淮握在掌心里，女生的手，连个茧子都没有，掌心柔软温热。

他说："你胆子挺大的，居然都没有被吓到。"

说完，纪淮的步子停下了，慢慢地转过身。

她的面容显露在陈逾司眼前，那脸上的表情哪里是泰然自若，分明委屈害怕得不得了。

陈逾司看见她眼眶里的泪花了。她猛的一下没收住，眼泪夺眶而出。她吸了吸鼻子，话里哭音浓重，解释着："我胆子不大，我是那一瞬间被吓蒙了。"

陈逾司第一次看见她哭，她哭得厉害，眼泪就像没拧紧的水龙头。

她一边哭一边回忆起刚才一瞬间出现在她面前的"鬼"，语气委屈得像个小孩："他一下就跳出来了，我压根儿就没有反应过来。"

陈逾司听着，抬手给她擦眼泪，嘴上哄着："不哭了，今天过生日了，要开心，不哭了。"

这话没多少作用。

纪淮哭得人一抖一抖的："我还想哭。"

陈逾司看她，半是打趣："怎么，要不要我抱抱？"

纪淮抬头看他，连鼻尖都红红的，反问了一句："可以吗？"

纪淮嘴上问着，但没等他回答，就朝陈逾司前面迈了一步，双臂展开抱着他的腰，嘴上还不忘讨价还价："抱抱是免费的吧？等会儿你应该不会还要我请你吃个冰激凌吧？"

仿佛有个小巫女骑着扫帚从他们旁边飞过，小巫女挥动着手上的魔法棒，念着"定身术"的咒语对陈逾司施展了魔法。否则，他不会僵在那里，不知所措。

他全身所有的感知能力都在那一刻聚集到了加快跳动的心脏上，肾上腺素和交感神经一起起作用，血流加快。

纪淮的眼泪打湿了纯棉的黑色布料。泪水滚烫，像发烧的额头，像盛夏的路面，像他此刻烧红的耳尖。

陈逾司慢慢收回手臂，掌心轻轻地拍着纪淮的后背，学着进来之前在门口看见的那个男生一样，轻声安慰着："别怕，我在呢！"

怀里的人好瘦，和他比起来整个人小小的，背脊上摸着全是骨头，手掌摸着她的脑袋，安慰的话一句一句地说着。

出鬼屋的时候，纪淮哭得还有些喘，素净的脸上，全是汗和眼泪。

她的皮肤白，一哭鼻子和脸颊都泛着红。

陈逾司找了张树荫下的长椅叫她坐着，用手里的地图给她扇着风，问："哭得累不累？要不要去吃点东西？"

纪淮哽咽着，用手背胡乱地擦了把脸上的眼泪和汗水，摇了摇头，气还没顺过来。

陈逾司蹲下身，手里扇风的动作没停，又说："我请客。"

她终于不哭了，破涕为笑："走。"

游乐园的主题餐馆，味道一般，服务也一般。纪淮啃着手里的汉堡，吃来吃去，最好吃的居然还是那杯可乐。

纪淮抿了抿嘴，回味着汉堡的味道："我的鸡蛋挂面是不是都比这个好吃？"

他拿着薯条蘸上番茄酱："难道不是我的葱提了味吗？"

"那你想吃韭菜煎蛋吗？"纪淮又问。

"它都老了，入不了口了。"陈逾司断她念想。

纪淮若有所思："原本以为它是你儿子，没想到其实是你在给它养老送终。"

悲伤的情绪来得快，走得也快。

她挖着圣代上的巧克力酱，除了眼角红着、睫毛湿漉漉的，丝毫看不出来她刚哭着从鬼屋走出来。

虽然东西不怎么好吃，不过作为寿星，纪淮还是拿到了一个小赠品。

一个和发箍同款的小熊玩偶。

隔壁桌站在椅子上蹦来蹦去的小孩看着眼馋，纪淮挑衅地抱紧了熊，然后就听见他转身去和他妈妈要玩具。

被告知只有寿星才可以得到之后，小孩子哭了。

纪淮把小熊放到旁边的空位上，拍了拍它的脑袋，以示喜爱。

易伽把冰块倒进杯子里，再加上一杯浓缩咖啡，简单到不行的饮料。把冰美式的订单做完后，她转身去将放冷的蛋糕坯用圆形磨具按压出蛋糕师想要的形状大小。

易伽拿起剩下的边角料，送入口中。

表姐清点完货物，看见蛋糕坯才想到："伽伽，今天是你生日吧？"

易伽没说话。

"赵师傅，帮忙留一个脏脏蛋糕。"

表姐朝着后厨喊了一声，又对易伽说："那你今天早点回家吧，等会儿下班把蛋糕拿上。"

易伽摇头拒绝了:"不用了,表姐,我生日已经提前两天过过了。"

"那这个蛋糕就当表姐送你的生日礼物。"

易伽推脱不掉只好说了声"谢谢"。

开门的铜铃响了,她没再多说,低着头继续接待顾客。

易伽忙碌了一阵之后,抬头才发现时针滑过六点,店外的天已经暗下来了,店里放着舒缓的英文歌曲,这首歌播放的频率很高,一天下来易伽都能跟着轻轻哼上几句。

她背靠着收银台小憩,这天是她的生日,很不巧的是袁费这天要回家,应琴提前两天就给她煮了一碗长寿面。

这个高二暑假的生日就这样草草地过了,其实她每个生日似乎都随随便便地过了。

她低下头看着左手腕上的膏药,右手掌心贴上去,缓缓转动着手腕,疼痛感顿起。

淘川禁烟火,但游乐园例外。

游乐园攻略说,摩天轮是最佳观光地点。纪淮依旧那么不解风情:"那大摆锤和跳楼机也可以算吧,都在天上。"

陈逾司抬了抬手,他的手很漂亮,手指修长,那是一双不弹个乐器或是当手模都有些浪费的手,只是上面全是指甲印。"为本人的生命安全考虑,我觉得摩天轮比较好。"

纪淮不好意思了,因为指甲印全是她抓出来的。

害怕吗?其实也不算害怕吧,她都没有大声尖叫,大叫的人是陈逾司。

陈逾司看着地图朝摩天轮走去:"我叫是被你掐疼的。"

再说,还跳楼机呢,她嘴上说着不害怕,眼睛闭得比谁都紧。

游乐园的全景慢慢随着摩天轮的转动显现出来,向更远的地方望去还可以看见护城河和矗立在川岱湖旁的洵川地标性建筑大楼。

霓虹灯璀璨，万家灯火亮在夜晚的漆黑之上，与天上的新月银河争光。

陈逾司坐在她对面的位子上，学着她的样子扭头看着窗外："摩天轮是浪漫的代名词吗？"

纪淮不按陈逾司的想法出牌也不是第一次了，一天玩乐下来加上大哭了一场，她坐在位子上都开始打哈欠了："什么摩天轮的传说都俗套死了，说什么非要到达最高点的时候接吻，如果真有用，民政局离婚登记处门口就不会有那么多一边扯着头发一边要离婚的男男女女了。"

她补了一句："摩天轮的传说其实本质还是一种耍流氓的借口。"

纪淮说完，视线从舷窗外的夜景上移开。和对面陈逾司的目光交汇在有些狭小的空间内，他手长脚长，腿伸着，膝盖挨着膝盖。

他手肘搭在舷窗边上，看着她："有人喜欢文艺范，总得给脸皮薄的人一些可实行的小窍门吧！"

纪淮的视线没挪开，望着他良久。

氛围在空间里发酵，她眨了眨眼："但你不是脸皮薄的人啊！"

是啊，他不是。

他的手肘从舷窗上移开，在漫长的对视里，手掌不知怎么就撑在了座位上，身体前倾。

下一秒烟花仿佛就在窗外，"砰"的一声炸开。

纪淮被烟花吸引走注意力，趴在窗后看着烟花冲天，超过鳞次栉比的高楼，炸成五颜六色的火花。

烟火燃尽后只剩下白雾，硫黄味很重。

齿轮转动，回过神，他们已经过了摩天轮的最高点。

旋转一周只需要十五分钟，摩天轮的营业将持续到十二点，有些游乐园的项目已经关掉了，小小的彩灯和游乐园横幅挂在出园沿途的树木上，华灯初上，张灯结彩。

凉鞋走路脚疼，纪淮的步子越来越慢，等陈逾司察觉到，她已经被甩开好几步了。出口的地方正在售卖气球，他停在几步之外等她："要不要气球？"

看她头上的小熊发箍，怀里的小熊玩偶，陈逾司挑了个同款熊的气球。

"能带上公交吗？"纪淮抬头看着飘在他们头顶的气球。

"是哦！"陈逾司捏着绳子把气球扯下来。

看了看扎口处的处理，手上熟练地操作着把气球的气给放了："先放了，回去再打气。"

旁边跑过一个女生，直直地冲向卖气球的方向，朝着光说不动的男生招手："我要买这个。"

"你还是小孩子啊？"

"告白气球，听过没有？你买一个给我，就等于你在和我告白。"女生撒娇，"买一个吧，买一个。"

纪淮看着正在买气球的小情侣，又看了看陈逾司。

沿途的路灯灯光不亮，鹅黄色的灯光从动漫画风的欧式路灯里照出来。刚才纪淮将手里的气球叠好："陈逾司，你的告白气球就剩下气了。"

一阵夜风吹过，纪淮的发梢被吹起，她笑道："这下连气都没了。"

纪淮也不准备再买一个，到底也没有那么像个小孩子。

她慢悠悠地朝着园外走去，走了两步转头看着还站在原地的陈逾司。他站在那里，张了张嘴。一辆载着儿童的观光小火车鸣着笛开来。

纪淮只能看见他动了动嘴，却听不见他说什么。

游乐园门口有直达小区的公交车，因为附近还有地铁，所以坐公交的人不多。纪淮坐在椅子上，低头检查着自己被磨红的脚后跟，包里的手机一振，又赶忙去拿手机。

可只是软件的推送。

陈逾司看见她眼眸里一瞬间消失的光亮。她把手机屏幕按灭，调皮的夜风将头发吹乱，连发箍都帮不了她。失落过后，她眯着眼睛，嘴也不自知地噘着。

大约是又想哭了。

陈逾司装作不在意地问了一句："在等电话？"

纪淮吸了吸鼻子，是有点想哭，看着黑屏的手机："我以为我妈妈今天会给我打电话，但没有。"

陈逾司："我从小到大也没有在生日的时候收到过我妈妈的电话祝福。"

他又说，其实他可能还要更惨一点，因为他妈妈一点也不喜欢他。

纪淮听完坐直身体，憋着自己的情绪，佯装坚强地拍了拍肩膀："那你靠在我肩上哭吧，我安慰你。"

陈逾司的视线落在她肩膀上，瘦瘦的，不过贴身的领口就这么望过去还是会瞥见一些非礼勿视的光景。他没靠更没哭，反而笑了笑。

"我妈妈说天底下没有哪个妈妈会不喜欢自己的小孩。"纪淮有模有样地安慰着他，"可能阿姨只是更喜欢你哥哥一点，没有不喜欢你。就像我不是不喜欢巧克力，只是更喜欢草莓味。"

公交从漆黑的拐角驶来，红色的"732"数字特别显眼。

陈逾司："还挺会安慰人的嘛！"

纪淮站起来，等待公交进站上车："如果你觉得我安慰得好，你手上的指甲印万一消不掉，也不要讹我，更不要告诉我大姨。"

陈逾司："……"

就知道，他就知道这副黄鼠狼给鸡拜年的样子，肯定不是动机单纯地想安慰他。

两声"学生卡"后，他们坐在最后一排，游乐园门口陆陆续续还有不少拿着气球出来的游客。纪淮想到那时候观光小火车开来时，她没听见陈逾司讲的话是什么。

"对了，你那时候要说什么？"

球没了，气也没了。

只剩下告白了。

可他现在没这心思了。

陈逾司抬手，语气不怎么好："叫你赔钱。"

第二天，许斯昂还是没看见陈逾司来写作业。纪淮给许斯昂倒水，叫他吃药："他说他身体不舒服。"

许斯昂上游戏给陈逾司发了条私信。

我没医保别卖我："昨天和我妹过得怎么样？"

赢了请客吃蟹黄堡："真是又被她气到呢！"

八月一眨眼就要过了，学校的具体通知也出来了。

说是八月二十九日报到，但八月二十五日就要回学校开始分班考，考两天，报到当天成绩一出就直接分班。

一回生二回熟，纪淮这回知道陈逾司不是身体不舒服，是生气了。

有人给大姨送了水果，大姨让纪淮给隔壁陈逾司送了一份过去，就当是感谢他在纪淮生日的时候陪她去了游乐园。

纪淮把苹果、蜜瓜都削切好，把葡萄也都一个个洗好，最后叉上叉子，给陈逾司端了过去。她的指纹还没从他家锁里删掉，门口的猫吃饱喝足躺在阴凉处睡觉，她在玄关处脱了鞋，蹑着脚上了二楼。

她敲了敲房门，好一会儿才传来脚步声。

房间里的冷气开得特别足，纪淮看了一眼空调还是19℃。陈逾司开口，嗓子哑了，鼻音特别重："有事？"

纪淮把果盘递给他，这回更不解了，他不是应该在生气吗？怎么真的身体不舒服了？

"感冒了？"

陈逾司拿过果盘进屋，没关门："过敏。"

看他没关门纪淮跟着一起走进去了，就是这 19℃的空调有点冻人。窗帘拉着，屋里跟过夜也差不多。

陈逾司找出遥控器把空调关掉，纪淮帮他把门帘和窗帘都拉开，灰尘在漏进屋的光束中跳舞。房间里有外卖的盒子等，她又把门窗都打开。

电脑桌前摆着杯昨天的隔夜水，还有几板药。

纪淮就没搞懂，怎么和她想的不一样："你真不舒服啊？怎么过敏了？"

陈逾司掀开毯子，躺回床上，抽了张纸巾擤鼻子，懒懒地抬眸看她，嘴角扬了扬又很快拉下去："昨天晚上睡得好不好？"

牛头不对马嘴。

纪淮疑惑不解，但点了点头。

他睁眼说瞎话："昨晚风特别大，我给你把猫抱了进来，然后就过敏了。"

纪淮上当，两手一摊："可我没钱。"

陈逾司鼻塞又咳嗽，那泪眼婆娑的样子，谁都卖惨卖不过他："那我找你大姨要钱了。"

"别。"纪淮把他重新按回床上，又把床头柜上的果盘端到他面前，"我想想办法，你先吃点水果再吃药。"

纪淮等他把果盘吃了一半后，给他下楼倒了杯水，又把过敏药拿到他床边。

陈逾司最烦吃药了，尤其是还是含片，又苦又涩。

陈逾司偏过头："不吃，万一吃好了你就不赔钱了。"

也是，纪淮脑袋里的小灯泡一亮，从药瓶里倒了一颗含片出来。

吃药这回事就由不得他了，纪淮掰开他的嘴，硬是给塞嘴里去了。怕他吐出来，手还捂着他的嘴："不准吐。"

苦涩的滋味在嘴巴里蔓延，陈逾司的舌头抵着含片想吐掉。

男女的力量差距先天摆在那里，更何况就纪淮这细胳膊。他握着她细细的手腕，还没使力，她手疾眼快，用另一只手把他的手按住。

许斯昂吃到了纪淮洗好、切好的水果，去了客厅发现她和陈逾司都没看书。他现在脱离了拐杖，已经可以正常走路了，就是不能走太长的路。

他上二楼回原本的房间拿东西，上楼的时候纪淮的房门开着，但她人没在。

透过阳台未关的移门望过去，正对着陈逾司的房间，两扇都开着的移门将对面房间的一切暴露在许斯昂面前。

他的血液在倒流。

他看见什么了？

他好兄弟和他表妹在一张床上。

他的手颤抖地指着他们，步子踉跄："你……你……你们干吗呢？"

听见许斯昂声音的时候，纪淮正跪在陈逾司身体两侧，一只手按着他的嘴巴，一只手按着他的手腕。

而陈逾司因为过敏双眸剪水地看着她，像个被糟蹋的黄花大闺女。

纪淮触电一般地从陈逾司身上翻下去，看着在她房间里仿佛震惊了一百年的许斯昂，又看了看刚才还被自己压在床上的陈逾司，没一个是她现在有脸面对的。

十分钟后，药片彻底在嘴巴里融化没了。陈逾司被蒋云锦叫去隔壁吃饭，许斯昂在客厅守株待兔，张望了一圈，没纪淮的身影。

许斯昂跟赐座似的，指了指对面的位子："坦白从宽。"

"我是下面那个，跟小闺女似的被按着的好吗？暴徒你是妹妹。"陈逾司卖惨。

许斯昂是个男的，会不知道他心里的小九九？

陈逾司不开玩笑了："别说裤子，衣服都还穿着呢！我做个人了，没当禽兽。"

蒋云锦已经在厨房喊吃饭了，陈逾司抬头看还没人影的楼梯。许斯昂起身，他腿脚不便，当然也是懒得上楼，使唤陈逾司："你去喊我表妹下楼吃饭。"

纪淮在床上装死。

社会性死亡不过如此，和被陈逾司发现她看"数学复习"不分伯仲。

然而陈逾司一派委屈装得信手拈来："纪淮，你这下子完了，害得我过敏，又害得我清白都没了。"

陈逾司上回打雷喊她去自己房间的时候也没有进屋，他这还是第一次在许斯昂搬出去之后好好观察这个房间。

相比较许斯昂住的时候,窗帘床单都换过了,连屋子里的摆设都变了。女孩子从头到脚都是香的，连屋子里也是。这味道在纪淮那天睡过他的床之后，他睡回笼觉的时候也闻到了。

纪淮有气无力地从床上爬起来，把书包里的钱包拿出来，不舍地双手奉上："就这点了。"

陈逾司不客气地伸手，看见钱包一角上还最后倔强的四根手指，一用力就拿走了。

纪淮心疼。

他反手用钱包敲了她的脑袋："下楼吃饭。"

说完，把钱包丢还给她。

由于不小心"毁掉"了陈逾司的"清白"，最近纪淮乖得不得了，他说一不二。

开学前期,所有人都奋笔疾书地补作业,夏知薇让纪淮拍了考卷答案,她回得有些慢。

被问起在干吗，她回了一句挺气人的话。

"在给一盆韭菜浇水。"

分班考前一天，纪淮照旧给陈逾司阳台上的花花菜菜浇水，他也没看书，在打游戏。

还是那款叫作《英雄联盟》的游戏，玩的也还是那个人豹形态可以变化的英雄。

"你不看看书？"纪淮把水壶放回架子上。

他丢了一瓶牛奶过来："你明天好好考试就够了。"

陈逾司心里有主意了。

之前纪淮不懂为什么他们非要在一个班，现在她也懒得搞懂了，她都毁人清誉了，这位当天的小爷说什么就是什么。

可，他分班考迟到了。

监考老师差点都没让他进来考。分班考的座位是按照上学期期末考试排的，纪淮坐在靠窗的那一排，听见监考老师的训话，都替他捏了一把汗。

最后还是放他进来了，他两手空空，连笔都没带，差点把监考老师气昏过去。

"有谁多带笔了，借一下。"

孟娴一拿了一支笔转身想递给他，回头就看见他也转着身，正在向纪淮要笔。

考完第一门，他伸了懒腰就走了。

纪淮收拾完文具准备和夏知薇一起去吃午饭。出了教室，就看见他站在走廊上，旁边没人。

夏知薇要上厕所，这个空当，纪淮走过去找他说话。

他揉了揉眼睛，里面全是红血丝："一个暑假都不需要早起，我忘记定闹钟了。"

"那你怎么不早说？我喊你起床。"

纪淮把考试借给他的笔要回来，揣他身上十有八九要搞丢，还不如下午再给他。

他靠在栏杆上，人浸在盛夏满是光的走廊上，样子懒懒散散的："我都睡着了，怎么告诉你？下回我托梦，好不好？"

说到后半句，他话里的笑意很重。

语言是门艺术，他这个人讲话又特别喜欢反问或是在开头加个"怎么"。

"要去吃饭？"

纪淮点头："你一个人？"

他也点头："又不是小姑娘，连上厕所都要找个伴。不过，你要是想找个帅的共进午餐，我也可以奉陪。"

"嘁。"纪淮扎着马尾，辫子一甩刚准备走，正巧和两个上楼的警察撞见了。她下意识地后退了一步，目送着他们走进教师办公室。

陈逾司走到她身后，吓她："事实证明，我们洵川的警察都有一双火眼金睛，我不报警都知道有一女子毁人清誉。"

纪淮气急败坏地瞪他，不解："高考作弊才会出动警察吧，怎么分班考的牌面都这么大了吗？"

纪淮抻着脖子，也看不见办公室里的景象。

她张望偷窥的小动作特别明显。

办公室的门很快就被打开了，纪淮赶忙转身假装什么都没有看，伸手装模作样地给陈逾司整理衣领。

在两个警察身后，跟着一个人。

是易伽。她低着头，齐耳的短发因为低着的头挡住了侧脸，根本看不见她的神情。

纪淮看着他们离去的方向，有点八卦："难道易伽作弊了？"

陈逾司摇头："不知道。"

　　从厕所出来的夏知薇见纪淮和陈逾司还不知道那件事，科普八卦的使命感顿生："你们不知道吗？易伽报警说她哥哥杀人了，这件事在学校里都传开了。"

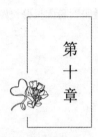

第十章

　　突然出现的耳鸣让易昊倒在母亲的怀里久久没有反应。耳鸣渐退后，他颤颤巍巍地从地上爬起来，袁费嘴里还在骂骂咧咧。

　　"死婆娘，一身毛病。"他又不解气地将应琴踹在地上，"有个老板要买易伽，你就卖嘛，换点钱给你自己、给你儿子……"

　　易昊费了些力气才站起身，他虽然年轻，但在常年拉货干粗活的袁费面前还是没有什么还手余地。

　　袁费踢第二脚的时候，易昊把应琴护在身后，自己吃了一脚。浑身都疼得不得了，这一脚踢在哪里都一样。他趴在地上，视线里是倒在地上东倒西歪的酒瓶。

　　"娘的，你那个男人能生孩子怎么样？还不是死了。老子不行又怎么样？还不是娶他老婆，想打他儿子就打。老子还要把他的闺女送人……"

　　邻居给易伽打电话的时候，是表姐店里最忙的时候。

　　"你快回来吧，原本最多吵吵个十几分钟，现在都一个小时了。你再不回来，我们就要报警了。阿姨知道你们家的难处，但万一出个什么事，后悔也来不及。"

　　"李阿姨，我马上就回去。"

下了公交，易伽在那条熟悉的小路上跑着。她熟悉这条小路，连哪块石板高，哪块砖不平都一清二楚。

她开门的手都在发抖，插了好几遍才插准钥匙孔。

开门，她只看见易昊举起的手，手上是一个酒瓶。

青色的酒瓶折射着灯光，在这个昏暗的家中是那么亮。

接着是玻璃碎掉的声音，砸在袁费头上的酒瓶，碎成了两半，一半掉在地上，又碎成好几块。

易伽愣在原地，只看见她哥哥的背影，挥动着手里的半个酒瓶，一下一下地砸在袁费的脖子上。

鲜血喷溅，随着袁费的倒地，一切都结束了。

易昊蒙了，看着手里的半个酒瓶和满手的红，不断地后退，直到后背碰到墙壁，一瞬间所有的力气都消失了。他瘫坐在地上，看见易伽朝着倒地的袁费跑去。

易伽捂着袁费的脖子伤口："妈，叫救护车。"

应琴跑去卧室拿出手机，手机刚解锁就放下了，不停地摇头："不行，你哥杀人了，我们不能叫救护车。"

她的理智已经不存在了，跑向儿子，用手擦去儿子脸上的血："快跑，你快跑啊！"

直到这一刻，恐惧才从虚无的深渊里伸出触手，缠绕住易昊的四肢。

他起身，刚要跑

"站住。"易伽喊住他，"报警叫救护车，报了警我们最多是防卫过当，你跑了就完了。"

警车和救护车的红蓝灯光闪烁着，一家四口，拉走了一半的人。

易伽赶在下午开考前做完了最后的笔录，回学校的时候收到的目光都不算友好。

她没吃饭，去小卖部买了一个面包应付了事。

纪淮在老楼碰见她的时候，一个没有任何夹心的原味面包，被她吃了一半，剩下的另一半干得难以下咽。

纪淮走过去："过两天我会把猫带过来。"

易伽想过很多个开场白，但没一个是现在这个。她垂下眼眸把透明的面包包装纸一点点地扯开，咬下一口无味的面包，"哦"了一声。

纪淮也没再说什么，准备走人的时候给她留下一片单独包装的湿巾。

给足了她空间和面子。

易伽三两口把最后一点面包吃下去："我之后不一定来学校，猫的事情就麻烦你了。"

夏知薇看见纪淮和易伽一起从老楼走出来，想问问纪淮有没有拿到什么第一手情报，结果却听纪淮说她就和易伽聊了一下暑假被她带走的那几只猫。

"你去了风暴中心，结果最后就和现在全校最大八卦的当事人聊了几只猫？"

纪淮疼猫，不解又不服气："怎么了？"

这话说得就像那几只猫平平无奇一样，那可是她辛辛苦苦一个暑假起早贪黑喂猫粮、铲猫砂养着的猫，还是把陈逾司那种万恶资本家弄过敏的"正义之猫"。

好吧，也是害她毁了陈逾司"清誉"的罪魁祸首。

由于陈逾司第一天考试迟到了，分班考的分数登记工作就交给他了，在报到前一天的下午还要返校。这种返校浪费时间的事情纪淮原本以为他不乐意，结果他去得比她还积极。

既然他要回学校，纪淮把猫装进笼子里，提前一天送回去。

登记分数这事，不止他，还有孟娴一。

男女分工，他报分数，孟娴一登记。

老师们虽然还不知道最终排名，但稍稍对比分数还是知道前几名的大概名次。

旁边的物理老师夸着孟娴一："这次分班考考得不错，分数好像比李致还高。"

孟娴一乖巧道："我暑假去补课了。"

老师就喜欢这种聪明自己又肯努力的学生，可惜他是个理科老师，除了夸一句"你真棒"也说不出其他话。

陈逾司又不是李致，也不眼红，偷偷翻出纪淮和他的考卷，飞快地瞄了一眼纪淮的错题，只要是做过的差不多类型她都是对的，但一遇到在原基础上稍微变化过的题目，她就容易错。

趁着孟娴一和老师在讲话，陈逾司把最后一门课的前六张考卷的分数飞快地看了一遍。

他第三，纪淮第四。

陈逾司瞥了一眼老师，偷偷从口袋里摸出水笔，在他数学考卷的最后一大题的第一小题上改了个小数。收笔的时候，发现孟娴一在看他。

陈逾司抬手做了一个"嘘声"的手势，朝着对桌准备教案的数学老师打招呼："老师，你给我批错了。"

陈逾司把卷子拿过去，指着他刚改的地方。

"你怎么这里错了？答案是对的。"数学老师抬了抬鼻梁上的眼镜，"粗心了是吧？在草稿本上算好了，结果移到考卷上写错了？"

陈逾司点头，老师都给他编好借口了，他只需要承认就好。

但数学老师没改分，只是把考卷丢还给他："算了，饶你这一次。"

陈逾司连忙拒绝："别，老师扣我的分，这就是给我一个教训，让我以后细心一点。"

数学老师就没看过这样不要分的人："你以后自己注意就好了，什么人呀，给你的分你还不要了？"

"老师，你这是给我开后门，不行的，被别人知道了会看不起我的。"陈逾司把考卷放在数学老师的教案上，还"狗腿"地把红笔都给他拿出来了。

数学老师像地铁上看手机的老爷爷，一脸不可思议，还有点不情愿地扣了他两分。

两分不行，还不够。

陈逾司拿起那支红笔，又大方地给自己扣了三分。

"呵。"数学老师被逗笑了，"中暑了？人傻了？扣两分还嫌少呢？"

这五分一扣，陈逾司成功掉到了第五。

只是孟娴一看着他脸上因为扣掉的这五分带着的笑容，她不能理解。

直到他们登记完分数，她看见在办公室外的楼梯口无聊发呆的纪淮，才明白过来。在学校里，还是在老师办公室门口，虽然不是开学，但纪淮不敢玩手机。

纪淮手里拿着两瓶饮料，一瓶开过的矿泉水，一瓶是可乐。鞋尖踢着台阶，在看见陈逾司走出来之后，她小跑着走到陈逾司旁边。

纪淮把手里的可乐递给他："考试成绩出来了？"

陈逾司拧开瓶盖："嗯。"

纪淮看他卖关子，着急道："别光'嗯'啊，我多少你多少？"

陈逾司把综艺节目里宣布成绩的那一套卖关子学得有模有样，嘴巴张开，又闭上。最后纪淮都跺脚了，他笑着说了："恭喜你，第三名。"

纪淮不敢相信，小手捂着张大的嘴："我第三？那你呢？"

"第五。"陈逾司把可乐瓶盖拧上。

他就觉得纪淮是个好玩的姑娘，明明考了一个好成绩，但一听见他说自己考了第五，脸上刚刚惊喜的小表情没了，而是小心翼翼地打量着他，生怕她刚才的喜悦会刺激到他。

"陈逾司，"纪淮打量着他的表情，"你别难过。"

陈逾司装惋惜："没办法不难过，想吃哈根达斯。"

这话说全了就是：没办法不难过，除非你请吃我想吃的哈根达斯。

纪淮安慰的话到此结束："那你难过吧，叫你不好好考试，活该。"

小没良心的，还不是为了分班级的时候能在一个班，否则他至于还自己扣自己分数嘛！

"我很坚强。"陈逾司的表情看上去不像生气，咧着嘴，露出标准笑容的八颗牙齿，"分班考仅仅只能用作分班，可惜我上个学期的期末考试考得特别好，还是不用做早操。"

他一副很欠的样子，又补了一句："你应该不知道吧？刚开学的出不出操福利是上学期期末考试决定的，能决定做不做早操的只有月考、期中和期末考试。"

孟娴一走在他们后面，看见他们有说有笑、吵吵闹闹地走在她前面。

原来，这就是陈逾司喜欢一个人的样子吗？

晴天霹雳，莫过于此。

陈逾司抬手像是抓小猫一样，扣着纪淮的后颈。刚握着冰可乐的手，有些冰，有些湿。

纪淮装可怜："陈逾司，我难过，没办法好了的难过，想吃哈根达斯。"

"那你难过吧！"他看见纪淮笑容里的沮丧，学着她说话，笑得更灿烂了，"我可想看你哭了。"

报到那天陈逾司起得比纪淮还早。

纪淮昨天晚上入睡有些困难，可能是因为这天要报到，就要开学的心理作用让她到凌晨还在和天花板对视。

更重要的是，分班考都迟到的人，一大早就在阳台喊她起床了。

纪淮睡眼蒙眬地靠在阳台的移门上打哈欠，他颇有闲情逸致地在浇花："醒醒了，今天要去学校了。"

因为睡眠不足，纪淮走在去学校的路上都是蔫巴的。许斯昂这天也要回学校，他是去办手续转年级去高二。

许斯昂腿脚不方便，蒋云锦准备叫司机开车送几个孩子去学校。但许斯昂舍不得暑假，昨晚压根儿不想浪费时间在睡觉这件事上，等纪淮和陈逾司都要出门了，他还没醒。

学区房离学校近得不得了，走路上学也没有多大问题。

蒋云锦也不好留着两个孩子等许斯昂，万一把他们也害迟到了不好。

又是手抓饼。

纪淮没睡好，胃口也一般。

陈逾司和里面做饼的阿姨用洵川话交流着"阿姨，两个手抓饼，全料，谢谢！"

纪淮是头一次听他说洵川话，倒也新奇。

邻省这一带的方言其实宗源是一派，只是在日新月异的更迭中，稍稍产生了变化，听着没有压力，但纪淮和许斯昂讲出来的吴话还是不一样。

纪淮吃不下"满汉全席"，陈逾司已经付了钱了："没有睡好，那就吃饱。"

手抓饼的鸡蛋已经煎好了，里脊、培根，还有烤肠被不大的饼皮和鸡蛋包在里面。纪淮先是对窗口里的阿姨说了声"甜辣酱"，又看向自己旁边的人："你今天怎么去这么早？"

"不早点去怎么抢位子？"陈逾司对阿姨说了声"一样的酱料"。

两份手抓饼是一样的，陈逾司拿在手里还是让纪淮先挑了一份。

夏天吃手抓饼有些烫嘴，纪淮几步路都吃不了一口。等走了一半了，她才若有所思地点了点头："嗯，我们是要当同桌的，对不对？"

这话就像是小时候在英国读书，有一个亚裔小朋友和他说"我们是朋友，对不对”。那是他不顺的童年唯一的一点慰藉，现在的这个年纪，他的心情基本不会再对这种话产生波动。

偏偏这次是个例外。

陈逾司仿佛是听她说“我们要永远在一起”似的心头悸动。

分班后的花名册贴在各个班级的门口，然而陈逾司还是漏算了一步，那群不做作业的人，肯定会来得特别早抄作业，连着的两个空着的座位只有第一排了，剩下的零散位子都在后排。

他们对视了一眼，有默契地找了各自的熟人，当了个前后桌。

夏知薇暑假找纪淮要过考卷答案了，花了好几天时间才把作业补完，也就没有混在这兵荒马乱里。她把头埋在课桌下，看着一本新的爱情小说。

纪淮庆幸她们还在一个班级，理科班女生不多，结果分来分去，原本班级的女生就她和夏知薇两个了，差点上厕所都找不到伴。

夏知薇也开心，这样她就又可以有人借作业抄了：“我原本考了四十七名，倒退了三名的时候还郁郁寡欢。但没有想到分班结果这么好。”

说罢，还噘着嘴，隔空给了纪淮一个飞吻。

纪淮表面嫌弃，但也没挣脱夏知薇搂着她的脖子、胳膊：“但最后发现是为了和我千里姻缘一线牵，是不是就不难过了？”

陈逾司的同桌是他高二的前桌，高二期末考试的时候和纪淮在一桌上吃过凉面凉皮的郑丞。

他从考卷堆里抬头：“你暑假打游戏打得快乐啊，都上王者了。”

陈逾司将书包塞进课桌里，亏他特意改低了考卷分数，早上还起了个大早，结果现在就当个前后桌，还看她和别的女生搂搂抱抱。

跟自己讲话的时候木头脑子，遁入空门似的铜墙铁壁防守着。现在她在干吗？撩个姑娘？

郑丞撞上枪口了，陈逾司眼眸转动，瞥了他一眼，没说话，但那表情的意思特别明显，就五个字"关你什么事"。

"我眼馋行不行？"郑丞打了一个暑假没掉分就已经谢天谢地了，早上在凉皮店里有个人说一个暑假掉回黄金了。

他早上来看见了分班花名册，后面还有各科考试成绩和排名。

陈逾司这个万年老三，这回掉到了第五。郑丞一抬头就看见陈逾司黑着张脸看着前桌两个女生，以为他表情不爽是因为被别人考试超过了。

郑丞对漂亮姑娘有记忆力，认出斜前方的人是纪淮，那个考过陈逾司成为第三的小姑娘。

他压着嗓子，朝陈逾司使了个眼色："你要是看你前面那个人不爽，要不我们今天报到结束堵一下人？"

陈逾司想笑，但那似笑非笑的表情充满了威胁的意思。

跟他说要教训他喜欢的姑娘，他舔了舔后槽牙。

郑丞没搞懂，但只听陈逾司开口说："行啊，报到结束叫上许斯昂一起去。"

郑丞上当了，还真拿出手机给在楼下办手续的许斯昂发了条信息。

"放学见，我们帮陈逾司教训个人。"

楼下。

许斯昂懒散地坐在教室的后排，看着手机上的信息，有点不理解，没回郑丞，而是直接把郑丞的消息转发给了陈逾司。

问："郑丞这是什么意思？今天刚开学谁惹你了？"

陈逾司回："郑丞惹的。"

许斯昂有点蒙："嗯？"

宋书骄是这个班级的班主任，喊了一批男生去搬新书。崭新的书本在第一排堆了一摞又一摞。

报到这一天事多又不算多，无非班会和开学典礼。也就是听班主任唠叨完再听广播里的校领导唠叨半个小时。

　　"马上就要高三了，都这个时候了还抄作业呢？"宋书骄恨其不争，"下面呢，我宣布几件事大家都竖起耳朵听一下。学校对于高三的学生是非常照顾的，大家高一、高二的时候肯定也听说了，我们学校的高三是要上晚自习的，周六是自习，但是不强制大家一定要来。"

　　说完，宋书骄又补充了一句："虽然不强制，但希望大家都主动来自习，这是提高学习成绩的好时间。"

　　说完，把晚自习的时间安排写在了黑板上。

　　学校五点半下课，五点半开始晚自习，一直上到九点半。

　　怨声载道也没有用，宋书骄假装没听见，又说起了别的事情，比如班长、副班长还有各科课代表的安排。

　　宋书骄原本是想让有经验的学生上岗，但有经验的那几个经历了前两年的折磨都不乐意了。

　　最后没办法只好按照成绩和老师的想法安排，孟娴一是班长，纪淮轮到了一个她最不擅长的数学的课代表。

　　陈逾司是副班长，还是他主动揽的活。

　　老调重弹的开学典礼愣是到了饭点前才散，纪淮这种好学生肯定是要把课本带回去提前预习一下的。陈逾司怎么来的怎么回去的，两手空空地走了。

　　孟娴一叫住了陈逾司："老师说叫我们去办公室做一下花名册。"

　　陈逾司已经走到门口了，他就是偷懒才想做个副班长的。班长是孟娴一，她能把大部分事情都做了，副班长一听就是个闲职。

　　他找借口开溜："你特别厉害，孟娴一，你自己可以完成的。"

　　郑丞看他想走，以为是他记着放学要堵纪淮这件事，帮陈逾司开脱："班长，我们有点事，你辛苦一下。"

纪淮放学还要去一下小卖部喂猫，小卖部的老板娘看见一个暑假被纪淮养得胖胖可爱的猫，只觉得这个姑娘心细人好，大方地送了她一瓶牛奶，还把店里临期的酸奶送给了她喂猫。

郑丞和陈逾司下楼的时候碰到了许斯昂，许斯昂走路已经看不出骨折过了，就是步子走得比以前慢。

"要教训谁啊？"

陈逾司抢先开口："去小卖部。"

老板娘喜欢纪淮，姑娘心好人也好看，捧着把瓜子站在后门和纪淮聊天，直到听见前面有人喊结账了，才应声走了。

先是猫对着她叫了一声，再是几个影子从后面投到她身上。

三张可以说都面熟的脸。

纪淮站起身，看了看她表哥，又看了看陈逾司，最后看向带头的郑丞，讪讪地开口："有事？"

郑丞吊儿郎当地站出来："知不知道自己做错什么了？"

纪淮摇头。

郑丞咋舌，嘴巴张开，但想说的字还没有说出来，一只脚已经从后面踢过来了。许斯昂黑着张脸："你有病啊？你带我来教训我妹妹？"

郑丞一愣："妹……妹妹？"

郑丞转头看向陈逾司，他一点也不惊讶的样子一瞬间就让郑丞知道自己被他耍了。

陈逾司大约是嫌热，抬手挡着刺眼的阳光，对着纪淮说："你哥坐公交车，你跟我回去还是跟你哥？"

就许斯昂那揍人的样子，纪淮看着那两人，小心翼翼地挪着步子到陈逾司旁边："我跟你走。"

郑丞从后门看着陈逾司顺手从冰柜里拿出一个甜筒，刷手机结账，然后递给了纪淮。

他指了指那两人，张口结舌，说不出一句话，就无语，认栽："他们什么情况？"

许斯昂顺着郑丞的方向看过去，冷哼一声。许斯昂虽然成绩没陈逾司好，游戏没陈逾司打得厉害，但他以后能让对方叫他哥："你懂个什么？这就是有妹妹的好处。"

纪淮不知道郑丞怎么就找自己麻烦了，第二天看见他下意识地就躲着他一点了。

但就是有点奇怪，他好像也在躲着她。

纪淮扔牛奶瓶的时候在教室的环保一角和郑丞狭路相逢，于是他用弱视都能看清的移动幅度慢慢朝后挪着给纪淮让出了一条"康庄大道"。

纪淮有点好奇他的心路变化。

陈逾司用手撑着脑袋，无聊地翻着漫画书，将纪淮这好奇的劲儿按了回去："别好奇了，你可以准备准备去做早操了。"

是哦，做早操。

纪淮转回身，头往课本上一靠，人往桌子上一趴："考第四名好烦啊！"

夏知薇补着上节课的笔记，嗤了一声："那请把这种麻烦给我。"

劣质的广播里已经开始播放《检阅进行曲》了，陈逾司显摆地拿着漫画书朝纪淮挥了挥手。

一层楼的人很快就走光了，陈逾司等广播体操的音乐开始之后，将漫画书扔回桌兜里，起身朝着教室外走。

去小卖部有很多条路，陈逾司偏偏挑了要路过操场的那条。

他一眼就看见了在人群里垂头丧气的纪淮。

小卖部里的阿姨在电风扇下休息，陈逾司先买了两杯酸奶，蹲在后门给几只猫加了餐。

老板娘在这个学校里开了十几年的店了，学校里的流浪猫来了又走，已经不知道换了多少只了，照顾猫最久的还是纪淮。

喜欢动物的小姑娘多，经常有个别几个会偶尔来一下。小伙子来喂猫的就更少见了，也是闲来随口说两句："一个长头发的女生，个子高高瘦瘦的，笑起来还有小梨窝，我看她好像也是和你一个年级的。这猫啊，她暑假还带走照顾呢！这种小姑娘坏不了，就是年纪太小，否则我就介绍给我外甥了。"

陈逾司听着夸纪淮的话倒是挺开心的，就是后半句有那么一点让人不爽。

他把酸奶喂了猫，拍了拍手站起来，朝老板娘笑了笑："阿姨，您和我妈真是太像了，我妈眼光和您一样，她也看中了那姑娘做她儿媳妇。"

陈逾司没给阿姨反应过来的时间，进了小卖部里，从冰柜里拿了一瓶可乐，看着黑压压解散的操场大部队，想了想，又拿了个甜筒。

他慢悠悠地朝教学楼走去的时候，和放弃去小卖部的纪淮碰见了。她旁边没有夏知薇，那姑娘不信邪非要去"逆天而行"。

纪淮看见了陈逾司手里那瓶身还带着水珠的冰可乐，还有那个没拆的甜筒。

咽了口唾沫，眼睛在发光。

陈逾司抿了抿嘴，装模作样道："可乐唯一的缺点大概就是喝了会胃胀，其他东西就吃不下了。"

纪淮耳朵竖着，听见他这么说，笑脸相迎："是吧，而且甜筒这种奶油类的还特别容易腻。"

"当时买的时候没想到。"陈逾司故作叹息，"纪淮，你想不想吃啊？"

纪淮看着他，无比诚恳地点头，有些不好意思地张嘴，声音很小："想。"

陈逾司得逞了，朝她咧嘴一笑："不给。"

纪淮看出他是在逗自己玩了，夏天热，人的脾气也容易躁。她挺生气的，撇嘴翻了个白眼，加快脚步不想和他一起走。

就她那个步子，再快陈逾司两三步随随便便也能追上。

他把甜筒递给她："吃吧！"

纪淮硬气："不要。"

逗嘛要逗的，生气嘛哄也要他哄，说白了就是闲得慌。

陈逾司的手还伸着："我牙疼，求求你了，帮我吃了，行不行？"

夏知薇努力了十分钟还是没能够挤进去，出了比做早操还多的汗，虚脱地爬回了三楼，往座位上一倒："怎么我们学校不再出个许斯昂这种有钱人家的孩子，给学校多捐个小卖部？"

说完，她只听见含混不清的一声附和。

夏知薇一转头，就看见纪淮坐在座位上翻看笔记，手里拿着一个甜筒。

"你哪儿来的甜筒啊？"

纪淮一笑："做好人好事。"

夏知薇眼馋，抿了抿嘴，这夏天热得就没给他们这些莘莘学子一条活路。她打趣纪淮："是不是喜欢你的田螺小伙送的？"

她们说话的声音不小，陈逾司坐在后面听了个全部，突然有点好奇纪淮要怎么回答。他懒懒地抬眸朝前面看过去，只有一个侧脸，粉色的唇上沾着甜筒的奶油。

纪淮："禁止诽谤，拒绝捆绑，坚持自身良好的莘莘学子形象。"

郑丞这种男生在夏天出汗更严重。短发有好处，能去厕所龙头下冲一冲，顶着一头湿漉漉的头发回来。

他往座位上一倒："哇，就小卖部那群人，挤公交或是在特价货架前的老头老太都自愧不如。"

郑丞的吐槽没得到陈逾司的回复，朝他喂了一声，最后就得到他黑了张脸问自己："有事？"

郑丞摇了摇头，讪讪然开口："没事。"

陈逾司安慰自己，没准纪淮就是一个对男生不怎么感兴趣的人。

结果体育课，她和夏知薇抻着脖子朝在教学楼之间军训的高一看过去，脖子都快长腿跑掉了也没看清。

高一有个挺帅的男生，刚开学名字就传开了。

夏知薇很快就找了一个疑似目标："看着也就这样嘛！"

纪淮看见了当排头的那个男生，挺赞同夏知薇的话："感觉就是个弟弟，可能高二、高三就好了。"

"也不一定吧，陈逾司高一的时候就很帅。"夏知薇不赞同道。

陈逾司受欢迎的一大原因，是因为他不像许斯昂那样和女生搞暧昧，那副洁身自好拒绝人的样子反倒让他更招人了。

看见传说中最帅的那个也就这样之后，夏知薇感慨三中的颜值要亡了。纪淮对这种弟弟类型的不感兴趣，还不如最新张贴出来的迎新海报好看呢！

"你不喜欢'小奶狗'？那你喜欢什么类型的？"夏知薇也不看了，跟着纪淮站在公告栏前看海报。

学校公告栏最近扩出一个新的板块，展示优秀学生。

迎新晚会的海报最亮眼，纪淮也就赶上三中这一次的迎新晚会，夏知薇知道得多，给她讲："我们校区对面是三中另一个校区，别的我不说，就迎新晚会这一块我们学校做得特别好，都是对面那些艺术生来表演。"

说起对面，夏知薇的话也多了起来："对面有个学现代舞的男生长得超级帅，到时候他肯定要表演节目，准备好和我一起为他生孩子。"

纪淮看她花痴那样，快比生产队的猪都能生了。

郑丞有眼力见儿了，这天一整天陈逾司都不是很开心，他想不明白原因。吃完晚饭，回教室等上晚自习的郑丞一个人坐在座位上思考这个问题，纪淮收数学课堂作业的时候，他没在写作业，而是在发呆。

　　"同学，交作业了。"

　　郑丞还没写，想找纪淮借一本来抄。

　　纪淮嘴上没同意："好好学习，同学。"

　　巧的是陈逾司和别人放松完回来了，看见纪淮在收作业，伸手从她手上抽了一本作业开始抄。

　　看见纪淮没说什么，郑丞不服："怎么他抄作业就可以？"

　　"他聪明啊！"纪淮找了夏知薇那本给郑丞，夏知薇也是抄纪淮的，正确率能保证，"他不写作业都能考得特别特别好。"

　　郑丞抬手捅了捅陈逾司："听见没？夸你呢！"

　　他也只是随便打趣陈逾司，结果却看见陈逾司扬起的嘴角，和之前上午还有体育课的黑脸低气压完全不一样。

　　郑丞心里一激动，等纪淮去别的组收作业走远了，才跺了跺脚："你别撒谎，你是不是喜欢她？"

　　陈逾司看着纪淮的字，很漂亮，抄起来都不费眼睛。抬头一副正气凛然的样子："是又怎么样？"

　　看他承认了，郑丞扶着下巴，脸上的激动比当事人还夸张："哇！你居然喜欢人？"

　　陈逾司就想不通了，是个人都看得出他喜欢纪淮，就她不知道真傻还是假傻。他心里有苦水："我喜欢她表现得很明显吗？"

　　"反正我能一下就看出来。"郑丞不知道要怎么形容，"就那样的感觉，很微妙。你对她和对别人差别太大了。"

　　"就她感觉不到。"陈逾司烦。虽说当局者迷旁观者清，暑假的时候，许斯昂就差帮他表白了，结果呢，现在他还是个不配拥有姓名的田螺小伙，连他的暗恋都被纪淮除名了。

"我暑假想和她谈恋爱，她一门心思就想和我搞学习。"他说得挺无奈的。

郑丞一个没忍住，笑了出来，赶忙伸手捂住。

陈逾司睨他："你笑了？"

郑丞摇头："没有。"

郑丞说是陈逾司表白有问题，否则没有女生会拒绝他。听着像是在夸他，可他还是高兴不起来。

陈逾司："我不会有问题的。"

郑丞不信他，还给他支着儿："你放学约她一起走，孤男寡女，昏天黑地，多美好的两个成语。"

陈逾司刚准备说话，宋书骄已经端着个水杯来催大家进入晚自习的状态了。

宋书骄将水杯往讲台上一放："孟娴一、陈逾司还有纪淮，你们三个跟我出来一下。"

没有什么事情，是和公告栏新扩展的版面有关。到时候他们三个的照片会被挂在公告栏里，宋书骄让他们回去一人写一个座右铭。

大约是因为头一次上晚自习，大家觉得新奇，写写作业、传传字条，随便聊聊天也就到了放学的时间。

郑丞给陈逾司使了个眼色，小声地开口："上啊！"

陈逾司把书包整理完，不紧不慢地伸手拍了拍前桌的纪淮："天黑了，放学一起走吗？"

纪淮望向窗外，月明星稀，楼下的樟树也只剩下一个模糊的轮廓。

"好黑啊！"纪淮看着窗外，感慨了一句，"可我今天要做值日。"

郑丞继续支着儿："快说你等她。"

陈逾司照做："我等你。"

只见纪淮收回目光看着他，脸上带着笑："主动约我一起走，然后贴心地说等我。陈逾司，你该不会……"

郑丞张嘴恨不得帮纪淮把话补完整：你该不会是对我有意思吧！

他忍着激动，嗫瑟地朝着陈逾司做小表情："我就说吧，肯定是你表白有问题。我这招你就说行不行？"

陈逾司瞥了他一眼，轻笑，天真。

郑丞的笑容垮在了三秒后，只听见纪淮说："陈逾司，你该不会是胆小怕黑想拉我一起壮胆走夜路吧？！"

这种回答真是让陈逾司觉得亲切，熟悉的无语感再次袭来。

郑丞看着甩甩马尾辫，走去教室角落拿扫帚的纪淮，愣了半天："这姑娘……挺缺心眼的。"

陈逾司去走廊上吹了会儿风冷静了下，没多久纪淮扫完地了。

为什么吹风？

他怕回去路上忍不住歇斯底里地抓着她的肩膀问她，为什么要把心眼锁在保险柜里不拿出来用。

学校外的公交车载走了一大批人，家长开着各式各样的车在门口等着晚自习下课的孩子。

走的还是盛泰那条路，纪淮走在陈逾司旁边，她不怎么会察言观色，不断用余光偷瞄，太容易就被他发现了。

"看什么？"他问。

纪淮咬着下嘴唇，有些欲言又止，也搞不懂："感觉你在生气。"

亏她发现了，可真是谢谢她呢，居然还知道他在生气。

陈逾司反问："那你觉得我为什么生气？"

纪淮将自己摘干净："我今天什么都没干，反正肯定不是我惹你生气的，既然和我没关系，那么我就不想知道。电影里知道得越多死得越惨，你千万别告诉我。"

陈逾司觉得自己都有希望被她锻炼出一副好心态了，以后再遭遇什么都能波澜不惊了。

"把早上的甜筒吐出来还给我。"

听他说完，纪淮拉起他的手，无比做作地假吐，学他以前总打她手掌心，抬手朝他手上也打了下去。

有点幼稚，但她觉得很开心。

"乐观"这个词似乎和她很沾边。后来分开的那几年，有一次同队的中单问陈逾司喜欢纪淮哪里。

陈逾司那时候拿着把剪刀和一张从大学宣传栏上偷走的海报，海报上纪淮的证件照被他小心翼翼地剪下来。

"她是我的奈德丽。"

他的"非 ban（禁用）必选"。

纪淮打完他的掌心，解气地想要收回手，迈步准备向前走，可掌心相贴的那只手，五指蜷缩扣进她的指缝。

她整个人被那相扣的手拉了回去。

两只手的温度相差很大，他掌心温热，和这晚风习习一样都满是燥意。

纪淮小小地挣脱了一下，但陈逾司没松手。

"陈逾司。"纪淮轻轻地叫了一声他的名字。

陈逾司："嗯？"

"我觉得十指相扣……"纪淮语速很慢。

陈逾司有的是耐心："怎么了？"

浪漫？

纪淮抬头看他，他披着鹅黄色的路灯光："我感觉你在对我行刑，古装片看过吗？就是那种夹人手指的拶刑。你的手劲太大了，我手疼。"

陈逾司松了手，一路一言不发地回了家，看着阳台上那盆绿油油的韭菜，他要向这韭菜之神发誓，他以后绝对不指望从纪淮嘴里听见一句不落俗的浪漫之言。

早上，宋书骄来找他们要贴在公告栏优秀学生板块的学生座右铭。

纪淮写的是她家家训："全力以赴的失败也是一种成功。"

印刷出来很快，第二天那个板块就装饰好了。

上面不仅带着学生的照片，还有姓名、班级、每个人的座右铭。

纪淮和夏知薇站在那边一个一个地看过来，学生的照片都是入学时候统一照的，纪淮那张是高二下学期拍的，和现在出入不大。

陈逾司那张和现在比起来还是挺不同的。

夏知薇那句话说得没错。

"也不一定吧，陈逾司高一的时候就很帅。"

上面的照片是他高一入学时候照的，他那时候的头发比现在短一点，目光有几分轻佻，下巴略微抬着。相机定格的那一刻，他对着镜头扯着嘴角淡淡地笑着。

他的照片旁边写着："高三理科（1）班，陈逾司。"

下面是一行英文："No drama in my life.（我的生活没有任何戏剧性。）"

纪淮看见他的时候，他刚和许斯昂从小卖部走回教学楼，两个人并排走着，不知道在讲什么，他的脚步被一个从后面"超车"的女生拦住了。

他的视线和脚步仅仅停顿了一秒，然后绕过对他而言是障碍物的女生。他穿了件黑色的短袖，下面是一条校裤，干净又出众，在这属于九月的十八岁踔厉奋发。

这天晚自习宋书骄没有来盯，班级里的人虽然都在窃窃私语，但声音不小。纪律委员喊了两嗓子"别吵了"也如同石沉大海。

夏知薇凭借火眼金睛还是在高一里找出了一个好看的小学弟。

是她早上上学路上碰见的和她坐一辆公交车来的，刚又在小卖部碰见的一个小男生。

说起男生，夏知薇那仿佛是嗑了一吨瓜子练出来的嘴皮子，停不下来："超级帅的，今天早上来的时候就站在我旁边。那是我头一次恨公交车上人不多，路也不堵。结果我晚自习前去小卖部买水，又遇见他了！你知道他多帅吗？白白净净的……"

纪淮手里拿着笔，作业还没有写完，她就像是被强按头喝水的牛。夏知薇还不准她回答敷衍，她被夏知薇抓着两只手腕，侧着身两条腿也被夏知薇用腿圈住，夏知薇一副纪淮不听完不放过她的架势。

郑丞在后面写作业，听见夏知薇那花痴的发言，笑："妈呀，《西游记》要再翻拍，我第一个支持你去演女妖精。你这样子哪里是看见小帅哥，分明是看见唐僧了。"

夏知薇正讲到小鹿乱撞的时候，被郑丞这么一打断来了脾气："女生之间聊男生很正常，你们男生不也在一起聊小电影嘛，还分享资源呢！"

郑丞不怕死，拉过陈逾司："别瞎说，我们就不共享资源，我喜欢平胸的，他喜欢混血的。"

陈逾司被他一拉，草稿本上被划出长长的笔痕，抬眸给开玩笑的郑丞一个眼神："你有病啊？"

纪淮脑子里蹦出了暑假那个"数学复习"，耳朵和脸颊都不由得开始发红。

夏知薇还在给她说那个小学弟："真的，我当时看见他就和你现在这样脸红，你是不是也心动了？明天我们中午给他送水呗！"

后排两个男生的反应各不同，陈逾司看着纪淮，郑丞还想着怎么逗夏知薇。

"你送水，叫纪淮给你拿个锅，凭借着明天的大太阳，直接给炖了。"

夏知薇忍无可忍地丢了本习题册去，本子从陈逾司和郑丞之间飞过去，稳稳地命中了从后门进来的宋书骄。

宋书骄捡起地上的本子，原本还闹哄哄的班级不知道什么时候安静了下来。

"一个个不知道'自觉'两个字怎么写是吧？非要老师来监督才肯认真？同学们，你们都是高三的学生了，在这个争分夺秒的年级，你多看一道题，多掌握一点，考试的时候比别人多会一道题，你知道这能甩开多少人吗？"

宋书骄踱步走到夏知薇和纪淮课桌旁边，声音比刚才谆谆教导的时候小了不少，皮笑肉不笑地对夏知薇咧嘴笑："什么小学弟啊？"

夏知薇脖子缩着，不敢讲话。

"郑丞、纪淮收拾东西，你们的位子互换。"宋书骄看了看夏知薇又看了看郑丞，"你们话这么多，就当同桌，我看看你们几天能给我把天花板掀了。你们挺适合搭伙说相声的，我等会儿就帮你们去报名迎新晚会。"

高三和读书无关的小东西再少，整理起来也不会少，郑丞有经验，让纪淮直接跟他连人带桌子一起换。

在纪淮这种细胳膊细腿的女生面前是没有搬桌子这回事的，她只能在地上推。课桌里塞满了课本和笔记本，她不像郑丞那样轻松，费力地拉拽着桌子，在第一下纹丝不动后，她再要使劲，课桌边缘出现了一双手。

手腕上是块简单的运动款手表。

陈逾司那样子看上去根本没费什么力气，直接把桌子抬起来了。

宋书骄看见了，笑了笑："挺绅士的嘛！"

班里不缺看热闹的人，就是每次看宋书骄和他前妻斗嘴敢喊"复婚"的那个男生举手："老师，我也是个绅士，也想换座位，我也想和女生当同桌。"

"你个头不大，想法倒是挺多的。你下回考试超过陈逾司，我就让你和他换座位。"宋书骄给他画大饼。

那男生撇嘴，他的成绩肯定是考不过陈逾司的："老师，你得尊重美女的意见。美女，有兴趣和我当同桌吗？大哥虽然个子不高，但是大哥人好。"

他后半句是朝着纪淮的方向喊的。

纪淮不是那种大张旗鼓的女生，留给别人的印象不是马路对面女生的惊才绝艳，除了名列前茅的成绩再没有其他了。

像这样被当众打趣，她从头发丝到脚指头都透着不自然。鞋子里别人看不见的脚指头蜷缩着，整个人从脖子到耳朵都是红的。

有个女生嘘他："哈哈，人家美女和陈逾司当同桌之后还能愿意和你当同桌？"

"不想吃天鹅肉的癞蛤蟆都不是好癞蛤蟆。"

班级里一阵哄笑。

"好了。"吵吵闹闹后，宋书骄让大家继续认真写作业。他踱步走到讲台上，手撑在讲台边，才发现手里刚捡起的习题册还没还给学生。他看了一眼上面的名字，抬头朝讲台下望去，视线不自觉地落在了最后排的陈逾司和纪淮身上。

两个人都低着头在写作业，那画面看着还挺和谐般配的。

第
十
一
章

宋书骄也忙，在忙最近的教师会议报告材料，学校要拉上所有年级的班主任开次会给新来的教师分享带班心得，也对这年高三学生的教书培育计划进行洽谈分析安排。

他把夏知薇的习题册还给她之后，又在班级里溜达了一圈就走了。

纪淮目送着宋书骄的背影在走廊上消失，转头朝陈逾司看去："我们真的好有缘分啊！"

陈逾司撇嘴："我们原本还可以更有缘分一点的。"

纪淮不解："原本？为什么是原本啊？"

她可不记得自己小时候救过什么被杀手追杀的富家小公子，也不记得她给什么男生自己的信物过。

陈逾司拿起笔，继续写题："因为你……缺心眼。"

一道典型的数学题，知识点常见，陈逾司写起来一点也不费劲，在草稿本上打着草稿，等他把题都算完了，纪淮还一副若有所思的模样。

她悄声问他："你在骂我傻？"

每天的早操就是催促纪淮好好学习的最大动力，一腔愤懑不平在挥洒汗水的早操中越演越烈。

夏知薇叛变了，她现在喜欢做早操，因为能看见她新发现的高一的好看的小学弟。

纪淮没力气，像个面团被小卖部里的人挤来挤去，每天蒋云锦也会给她灌一杯放凉的大麦茶，挺解暑气的。味道香，而且又健康，对身体好。

纪淮喝了两口，但余光里陈逾司手上的甜筒还是勾人心魄。

她转头看向旁边那个人，他一派怡然自得的模样，手里一本漫画书一个甜筒。

他说："生命在于运动，甜品和懒惰都罪恶的。"

明明是挺正确的一句话，但怎么听都让她觉得不开心。

到如今都是败绩，纪淮也只好这么安慰自己。但生理期一到，她被太阳再这么一晒，眼睛都在打圈，要不然也不会觉得地动山摇。

她不舒服极了，刚下楼人就胸闷气短，好在宋书骄也看出她脸色不好，最近军训的小孩中暑的多，不放心，叫她趁着大课间去医务室看看。

医务室在行政楼一楼的最里面，行政楼背阴，一到夏天连走廊都是凉爽的。纪淮在楼门口和一个穿迷彩服的男生碰见了，他大口喘着气慢慢地朝着楼门口走去。

纪淮路过他之后，不由得放慢了脚步，看着个头还不小的一个男生煞白了一张脸，那张脸有点眼熟，看了好几眼才认出是夏知薇一直挂在嘴边的那个小学弟。

"你没事吧？"

那个男生摇了摇头，这么一摇，人一个趔趄差点摔了。似乎没办法再逞强了，他不好意思地开口："学姐，能扶我去医务室吗？"

纪淮走过去，托起他的手臂，迷彩服的布料有点厚，不中暑才怪。

医务室的门半开着，校医没在，倒是有一个女生站在药品柜前找着东西。早上的风穿过纱窗吹起她的短发。

纪淮和她对视了一眼。

易伽开口："校医去买早饭了。"

纪淮扶着那个男生找了个座位，易伽也找到了碘酒，将手掌侧面的创可贴撕下。

易伽给自己的伤口涂上碘酒，拿出一个新的创可贴。纪淮主动帮她，但这样不免就要看见她的伤口，一个大拇指指甲盖大小的伤口已经有点溃烂了。

"光涂碘酒有用吗？"

易伽也不知道："应该有点作用吧！"

纪淮将创可贴撕开，对着伤口贴下去："是不是碰水了？"

"嗯，昨天打工的餐馆洗碗手套没了。"易伽从纪淮手里将创可贴多出来的包装纸拿走，和她用过的棉球一起扔进垃圾桶。

纪淮吃惊："你不上晚自习吗？"

易伽的语气平平，仿佛没觉得自己这样会让别人同情，她自己都不难过。

她转身将碘酒放回柜子里："下晚自习去，十点钟到那里，十二点回家。"

袁费死了，但他们家需要钱。

那个对她、对她哥，甚至对她母亲造成无数伤害和心理阴影的家伙死了，但她和她的家人过得更糟糕了。

易昊被判正当防卫，可他从警局回来每天都躲在房间里，不出门不说话。

应琴自责，但易伽每天照常上下学，就像一切都没有发生过，母亲对她这副泰然自若的状态不知道说什么。

易伽也想窝在家里大哭一场，但她唯一的出路就是好好念书。

她只能靠着好成绩和一张名校录取通知书去打一场翻身仗，她现在没时间难过，她不想用以后大半辈子的时间在老房子里难过。

易伽有一张让人一眼看了就觉得她是个文科生的脸。个子不算很高，也挺瘦的，可那像是文静小女生的面容却带着和长相不匹配的氛围感。

是坚强，是清傲。

好像她坚强所以不需要别人安慰，安慰会破坏那份清傲。这其实很可悲，即便别人知道她的遭遇，她身上的氛围感却让人安慰不出一句话。

易伽在校医回来之前就走了。

坐在沙发上休憩的小学弟还是一副蔫巴的样子："为什么早上就中暑？前两天下午大太阳我还没有中暑呢！"

这涉及纪淮的知识盲区了。

校医正巧从食堂吃完早饭回来，听见这个问题，给学生解释："中暑和气温没有关系，和人体自身体温调节中枢功能有关，因为这个功能出现障碍了，就像你电脑主机散热出现问题了一样。当然也和你汗腺功能或是水电解质丢失过多有关。"

听着似乎挺严重的，校医欲扬先抑，量了个体温，又听了听心肺，补充了一句："不严重，把衣服脱了，床帘拉起来去床上躺一会儿。"

校医又看了看纪淮："你哪儿不舒服？"

纪淮低头看了看自己的上衣短袖，摇了摇头："我做好人好事。"

"活雷锋啊？"

彼时纪淮已经挪到门口了，她可不想光着膀子躺在医务室的床上，于是开溜："是的。"

纪淮再回到教室正巧早操也做完了，夏知薇脸被太阳晒得比猴子屁股还红。

郑丞笑她："猴子看了都直呼亲戚啊！"

"哼。"夏知薇看他满头大汗，喘着气的样子，"你这样子大猩猩也认你当亲戚。"

纪淮捂着嘴偷听加偷笑。陈逾司看着纪淮笑着的样子——和平时做完早操回来一点也不一样——没理会坐他前面两个人在斗嘴，只问她："你没做早操？"

　　"嗯。"纪淮将注意力从夏知薇和郑丞身上收回来。

　　"怎么了？"

　　纪淮没说自己不舒服，原本也不是很严重，不要剧烈运动和暴晒就行，就说了一半："做好人好事去了。"

　　"你天天做好人好事？"夏知薇和郑丞的战斗结束了，"怎么今天这个没送你甜筒啊？"

　　"我扶你心心念念的小学弟去医务室了呢！"纪淮嘚瑟道。

　　夏知薇果然哀号了一声，羡慕极了："他怎么了啊？"

　　"中暑。现在光着膀子在医务室休息，你用刘翔的速度冲过去应该能欣赏一下他的肉体。"纪淮打趣她。

　　夏知薇还真思考起她能不能为爱突破人类极限。

　　那副样子把纪淮逗笑了，她噙着笑，低着头把下节课的课本和笔记本拿出来。

　　陈逾司蹙眉，他以为纪淮笑是因为那个男生光着膀子。这能有什么好笑的？

　　他的语气不太好："你是不是特别喜欢看男生光着？"

　　"是啊！"纪淮点头，腹肌美男试问有哪个女生不喜欢，"你不也喜欢看吗？否则电脑里能有那么多'数学复习'？"

　　"那不一样。"陈逾司火了，"你怎么能在现实生活中看两个男生的身体呢？"

　　"什么呀？"纪淮听不懂，被他凶了也委屈，"他拉帘子了，我又没看见。"

　　这还差不多，知道是误会，陈逾司的语气放缓了。看见纪淮那委屈的样子，他说："你是不是没看见还委屈了？"

"委屈是你污蔑我的清白。"纪淮气鼓鼓地翻开课本，把水杯隔在两个人中间，"我要和你冷战，从现在开始你不准和我讲话。"

陈逾司头一次觉得自己有点变态，竟然看她生气的样子都觉得可爱，和别的女生甩脸子的样子不同，像个幼稚园和别人绝交的小孩。

十分钟后，陈逾司用胳膊捅了捅她。

纪淮躲开了。

一节课后，她还是没理他。

夏知薇上午最后一节化学课被留课堂了，轮到吃中饭的时候，夏知薇不好拉着纪淮不让她去吃饭："你走吧，带着我的口水和胃，去吧！"

陈逾司没走，站在后门，两个人对视了一眼，纪淮瞬间就把目光移开了，满脸写着生气。

陈逾司走在她旁边："去不去外面开小灶？"

纪淮下楼的脚步故意加快，可惜在陈逾司面前没什么用。发现自己甩不开他，她也不给自己找力气活："不去。"

陈逾司："我请客，去不去？"

纪淮的脚步停在最后一级台阶下："去。"

为五斗米折腰，纪淮不觉得丢人。

化悲愤为食欲，她有一个好心态。

吃完午饭回教室的路上她还敲诈了一杯奶茶，陈逾司让她敲诈，买的还是超大杯。

就是她生理期，顶多喝个常温的。

后门的门卫给他们把移动门开了条缝，纪淮低着头拿着杯奶茶喝着，好奇他怎么和门卫搞好关系的。他提醒她喝奶茶也要看路，又说："一条烟呗！"

纪淮这个人就是小孩子脾性，生气容易，消气也容易，一顿饭、一杯奶茶什么都好说了。

也好，至少以后好哄。

开学典礼敲定在国庆前最后一个晚上，正好是月考最后一天。

开学典礼前几天，陆陆续续有不少马路对面的艺术生来会议中心彩排，纪淮忙着备战月考，和陈逾司当了同桌之后，被他那副不怎么把学习放心上的状态给弄得神经质了。

他对她束手无措的扩展题信手拈来的样子，他不付出多少努力就能做到她全力以赴的程度，让她遭受的打击不小。

以前不在一个班级，纪淮还感觉不到多少两个人真实的差距，以前总是前后名，她总觉得差距就像纸面上那几分似的。

但事实告诉她不是。

体育课前的晚自习，班里几个男生连着休息的一小时一直在打球。

月考这把刀都快落下来了，纪淮晚饭就随口吃了两块饼干。

夏知薇转过身看她认真复习的样子："一个月考而已，你就这么拼命了吗？"

"你问问陈逾司，一个月考而已，他至于给我打击这么大吗？"纪淮看着他的空位子，想着他要是认真了会不会轻易就甩开自己更大一截。

"第四名也很好了，想想全操场你最聪明。"夏知薇都不好意思把自己的小说拿出来和纪淮的卷子放在一起。

纪淮一想挺有道理，但又一想："那我宁可做教室里最笨的。"

纪淮和夏知薇又随口扯了两句，书包里的手机一振。她看了一眼——四周都没有老师——悄悄把手机打开，是许斯昂给她发信息了。

他又不用上晚自习，走到楼下才发现钥匙没带，要是以前他就自己上楼找纪淮拿了，可惜现在腿脚不太好，他给纪淮发了条短信让她给自己送下楼。

许斯昂在短信中说在教学楼靠近操场的那个楼梯口等她。

纪淮从书包里找出钥匙，又把自己早上撑的遮阳伞带上了。

许斯昂拿着手机，倚在楼下的香樟树上，听见脚步声，一抬头，不是纪淮，是徐娇。

她这天是来这边排练的，远远就看见许斯昂站在树下："为什么不理睬我了？"

和徐娇疏远的时候许斯昂在医院里，刚出车祸没几天，到鬼门关走了这么一遭之后，他脑子里断的筋似乎突然连上了，有那么一些不想浪费时间了。他想如果自己当时倒霉得真要是死了，最后烧成灰被装在盒子里，就剩前女友和一些花边传闻供人在葬礼上讲述了。

不对，他爸妈信佛，唢呐队只会吹首丧葬专用曲，然后在和尚的经文超度中，路过他家门口看热闹的几个老太婆嘴碎地说："这家儿子，人啊，是真的一般，生下来还多浪费一副棺材的……"

如果真是这样那就太悲哀了。

"哪有那么多因为所以。"许斯昂头一回知道陈逾司为什么烦徐娇了。

不联系就不联系呗，他这个人之前什么风评徐娇也知道，这么多次头一回遇见甩不掉的。

"我们之前还很好啊，你是不是喜欢上别人了？我上学期看见你在学校门口搂了一个女生。"

许斯昂懒得解释了："对，我喜欢上别人了。"

可他这么说还是甩不掉徐娇。

她还一直喋喋不休，和这九月的夕阳一样热得人难受。

纪淮从台阶上蹦下来，刚走出楼梯的转角，结果就看见许斯昂正在现场表演绝交。

现在直接出去就太尴尬了，她躲在拐角偷偷地看着，没敢走出去。

陈逾司下了球场,远远看见一个鬼鬼祟祟的身影。他将篮球丢给郑丞,自己绕了一点路走到纪淮身后,脚步很轻,她还专注在许斯昂和徐娇身上。

球鞋跺地的声音不小,纪淮全身过电似的跳起来,树下的两个人已经看过来了。她低着头转身想跑,额头直直地撞到了身后陈逾司的胸口上。

陈逾司拦着,她不好躲。

"又偷看呢?"

纪淮怕被树下的人认出来:"我给我哥送东西。"

陈逾司抬头看见是徐娇,侧身将纪淮推到楼梯口去。

联想似乎是徐娇的专长,就因为一次月考出成绩看见许斯昂搂着纪淮的脖子就脑补出了"狗血"的戏码。

还是别让她们见面了。

陈逾司把纪淮手里的钥匙和遮阳伞拿走,替她走过去给了许斯昂。

他就像没看见徐娇一样,和许斯昂打了个招呼:"回去路上小心。"

"嗯。"许斯昂应下了。

徐娇用胡搅蛮缠证明了她是朵烂桃花,许斯昂懒得理她了,将纪淮的钥匙放进书包里,撑开那顶粉红色的派大星伞,扔下徐娇就走了。

纪淮继续用努力和封建迷信为自己的月考保驾护航。

每次考试开考前,她都双手合十,嘴里嘟囔一句:"阿弥陀佛,耶稣保佑。"

管不管用不知道,反正每次都能把陈逾司逗笑。

纪淮把祈祷的手放下:"又是语文又是英语的,总要都求一下。"

理科数学比文科多半个小时,走廊另一头已经吵吵闹闹了,纪淮还在埋头做最后第二道大题。写完之后,最后一道大题还是没有留下多少时间给她。

响铃后,监考老师从头开始收考卷,陈逾司的考卷一被收走,就听见后面传来重重的磕头声。

纪淮趴在桌上了。也不知道她疼不疼，磕这么响。

陈逾司："没考好？"

虽然全力以赴的失败也是一种成功，但一直失败也太打击人了。

虽然失败是成功之母，但能成功当儿子就儿子吧！

纪淮感觉不太好，数学她一直没有什么信心，现在还是个数学课代表，总不能课代表数学成绩被别人甩开一大截吧！

纪淮抬眸看陈逾司："你是不是全写出来了？"

陈逾司把水笔笔盖盖上，还给纪淮，抿了抿嘴，第一时间没接话，过了好一会儿才说："请你吃晚饭。"

这欲言又止，跟回答"是的"没有什么两样。

"不吃。"纪淮拒绝道。

陈逾司笑："看来打击真不小啊！"

纪淮"嗯"了一声。

"知道为什么你的数学一直考不好吗？"陈逾司问。

纪淮从桌上支起身子，看着他："为什么？"

他一本正经地搞笑："因为上帝只会英语，佛祖只会佛经，超出业务范围了。"

纪淮笑不出来。

看她都不笑了，陈逾司估摸着打击还挺大："你以后拜我，我保佑你。"

"这么好？"

陈逾司点头，看着她，眼里藏着笑："对啊，我就是这么好。"

"我想吃韭菜了，行吗？"纪淮问。

监考老师正好清点完考卷，宣布放学，话音一落，陈逾司就起身了，用行动告诉她——不能。

纪淮回了自己座位上还垂头丧气，陈逾司原本以为纪淮还要蔫巴好一会儿，结果夏知薇从隔壁班飞奔回来，把房盛的消息也带来了。

"房盛是谁啊？"纪淮的脑子被数学打击，想不起来了。

"我之前和你说的对面那个学现代舞的男生啊，他们艺术生在做最后的排练，他就在小卖部，我们快去看帅哥。"夏知薇要拽她起来。

纪淮没动。

陈逾司看她不动，还一乐。下一秒，脸就垮了。

纪淮起身："算了，去看看帅哥开心开心。"

夏知薇等不及了："楼梯口等你。"

纪淮侧身从自己位子上起来，步子还没迈出去，手腕就被人抓住了。她沿着那只手顺着胳膊看向陈逾司。

"看我啊！"陈逾司开口，"不是要开心开心吗？"

纪淮抬手，往他的手背上打下去："看你只会来气，考试回回都考这么好。"

陈逾司的腿伸着，把路也拦着了："坐下来，趁着题目还在脑子里，给你捋一下解题思路。"

夏知薇站在楼梯口等了半天，纪淮还没下来，就连一向晚吃饭的李致都捧着本笔记本下楼了。

孟娴一走在李致几步之后，看见了在楼梯口等纪淮的夏知薇，想起班级里人挨着人讲题的两个人。路过夏知薇之后还是停了脚步，说："陈逾司在给纪淮讲题，你别等了。"

来食堂吃冷饭的纪淮找到了坐在角落里的夏知薇，她刚啃完最后一个鸡腿。纪淮用筷子戳着白米饭，环顾四周，没看见什么帅哥。

夏知薇："房盛都走了，别看了。"

纪淮"哦"了一声，也不是太沮丧，反正迎新晚会的时候还能再看。

"陈逾司考完试了干吗还给你讲题？"夏知薇的粉红色小想法从脑袋里蹦出来，"我觉得他……"

说完，她坏笑加挑眉。

纪淮不着痕迹地翻了一个白眼，二十分钟前，也不知道陈逾司是不是编的，但他愣是把最后两道题的原题目写出来了。

看见纪淮那和题目互相不熟的样子，陈逾司大概猜到她的考卷能考多少分了。

"你连题目都记住了？"纪淮想要撬开他的脑子看看结构。

他的回答也气人："这有什么记不住的？"

纪淮向下拉着嘴角："你是不是也觉得他人特别欠？炫耀记忆力和智商的行为让人气愤。"

她愤懑完，叹气："但他真是聪明得该死。"

那个叫作房盛的帅哥，纪淮还是见到了。似乎是夏知薇吹得过头了，她觉得也没有那么帅。

"我感觉没有陈逾司好看。"纪淮客观地评价，"感觉你之前那个小学弟都比他好看。"

"人家一跳现代舞就不一样了，当然和陈逾司不是一个风格的。前者是含蓄气质美，后者是嚣张那款，帅得各有千秋。我们就看看，干吗非要比出个冠军？帅哥美女都是造福一方的存在，越多越好，我们使劲看就完事了。就可惜淮淮你没什么才艺，否则一上台，明天就可以在教室门口发爱的号码牌了。"

"祖国提倡环保，拒绝铺张浪费。打印几万张号码牌有违绿色概念，我们就低调地自我美丽。"纪淮和陈逾司待久了，做题的本事没学会，自恋学得一套一套的。

学校演播厅坐不下那么多人，除了高一能在现场看，其他年级的人只能在教室的电视上看转播。

这天晚上老师也不管，带烤串的有，玩象棋的有，偷偷玩手机的也不少，但像纪淮这样做作业的少。

最后排隐匿的地方有人胆子大，买了副扑克牌。

郑丞和纪淮换了座位，加入了炸金花的队伍里。夏知薇看见纪淮认真做作业，手里的小说又不好看了："你知道'放松'两个字怎么写吗？"

纪淮说："反正你等国庆最后一天也能知道了。"

夏知薇收起小说，拿出和纪淮一样的考卷，开始抄她之前题目的答案。

小品和相声纪淮都不怎么感兴趣，听见报幕的主持人说到舞蹈表演，她才会下意识地抬头。

挺意外的，徐娇是学古典舞的，她们翻跳的是舞剧《孔子》中的一个舞蹈《采薇》。

那舞蹈突出的就是杨柳依依似的舞姿，不少人的眼睛都看直了。很多女生也喜欢看小姐姐，夏知薇和纪淮就是其中两个。纪淮搞不懂，她表哥找了个女朋友怎么就分手了。

看见旁边男生都放下手里的事，盯着电视屏幕看，纪淮下意识地看向陈逾司。

他倒是没在看电视，而是悄悄探头，偷看着郑丞手里的牌，然后选择不丢牌，等会儿和他比大小。

《采薇》的时间不长，总共四分钟出头。

紧接着就是房盛的现代舞，背景音乐是钢琴曲，纪淮对古典音乐不了解，也听不出是什么世界名曲。

就如同夏知薇说的那样，他跳起舞来整个人完全不一样。

是好看，整个节目由包括他在内的两个男生还有六个女生共同完成，他不是绝对的中心，但观众的视线总是不由得停在他身上。

夏知薇问："是不是超帅？"

纪淮点头，是好看。

说完，节目一结束，纪淮又回到做题的状态，完全没有那种陷进去的感觉。

夏知薇灵魂出窍："一看他跳完舞就觉得自己怀胎十月了。"

"也太夸张了吧！"不过纪淮知道，对于夏知薇犯花痴的状态她必须跟着附和，"是的呢，不过真的好帅啊！"

虽然语气有点敷衍了，但夏知薇受用。

节目结束，这边炸金花又重新开始了。

郑丞刚看了一眼自己的牌，还没决定好要不要，陈逾司就把牌丢出来了："不玩了。"

他起身，出了教室门。

他和许斯昂巧得不得了，在老楼前碰见了。

许斯昂笑："我就知道你一看完他的节目就要下楼。"

陈逾司："说得跟你不烦他一样。"

两个人坐在老楼前，许斯昂故作洒脱："我现在修身养性了，人家爹摆在那里，你动手良心过意得去吗？"

陈逾司煽风点火："你妹觉得他帅。"

刚说完修身养性的人跳起来了："今晚我们就去堵他。"

陈逾司拒绝："不去，修身养性，良心过意不去。"

这段恩怨要从老楼翻新前开始说，那时候艺术生和普通文化课学生还在一个校区里上课，学校当时非要搞什么纪律巡查小组。

这差事当时真没有人愿意做，主要三中为了钱，学风不好的学生收了不少。

于是像许斯昂这种家里有钱、不怕得罪人、家底厚实的学生成了纪律巡查小组的主力军。

许斯昂没去，这种影响他逃课的事情，他同意就说明他脑子有病。

后来房盛成为小组一员后，专门盯着陈逾司和许斯昂抓，网吧围剿，迟到早退，他就像在许斯昂和陈逾司身上装了一个雷达似的。

许斯昂家底厚，学校只好不痛不痒地说两句，结果房盛真把自己当成正义的化身，在周一国旗下讲话故意指名道姓地说了小组长包庇，以及他们的情节恶劣。

于是，许斯昂和陈逾司照旧逃课上网，房盛被从巡查小组踢出来了。

那人是个直心眼，瞪着微红的眼睛看着他们："正义与公道必胜。"

许斯昂笑着拍了拍他的肩膀，路过他："这世道，金钱赢定。"

现在回想起来，许斯昂起了一身鸡皮疙瘩："我当时好欠啊！"

陈逾司没接话。

后来他们才知道房盛的爸爸是个因公殉职的警察，坚守正义和公道是他从小被教育的观点。

沉默蔓延在两个人中间。

"国庆我和我表妹要去我外婆家。"许斯昂暑假身体不好就没去，现在也是时候去一趟了。

国庆几天，陈逾司每天起床都只看见对面开了一个小缝隙的窗户，房间里空荡荡的，浇水的时候突然抬头没看见对面书桌前的人，总有一些不习惯。

但朋友圈里纪淮的动态发了不少。

有爬山，有打卡她以前上学的学校，还有以前总吃的店铺……

陈逾司没找纪淮，给许斯昂发了条信息："玩得挺开心的嘛！"

许斯昂回得挺快："我在床上躺了三天了，除非我的腿装一个金刚义肢，否则我觉得吃不消。"

陈逾司又问："什么时候回来？"

许斯昂回："虽然知道你不是想我，但我还是大发慈悲地告诉你，后天。”

后天也就是开学前一天。

陈逾司等了一天，直到夜幕落下了，小区里的路灯都亮了两个多小时了，一辆车才缓缓地驶入许斯昂家的车库。

又等了十分钟，对面房间的灯亮了，陈逾司装作偶遇似的拿起水壶，浇第三遍水。

纪淮拿了一盒饼干出来，灌浆曲奇，她的最爱，她把手撑在阳台上递过去给他：“给你带的。”

开心。但他还是慢悠悠地放下水壶，“哦”了一声：“谢谢啊！”

一个国庆假期，他没有主动找纪淮，纪淮也就没有主动找他。每天发朋友圈各种图片，还遇见了她以前高一的男同桌，甚至还单独发了一条动态。

文字是：“奇妙的缘分，偶遇了以前的同桌。”

下面是两个人凑得很近的合照。

他酸：“国庆玩得开心吗？”

纪淮点头：“当然啊，去了好多地方，我还遇见了我以前的同桌，你是不知道他……”

不仅单独发了一条动态，现在还单独拎出来和他说。

陈逾司开口打断，扯出一抹假笑，哼笑一声：“开心就好，明天月考成绩就出了，希望你能一直这么开心下去。”

他转身进屋，对面阳台上的人恨不得拿拖鞋丢他。

“陈逾司，你讨厌。”

每天早自习前都是一场兵荒马乱，小假期过来的兵更荒、马更乱。纪淮托着腮在背语文默写范围，那不在状态的样子比抄作业的同学看上去还心如死灰。

宋书骄拿着一张成绩单慢悠悠地踱步走进教室，站在门口轻轻敲了敲门："都高三了还天天抄作业，你们指望抄作业考大学吗？还都是重点班的同学呢，你们一个个去普通班都是大拇指，有点自信好不好？"

不怕死的那个开口："我可有自信了，否则都不借作业给别人抄，当然也全靠同学们对我的信任。"

宋书骄拿粉笔头丢他，可惜没砸中："除了课代表收作业，其他同学在位子上坐好，我公布一下九月月考的名次，具体分数留给各科老师揭晓。"

死也不能死个痛快。

班级前三名没有变化。

孟娴一班级第一名，年级第二名。

陈逾司班级第二名，年级第三名。

纪淮班级第三名，年级第四名。

第一名还是隔壁班的李致。

陈逾司看着文言文，语气怪怪的，显然还在生气："恭喜啊，发挥稳定。"

纪淮虽然不服气，但还是自我安慰："算了，数学我自己都知道考得不好，还能第四名，我满足了。"

陈逾司不信邪，反问："真的？"

"假的。"纪淮停止自我催眠安慰，但能有什么办法呢，"难不成我现在哭？"

"哭吧，叫你高一的男同桌来给你擦眼泪。"陈逾司呛声。

什么呀？纪淮搞不懂他怎么就莫名其妙提到她以前那个同桌了。

但她一想："不过他是挺温柔的，是个会给别人擦眼泪的人。你还挺会看人的嘛！"

挺会看人？

陈逾司能预见自己要被气死在下一秒。

纪淮和那个同桌关系好，那个同桌初中的时候是个小胖子，大概是体形原因，很多男生都喜欢逗他玩。但在纪淮看来，那些让本人苦恼的捉弄一点也不好玩。

高中分同桌的时候，纪淮被分到和他一桌。

他也怕纪淮是因为老师的安排不好拒绝，即便心里不愿意但还得同意而为难，便主动说："我可以一个人坐在最后一排的。"

纪淮摇头，表示没事："你正好可以显得我娇俏一点，而且我听说你特别喜欢带零食上学，我也嘴馋，下回我们还可以交换小饼干。"

后来那个同桌慢慢地控制饮食，也瘦了不少。高二分文理后他们不在一个班级了，纪淮再后来就转学来了这边。

按照一天的课表，最先来的是语文成绩，再是英语、理综，最后才是数学。

纪淮还是除了数学，其他三张考卷分数都和陈逾司差不多。

她上节课一下课就去办公室询问过老师是否需要帮忙提前发考卷，数学老师板着张脸拒绝了。

课间的班级闹哄哄的，不少人还在问纪淮考卷的事情。

没一会儿，一双细高跟停在了教室门口。

"一个个都觉得自己的分数很高了是吧？这么迫不及待想知道分数？"数学老师将手里的卷子丢到讲台上，"一百五十分的卷子，一百四十分以上的两个，一百三十分到一百四十分的一个都没有。你们一个个考的什么东西？考卷难度有，但就这点难度你们就这样了？一个个回去复读算了，就这样还想高考？报名字，一个一个上台来拿考卷。"

纪淮的心沉到了谷底，这样一来，她至少和陈逾司差了二十分。

现在她颇有一种，别人考一百分是因为这张卷子只有一百分的感觉。

陈逾司的余光看着旁边低着头的纪淮。她垂着脑袋抠着手，看不见表情，但他知道她的状态不怎么好。

陈逾司还是全年级数学第一名，孟娴一的数学比他和李致的稍微低了一些。

考卷是按照分数排的，纪淮是第三个。数学老师报了纪淮的名字，在她上讲台拿考卷的时候又来回看了一遍她考卷上的错题。

老师一言不发，但表情上已经以"失望"为主题思想，写了一篇八百字的小作文了。

纪淮看着考卷上红笔写出的三个阿拉伯数字"128"。

班级里大多数都是百分出头，她这个分数也不算难看。但她是第四名，可这第四名的成绩和前两名差了十几分。

纪淮回到座位看着上面的错题，没有粗心犯错的题目，错的全是她不会的。

最后两道大题是重灾区。

一节课的时间并不够讲完一张考卷，剩下的题目，数学老师让大家自己订正："明天早上和作业一起收上来。"

纪淮问陈逾司借了考卷，看着那几个赏心悦目的大钩，他大题一题都没错，扣分的是一个选择和一个填空。

可能不小心算错了。

数学成绩带来的低气压没有随着数学课结束而结束。

还有难的大题没讲，不少人来问陈逾司借数学考卷订正，陈逾司全拒绝了。

纪淮也听见了他这么拒绝别人，讪讪地把这张全年级第一名的考卷原封不动地递还给他。

陈逾司看她："不看了？"

纪淮的脑子还蒙着，数学分数的打击犹在："你不是不借吗？"

陈逾司扶额："你是不是傻？"

纪淮看着自己考卷上的"128"，点头："是的。"

这么爽快就承认了，还委屈巴巴的样子，他都不好开口再损："走了，吃晚饭去。吃饱了晚自习再来难过。"

纪淮的眼睛一亮："你请？"

陈逾司无奈："我请。"

甜味奶茶解人心中苦楚。

纪淮嚼着椰果和珍珠："我都忘记问我哥考多少分了。"

陈逾司手里拿着一瓶可乐："你已经堕落到要从他身上找自信了吗？"

"因为你的存在对我造成了毁灭性的打击。"纪淮叹气，抬头迎着夕阳余晖，眼睛有些睁不开。走在她前面的陈逾司步子迈得大，又恰好她步子放慢了，看着他们之间的距离，真像数学的分差。

纪淮越走越慢。她乐观，从小就乐观。即便妈妈不在身边，外婆也把她养得很好，她小学毕业后，外婆送了她一份生日礼物，是附近图书馆的借书卡。

书籍中各种主人公的故事她都读过，他们或坚强，或勇敢，或乐观，或善良……纪淮在童年把《钢铁是怎样炼成的》来来回回看过很多遍。

可她好像没有想象中那么乐观，但太阳是她想象中的热。考卷的苦难袭来，如此程度她就崩溃了，可见看书也不一定有用，毕竟道理大家都懂，难在调节自身。

这十月初的太阳即便要下山了还依旧火热，操场上打球的学生鲜活的肢体在奔忙。

这样的日子，纪淮一抬头就看见他肩头的余晖，一时心头悸动。

从操场上横穿过来的女生是高一模样，手里拿着一袋零食，将陈逾司拦了下来。大约还不知道陈逾司的脾气，越是追他的，他越是不会给好脸色。

等纪淮走过去的时候，那个女生有点沮丧。透过半透明的超市塑料袋，纪淮隐隐约约看见里面有包辣条。

嗯，想吃。

纪淮盯着零食看的动作有点明显，那个女生也注意到了，打量着面前这个有点奇怪的学姐。

纪淮只好尴尬地朝她笑了笑。

"走快点，你不订正数学了？"陈逾司站在不远处喊她。

那个学妹似乎意识到了什么，看了看纪淮，又看了看陈逾司。

纪淮小跑着过去了，奋斗还要继续。

斗志需要被燃起，年轻的生命不惧拼搏。

十分钟后，纪淮倒下了。

"为什么都六点了，太阳还这么大？"纪淮头顶着课本，身上晒着，心里烦着。

陈逾司不着急地看着漫画书："难道还能比早上做早操时候的阳光更晒？"

也是。主要还是这张分数惨淡的数学考卷害的。

陈逾司把漫画书收起来，慢悠悠地拿出自己的数学卷子，去订正两道小题："而这样的太阳你还要再晒一个月，等到下一次月考你才有那么一丢丢逆天改命的可能。"

听完他这不像人话的发言，纪淮颓废得很彻底。

她脑袋里自动蹦出鸿门宴，前思后想有点残忍。

算了，还是用安眠药吧，至少死不了。

但万一去药店买药留下购物记录就不好了，还是给他找个女朋友让他沉迷恋爱无心学习吧！

她想了一圈身边认识的女生,实在是找不出一个能被她推下火坑的。就是能找出来,要一个女生遇上陈逾司这张嘴,她当了红娘都是缺德的行为。不行,她得积德行善,下辈子没准能拥有陈逾司这种脑子。

纪淮瞎想了半天,陈逾司发现她安安静静地趴在桌上神游,余晖将她的头发照成橘黄色,眼睛像棕色的玻璃珠子。

陈逾司:"受打击了?"

纪淮转动着眼睛,看他的目光有点埋怨,语调阴阳怪气:"虽然你说话打击人,但没想到眼神还挺好使,我受打击都看得出来。"

陈逾司自然听出了她话里的另一个意思,没一会儿就把自己的数学考卷订正完了。他伸手去扯被纪淮枕在脑袋下的考卷,给她看错题:"也不是第一次没考过了,还没习惯啊?"

"也不是第一次没考过你了,都这么多次了也没见你安慰过我啊!"纪淮抬了抬头。

"安慰、安慰,我安慰你,行了吧?"陈逾司搬了搬椅子,将草稿本放在纪淮的考卷上,"现在坐起来,看题目。"

纪淮支起身子:"就这样?"

陈逾司指了指她最后一道题,笑:"你这道题就算成这样?"

因为知道大家要订正考卷,宋书骄对这天晚自习的纪律睁一只眼闭一只眼。只要不是吵吵闹闹,在认真讨论题目中稍微有些浑水摸鱼的他也就放过了。

纪淮讨厌分析几何,计算量太大。但陈逾司能很简单地就给她理顺思路,讲题不讲全,让她自己再动脑子,这样记得住。

陈逾司在旁边看着,看她在草稿本上写着,等算到下一步,见她还没意识到错误的地方,他用水笔笔尖点了点那个多出来的数字。

纪淮发现了写错的地方,在草稿本上随意地涂掉后,重写。

有他在,一张考卷订正起来很快。

纪淮看他给自己检查的样子,是很难让人不心动的专注样子。

"陈逾司……"纪淮小声叫了他的名字。

他看着纪淮的考卷,人靠过去,耳朵贴过去,听她讲话,注意力在她的卷子上,回答得有点漫不经心:"怎么了?"

纪淮的视线顺势落在他的耳郭上:"没什么,谢谢你给我讲题!"

水笔在陈逾司指间转着:"客气什么?放学请吃个东西,什么都解决了。"

纪淮重新坐端正了:"没钱。"

第
十
二
章

　　高二的月考成绩也出来了，纪淮下楼的时候，蒋云锦手里拿着许斯昂月考的考卷，表情有点严肃，眉头微蹙，但神色不似以前那么痛心疾首。她来来回回看着考卷上的错题，叹了口气，这成绩真的算不上好。

　　就是一个中下游的水平。

　　蒋云锦不敢逼他了，只能旁敲侧击问他接不接受补课。为了让儿子不要那么反感，蒋云锦先是对纪淮提了一句："虽然才开学，但我听说寒假的高三冲刺班已经在报名了，囡囡，你要不要补补数学？"

　　那肯定要花钱，纪淮拒绝得挺干脆，大姨不是妈妈，平时给她洗衣做饭还给她零花钱，其他方面的开支，她是真的不好意思再占大姨家的便宜。

　　蒋云锦心想暑假许斯昂能看见纪淮学习，被带着一起看看书，想着补习班应该也是这个原理，这得先说服纪淮去辅导班，到时候再把许斯昂也送去。可惜外甥女没照她的想法接话。

　　纪淮没吃两口饭就出门了，出门的时候下意识地看了隔壁一眼。

　　许斯昂瞥见了纪淮的视线，随口一问："你们现在是同桌了？"

　　纪淮听见表哥的声音，将目光收了回来："嗯，晚自习同桌讲话，然后就被班主任换了位子。"

两个人随便聊了两句就到了小区门口，许斯昂要去坐公交，纪淮看了一眼时间，不算特别晚，走路上学还来得及。

许斯昂在小区门口和她分道扬镳，从口袋里拿出公交卡。原本蒋云锦是想让他爸爸的司机接送他的，但又怕他受上回的刺激。她又想了一些办法，但全被他拒绝了。她不敢强迫他，他说想自己上下学，她也只能同意。

小区很大，靠近独栋区的后门一般没有什么坐公交的人。许斯昂上车之后，车里零零散散坐了几个买菜的爷爷奶奶，靠窗的位子还有一个脑袋跟随着汽车晃动的人。

脑袋的主人疲倦地闭着眼睛，额前的刘海有些长了，有几缕被风吹得翘起。贴着创可贴的手和一个书包垫在脑袋和车窗之间。

书包拉链半开，此刻一个钱包正在被后排的男生一点点地扯出来。

许斯昂慢悠悠地走过去，一屁股坐在了那个男生旁边，那人也被吓了一跳，钱包又掉回了书包里。

还有一站路的时候，车上上来了几个不想走路的学生，有一个女生看见了熟人，背着书包走到后排："易伽，别睡了，醒醒，马上就要到学校了。"

陈逾司比纪淮还早到。纪淮为了不饿肚子，路上还买了个早饭，最后是踩着铃声来的，以小组为单位的作业已经收齐放在她的桌上了。

陈逾司在看默写范围，每次都是早上看几遍，但就是脑子好，能记住。

下午体育课一解散她就和夏知薇跑去了小卖部，从冰柜里拿了一个甜筒，付钱的时候看见了货架上的"快乐河马"。她心一横，还是没舍得买。

纪淮和夏知薇坐在后门吃着甜筒。后门的猫窝里少了一只猫，小卖部的阿姨解释："猫大了，会跑出去的。"

纪淮摸了摸剩下几只猫的脑袋，往猫盆里加了点粮。

穿堂风惬意，可夏知薇没有惬意多久就想到自己早上的默写还没有订正完成："完了，我把英语默写给忘记了。"

她咬着甜筒就往教室的方向跑，纪淮在她身后喊了一声："我的订正本在课桌里，自己拿。"

树荫下，剩下的三只猫看似没有任何忧愁烦恼地开始打闹嬉戏，没有上学烦恼，没有升学压力。纪淮咬了口甜筒："真好，真羡慕。"

陈逾司没打球，刚和旁边的人聊了两句，余光里纪淮已经跑得没影了。

旁边的人问他："打不打球？"

"不打了，我去买水。"陈逾司把投过来的球在掌心转了一圈，朝着刚才的方向又丢了回去。

陈逾司走进小卖部的时候就看见后门口的身影，白色的制服被风灌满衣袖，头发在风中扬起又落下。他拿了瓶可乐，付完钱后走到她身后，将冰可乐贴到她左边的胳膊上。

纪淮神游的时候感觉自己的左手被冰了一下："嘶——"

本能让她下意识地朝着左边看过去，却察觉到有个人用脚钩走了先前夏知薇的小板凳，那人在她右边坐了下来。她又朝右边看过去，正巧撞上一张凑过来的脸。

拂面的穿堂风一瞬间被吹走，滚烫的呼吸洒在她脸上。

这张脸，面部轮廓硬朗，骨相优越，但卡在这个年纪的成熟和青涩之间。有时候低头做考卷像个穿白衬衣的男孩子，有时候一个懒懒的抬眸看人又是另一种感觉。

他没动，两个人就保持着这个距离，他问："发呆呢？"

这个距离，纪淮没办法把眼睛挪开，视线撞进他的眼睛里，瞳仁被阳光照成棕色，亮而干净。

"嗯，顺道乘个凉。"

陈逾司"哦"了一声，将手里的可乐随手放在地上，两条腿懒懒散散地朝前伸着："这猫怎么这么胖了？"

纪淮想到了他上回过敏："你走快点，小心再过敏了。"

当然她也想到了上回喂药时候闹的乌龙。

陈逾司愣了一会儿才演技拙劣地捂着口鼻："哎呀，我都给忘了。"

差点忘了还有这个人设了。

纪淮看出来他是装的："你上回骗我是不是？"

他不承认，抬手摸她的头顶，只说："嘘——现在是邻居又是同桌，'骗'这个字太破坏关系和感情了。"

"我还以为真的是我睡太熟没听见下雨，我还以为真的是你怕猫淋雨结果抱猫进屋避雨才过敏的呢！"纪淮把头上的手打掉。

陈逾司察觉到手背上的力度，知道她有点生气了。

可看她喜怒因自己，他也高兴，盯着她的眼眸一沉："你那时候真的紧张我啊？"

纪淮没良心地回答了实话："那倒也没有，我那时候就怕你真的去向我大姨告状。"

说完还怕气不到他似的补了一个露齿的标准笑容。

陈逾司被气走了，连着好几天上下学纪淮都是一个人。在学校他也不和纪淮讲话，不是去打球就是在座位上看漫画。

原本纪淮以为会一直和陈逾司这么别扭地相处下去，出现缓和是在十月中旬的一次数学随堂小测。

那天也不知道是基金变绿，还是数学老师头顶变绿，连着好几天数学课气压都很低。

纪淮作为数学课代表，感觉有把刀悬在头顶。

随堂小测的成绩很快就出来了，不少人的考卷上，批改的红笔记号已经用力到将考卷纸给划破了。

纪淮连着几个课间都被叫去统计分数，回来的时候整个人像是从负能量池子里捞出来一样，委屈巴巴的。

陈逾司从课桌里拿了把"机智豆"给她："没考好挨骂了？"

纪淮把"机智豆"拆了："也还好吧，比上次月考的分数好看点。"

她是考得还好，但架不住班级里其他人考得不怎么样。殃及池鱼，连她第二天去交收齐的数学作业的时候都还被无缘无故地骂了一句。

早上宋书骄来得早，第一节课连着第二节课一起上了，不只是纪淮，其他科的课代表也没有来得及交作业。

数学老师顶着一张夏知薇口中"老便秘"一般的脸色："都第几节课了？你干脆不要收上来了，都现在这个时间点我怎么来得及批改？"

纪淮抱着那摞考卷有点委屈。

其他也才收到作业的老师出言劝了句："彭老师，是老师课间没放，孩子们连厕所都没有时间上，别生气，对身体也不好。我今天带了盒巧克力，吃一块。"

然后给纪淮使了个眼色，叫她放下考卷赶紧走。

"成绩也不是最好的，干活手脚也不麻利。宋老师不是按照成绩安排的吗？那我的数学课代表应该是陈逾司啊！"

她一说完，在对面老师桌前订正化学考卷的陈逾司抬眸，看着数学老师，拒绝的话丝毫不留情面："别想了，我不会当你课代表的。"

化学考卷交完，陈逾司和走在前面一步的纪淮一起出了教师办公室。

高三的走廊上有学生在老师看来都是不应该的，只有几个步履匆匆的学生，要么去上厕所，要么去办公室。

陈逾司拍了拍纪淮的脑袋："难过了？"

纪淮摇头，放慢脚步跟他一起走，表情和之前去办公室统计数学随堂小测成绩回来时差不多，疲倦又委屈："我原本也不想当课代表，又不是我死皮赖脸，明明是班主任自己赶鸭子上架。"

纪淮这人情绪来得快走得也快，吐槽了数学老师和班主任一句，就解气了。

反正她也不是特别想要做这个数学课代表，数学老师想换掉她就换掉。

"但你为什么不愿意啊？"纪淮也挺好奇的，"你的数学成绩一直很好啊，而且明眼人都看得出来数学老师很喜欢你。"

陈逾司抬手搭在纪淮的肩头，没顾及在学校，而且还是在走廊："她刚刚都快把我同桌凶哭了，我缺心眼，我给她当数学课代表？"

纪淮心里的小鹿初生，脚步蹒跚。

说不心动是假的，只是纪淮不知道要怎么控制这感觉，没有人教导过她这些，小时候没有人教过她要怎么去处理男生送的橡皮擦，外婆只说不能收。家里没有恩爱的父母，她没有现实生活中爱情的蓝本作为一个答案。

小时候，外婆说男生送的东西不能收。再大一些，等她稍微懵懂的时候，男女生就是不对头，打架的时候她只觉得男生讨厌。

处理陈逾司给她的这种感情，她心中唯一的答案似乎只剩下外婆的"不能收"。

但再听话的孩子路过糖果柜台，即便知道不能买，还是会眼馋。

经过了"数学课代表"那件事，纪淮和陈逾司的关系缓和了不少，他又开始给她讲题目，不过大部分时候是因为他要逃晚自习或是逃周六的自习，得叫她打掩护。

纪淮这人能处理好自己那一亩三分地就挺不容易了，对他要去上网这件事，实在是没有老师痛心疾首的感觉。

他这周五晚自习要逃课去上网。

郑丞跟他一起去，只见陈逾司收拾完书包，抬手揉了揉纪淮的脑袋："我早退去网吧上网了。"

纪淮从数学难题里抬起头，只简单地"哦"了一声表示自己知道了。

郑丞单纯好奇陈逾司这一系列行为。

陈逾司故意诓他："玄学，一和她说完我今天排位就能上分。"

郑丞原本还不信，结果陈逾司不玩豹女，随随便便拿个盲僧和人马都上了分。

第二天周六，高三还需要返校自习。

班级里大部分人都在"摸鱼"，午休的时候纪淮在和陈逾司讨论数学题目。他发现有难度，这才把手里的漫画书放下，从她手里抽走水笔，在草稿本上慢慢地开始演算。

郑丞不怕死地把手机带来了，那拿手机的姿势一看就知道是在打游戏。

就是战绩不堪入目，连跪了两把之后，郑丞听见了后桌讨论题目的声音，又想到了昨天在网吧上网的时候陈逾司说和纪淮报备是带着玄学的。

他一咬牙，转身喊了一声纪淮。

纪淮不解地看着叫自己的郑丞，只听他说："纪淮，我要玩手游。"

所以，这和她有什么关系？

没等纪淮搞清楚状况，郑丞两只手来回搓了搓，又重新拿起手机。

郑丞弄得她一头雾水，数学题也是一头雾水。

"两"头雾水。

纪淮想叫陈逾司继续讲题的，但恍惚间发现了不知道什么时候站在窗外的宋书骄。

宋书骄看了一眼郑丞打游戏的姿势，问纪淮："他和你说什么了？"

班主任的声音一出，全班瞬间被按下了静音键，郑丞手疾眼快地把手机扔回课桌里，脊背发凉。

纪淮老实地回答："他说他要玩手游。"

虽然纪淮也不知道为什么玩手游要告诉她。

不出意外，郑丞的手机被没收了。他被宋书骄喊去了办公室，纪淮后知后觉地发现自己干了坏事。

陈逾司把最后计算出来的答案圈了出来。他大难不死，正巧纪淮问他题目，否则漫画书也要落入宋书骄的魔掌了。

郑丞没一会儿就回来了，一脸哀怨。

夏知薇偷偷摸摸又把小说拿了出来，看见郑丞那不好的脸色，落井下石道："活该。"

宋书骄对于没收手机这件事也是痛心疾首："孩子们啊，你们都高三了，这个月没两周的时间就又要月考了，十二月底还有全省模拟联考，下学期还有八省联考，这眼睛一闭一睁就是高考了，还一个个玩手机、看课外读物、聊明星八卦呢？"

纪淮用胳膊捅了捅陈逾司："听见没？看课外读物。"

陈逾司偏头靠过去："没办法，不认真都比你考得高。"

"有没有听过一句话叫作骄兵必败？"纪淮哼唧了一声，反呛他。

陈逾司笑："赌不赌？"

纪淮瞬间泄气了，看见她气势上就举白旗的样子，陈逾司开始用激将法。

"知道为什么我不好好学习吗？"他开始王婆卖瓜，炫耀道，"一个人口渴，他的面前现在摆着一杯水，喝半杯就已经能解渴了，为什么非要喝一整杯呢？"

他说自己随便学学的成绩就够用了，没必要学李致那股水浒好汉的拼劲。

"是、是、是，你是天才儿童，从小穿雀氏纸尿裤。"纪淮看着草稿本上陈逾司演算的解题步骤。

陈逾司引她入瓮："要不要赌一把？搏一搏，单车变摩托。"

"输一输，西装变底裤。"纪淮不上当。

看她拒绝的态度坚决，陈逾司还想着要怎么办，结果第二天机会就找上门了。蒋云锦还是在为许斯昂的成绩烦恼。

许斯昂不肯去辅导班，蒋云锦不敢强迫他，但是让一个当妈的就这么看着儿子的成绩没有起色也是一种折磨。纪淮也不是没想过去给许斯昂补课，但她光是管好自己就够呛。

最后，陈逾司似乎是最好的人选。

纪淮坐在他卧室的沙发上，吃着他买的零食："赌一把。"

陈逾司懒懒地窝在电竞椅里，电脑屏幕上还是显示着《英雄联盟》这款游戏，他对豹女这个英雄已经熟练到不行，一边和纪淮聊天，一边看线拉野。

"如果我赢了你就给我哥补课。"

陈逾司答应了。

纪淮又问："如果我输了你想要什么？"

陈逾司的目光将她从头到脚扫了一遍："想不出来，但是……又必须想出来。"

纪淮难得脑子灵光，一下就听出这话里的意思，她没什么"使用价值"，但他月考绝对会赢，所以这条件必须想出来。

"先欠着吧！"陈逾司一时半会儿想不出这送上门的好处应该怎么具体化。

夏知薇发现纪淮看书更用功了，连中午去食堂吃饭都要拿着本笔记本。

纪淮还没有走火入魔，夏知薇先疯掉了："你这么认真，我感觉我头悬梁锥刺股都是本分了。"

纪淮说她有不能考砸的原因。

"我爸爸也说我如果月考能考一次进前三十名，寒假就允许我随便花压岁钱过生日。"夏知薇扒了一口饭，精神抖擞道，"我也拼了。"

陈逾司发现了纪淮的用功，看她用功得上下学路上都拿着错题本。

月考前一天，陈逾司照常三把排位，然后去阳台浇花，摆弄一下韭菜。

纪淮刚复习完笔记本上的知识点，眼睛有点酸。正准备把窗帘拉起来睡觉，一抬头就看见对面阳台上浇花弄菜的陈逾司："你还不睡啊？明天都要月考了，你还弄什么花花菜菜啊？"

陈逾司听见声音，停下了手上浇花的动作，拎着水壶道："怎么，督促我努力？"

纪淮回过神来，捏着窗帘准备拉上："忘记了，这不是组队游戏。你快点熬夜通宵打游戏吧，我要当第三名。"

陈逾司没生气："熬夜通宵也能赢你。"

月考放榜那天，已经是秋老虎的尾巴，天热得像夏天，但桂花已经败了，树叶也变黄了。深秋到底还是要来了，赶走鸠占鹊巢多时的夏天。

陈逾司不紧不慢地在校外开了小灶，回学校的时候看成绩的学生换了一批又一批，有个身影一直站在宣传栏前没动。

陈逾司把手里的外带奶茶递给她，成绩好的好处就是，太容易就找到自己的名字了。

李致这次没有考过孟娴一，拿了个第二名，两个学神的神仙打架让人叹为观止。

相较于他们，陈逾司还是稳稳地霸占着第三名。

这次月考不算难，所以他和纪淮的分数很近。

陈逾司故作叹息："差了三分。"

他说可惜啊，就差一点点："就差一点点你就可以不用做早操了，我还可以免费帮你表哥补课。"

纪淮愣是半天都没有听出他语气里那份明显是欢喜的语气，怎么就冒充惋惜了。

她将吸管戳开奶茶的塑封膜，是葡萄味的果茶。

陈逾司拍了拍她肩头的校服布料，看她有点失落："要不要靠在哥哥怀里哭一哭？"

她难过倒不是因为考试没考过他，而是因为自己没能赢他，让他可以给许斯昂补课，为大姨分忧。

不在父母身边长大放在别人眼里是一件可怜的事情。纪淮作为当事人其实并不难过，也不觉得自己有多可怜，外公、外婆对自己很好；大姨一家，从大姨父到表哥从小也宠爱她。

她收获了很多人的爱意，但自己到头来好像没帮上什么忙。

陈逾司的手臂张开，没见纪淮进怀抱，便放下手："难过啊？"

纪淮嚼着嘴巴里的果肉："有一点。"

她嘴上说着有一点，但到晚自习下课都没说什么话的状态明明是"有亿点"。

十一月的夜晚不知道在哪一天突然加快了天黑的速度，纪淮晚自习开始盘算自己给许斯昂补数学的成功率。

她不是个天赋型的学生，努力才有现在的成绩。给许斯昂补课势必分走一部分自己学习的时间。

纪淮大致做了个时间表，只能挤压晚自习的时间，利用晚自习尽可能多写点题。

陈逾司坐她旁边实在是忽视不了她奋笔疾书的样子，等她停笔抽走她手下的时间表，眉头微蹙："你是不准备活了吗？"

纪淮从他手里抢回时间表："想给我大姨分忧。"

陈逾司哼了一声："我看你是想为猝死数据和殡葬行业添砖加瓦。放学请你吃麦旋风。"又说，"只要许斯昂配合，我可以给他补数学。"

纪淮瞬间喜笑颜开，川剧变脸莫过于此："好呀！"

不过她转念一想："会不会占用你的时间？"

陈逾司继续翻他的漫画书："我吧，就是比你聪明，比你哥打游戏厉害，还比他帅。"

陈逾司看她到底是个缺心眼的，他呢，现在唯一需要做的就是把她的缺心眼给补起来，先有女娲后有他，前者断神鳌之足撑苍天之四极，后者为爱拯救低情商女友感天动地——虽然对方并不知道自己是"女友"。

人的悲喜是不相通的，纪淮当然不知道陈逾司的心塞，她现在只知道一个奥利奥冰激凌的甜味能拯救世界，如果不能拯救那是一个麦旋风还不够。

陈逾司其实比纪淮这个表妹都了解许斯昂，许斯昂能坐下来好好补课，就不是许斯昂了。

周日补课，许斯昂先是嫌客厅的椅子坐得屁股疼，纪淮不嫌他事多，还特意给他找了个坐垫。陈逾司看见纪淮跑上楼又跑下楼的身影，向下拉着嘴角。

许斯昂没一会儿又怪客厅的灯晃眼，折腾来折腾去，最后拉着陈逾司去了自己的房间。

大约是因为知道陈逾司要给自己补课，许斯昂抗拒学习，做一件讨厌的事情时屁事多："纪淮，我想吃水果。"

一会儿又喊："我要喝果汁。"

纪淮照顾他惯了，又切水果又倒果汁的，一点怨言也没有。

但陈逾司不爽。

许斯昂喝了一口果汁，又叫住纪淮："你之前拿下楼的那个坐垫你帮我重新拿上来，这个椅子坐得屁股疼。"

纪淮又折返回楼下，听话地按照许斯昂的吩咐把他先前在楼下还嫌弃坐得不舒服的坐垫拿了上来。

许斯昂更不客气，站起身，等纪淮直接给他放在椅子上，等她放好了又像一个大爷似的再重新坐下。

纪淮早就习惯了去照顾许斯昂。小时候的一个暑假许斯昂来外婆家和纪淮一起过暑假，有一次为了她出头打架，最后把手给打骨折了。她内疚地帮他洗了一个月的脸，喂他吃了一个月的饭。

许斯昂对她好，他小时候红苹果没几个，暑假还特意全带来送给她，就是怕她没有。结果她给他展示了一面墙的奖状、大拇指和红苹果。

他不嫉妒，还逢人就炫耀，乐呵呵地夸纪淮："我妹妹特别厉害，她有这么多、这么多的奖状和红苹果，她还有大拇指呢！"

纪淮忙完之后，才离开回房间，临走前还帮忙把许斯昂卧室的门带上，尽可能地给他们一个良好的补课环境。

房间门关上的那一刻，陈逾司更不爽了，给许斯昂补课的想法也没了，懒洋洋地坐在他床边，一只脚搭在他的椅子上，一用力，带滚轮的椅子被踢远了一些。

许斯昂不明白为什么陈逾司突然踢这么一脚。

陈逾司是故意的，但嘴巴上说是不小心。他手里拿着许斯昂的数学考卷，他讲题不会讲太细，主要还是留给听题人一点思考的空间。

这种方法对纪淮很管用，对许斯昂就不怎么管用了，他就像个必须请人把饭喂到嘴巴边还需要喂饭人说"啊，嘴巴张开"的幼儿。

"这个 X 是被你卖掉了吗？"陈逾司不记得自己是第几遍提醒他细心认真了，"动笔继续写啊，你等我给你报答案呢？"

许斯昂额头的青筋凸起，被他的火气搞得也很不爽，忍着继续写。

可没写几步就被陈逾司打断了："你的头是制造身体时送的吗？好家伙，刚讲完又忘了？"

许斯昂什么时候受过这种气，笔一摔："你能不能用简单的方法讲解一下？"

陈逾司竖起大拇指："这还难呢？你不应该复读高二，你应该回初中重修。"

陈逾司呛许斯昂，呛他呛得不客气，终于先前因为纪淮被他使唤来使唤去而起的怨气稍稍减弱了。

许斯昂作为"国家一级退堂鼓表演专家"，现场就给他表演了什么叫作"五秒放弃努力，回床上躺尸"。

陈逾司起身，俯视着床上的人："不学了？"

许斯昂在被子里摸出手机："不学了，昨晚没睡好，头疼。"

"你当然睡不好，要成绩没成绩，游戏还玩得菜，你睡得着才有鬼。"陈逾司就等他这句话，拿走纪淮之前切好的水果拼盘，走了。

陈逾司路过纪淮房间的时候里面没人。

纪淮在楼下帮忙，外婆的电话打来的时候，蒋云锦在厨房里忙，她得到了大姨的允许才接了电话。

听见是外婆的声音，纪淮开心，拿着话筒甜甜地对电话那头的外婆喊了一声"外婆好"。

"妹妹啊，吃饭没啊？"外婆在那头用方言问她。

"准备吃了，外婆找大姨有事吗？大姨在厨房烧饭。"

外婆打电话来主要也是询问纪淮的状态，听自己从小养大的外孙女说起那边的事情，老人家就是不说话听一天都是开心的。

"外婆，我在这里一切都很好。大姨对我好，大姨父对我也好，表哥也对我特别特别好。在学校里老师和同学也很好，大家人都很好很好。"纪淮一点一点地给外婆讲近期的一切，"这边的同学成绩比以前学校的同学要好，我在这里考不到第一名，但分数上没有退步。我同桌的成绩超级好，他总是给我讲题目，我一遇到不会的就问他，他什么都能解决。"

"那你有没有好好谢谢人家？"

纪淮一时间没说话，想到陈逾司还给许斯昂补课，她抿了抿唇："准备好好谢谢他的。"

外婆听完很满意，又给纪淮讲了一遍做人的基本法则，诚信诚实，要学会感恩。

等蒋云锦从厨房出来，纪淮把手机转交给了大姨。看着一桌子饭菜，她想了想，是要报答一下。

她跑上楼准备喊两个人吃饭，刚上楼就看见陈逾司拿着个果盘站在她的房间门口。

"补完了？"

想想之前自己"女娲补天"给纪淮补心眼，现在大海捞针，在知识的海洋里捞许斯昂仅剩下的智力。

陈逾司往嘴里递了块蜜瓜："快淹死了。"

纪淮："……"

这周许斯昂有一个比较远房的亲戚去世了，亲戚关系到许斯昂这一辈基本已经不来往走动了，丧葬三天，蒋云锦也就没有带他去。

老虎不在家猴子称霸王，蒋云锦说不准叫外卖，许斯昂偏偏带着纪淮顿顿在外面吃。

蒋云锦说这几天也要好好学习，许斯昂偏偏和陈逾司天天一起打游戏。

陈逾司连晚自习都逃了，他不怕。

因为最近宋书骄在忙教育局调研听课的教案，应该说全校的老师、主任都在忙。

纪淮当了给他们送晚饭的小妹。

想着陈逾司给许斯昂补课，纪淮一直想要谢谢他，于是晚自习开始前，她去校外的快餐店里点了两份外带晚饭。

第一天，许斯昂发现陈逾司的那份里比他多了一个鸡腿。

第二天，许斯昂发现陈逾司的那份里比他多了一份浇头。

第三天，许斯昂忍不住喊住了送饭过来的纪淮："为什么他那份回回都比我的多？"

许斯昂看着陈逾司面前多自己的一块大排，分心没几秒，结果被对面的"外挂哥"用把狙击枪给打了。

结果连着几把都有"锁头哥"，成功把许斯昂这天的网瘾给暂时戒掉了。陈逾司刚开了一局《英雄联盟》，估计打完还要半小时，许斯昂懒得等他，关了机子先走了。

许斯昂走到网吧外的马路边，等着回家的公交车。他心里还在烦之前那几把游戏，研究题目都没有那么认真地想自己怎么就手速比对面慢了，况且那把枪怎么可能开镜那么快就直接把他给杀了？

不仅是开锁头估计还开了透视。

他越想越烦，看见是那路公交车，没注意别的就直接上了车。

坐了十几分钟，许斯昂才发现自己坐错方向了。骂骂咧咧地下车，扫了一眼四周发现是老街区。那站台没有直达小区的公交，他要回家要么打的要么转车。

许斯昂这种人肯定选择前者，结果一摸口袋发现手机不见了，想了想，大概是落在网吧的桌上了。

他的余光里是一个垃圾桶，想发泄一下踹上去，但看了一眼脚上的鞋，很贵的一双。

算了。

所以说有钱人为什么喜怒不形于色，这就是原因，摔手机、踹垃圾桶、砸车、扔表，多破财啊！

喜士多的便利店亮着灯，许斯昂摸了摸口袋，就一张公交卡和蒋云锦去吃丧饭之前塞给他和纪淮的以备不时之需的现金。

能买一份便当。

便当的味道真不算好吃，也不知道是本来就不好吃还是没有手机加持。

两个店员无聊地在货架前补货聊天，许斯昂正好无聊多听了一耳朵。

"我今天好倒霉，上班'摸鱼'被店长逮了个正着。"

"你还算好的，小鹿有一次说他坏话都被他听见了。"

"我们怎么都这么倒霉，我昨天回家累个半死，结果我家狗居然还把我最后一双拖鞋给咬坏了。"

"说倒霉，谁倒霉得过那个小姑娘啊！"

"她那是倒霉吗？那简直就是悲惨人生。真惨啊，她哥把继父给杀了，结果现在妈妈又喝农药要死要活的。"

············

八卦是挺下饭的，但便当也是真的难吃。

临走前，许斯昂买了瓶可乐。

回家的直达公交在北面的公交站台停靠，得穿过老街区。

老街区值钱的是地皮，以前看不起外圈的，现如今整个洵川的外圈人全拆迁成了拆二代，就独独留这么一块地方，作为文化保护。以前不拆，现在更拆不起，最多每年修葺一下，破破窄窄的房子，还因为老旧的排水系统，整个区域都臭烘烘的。

现在洵川本地人都不住在这里，住的是些老人，更多的都是群租的外地来打工的。

廉价又破旧的快餐店里满是不标准的普通话，许斯昂嫌弃地撇撇嘴，加快了脚步。

难闻的味道熏得人难受，他走过一段路，终于好了些。

两只猫在墙头打架，许斯昂喝着可乐，瞄了一眼"猫架"，没有注意到从拐角低头步伐匆匆走来的人，手里的可乐被撞掉了。

浪费就算了，遭罪的是他的鞋。

"啊！"

许斯昂觉得自己这天已经够不顺了。

易伽看见是认识的人，匆匆说了一句对不起："我赔你，但我现在有事。"

她说完就跑了，跑了就算了，还又踩了他一脚。

她家就住在旁边，隔壁的阿姨在门口等她，远远看见回来的她，在旁边朝她招手："还是你哥过来敲的门，说你妈妈又想不开了。现在人没事，你说话别太重。"

叫她说话别太重？

她一个人负重生活，她都没想死，现在反倒要去安慰别人，还要顾及别人的情绪。

易伽径直走进那间充满她所有不幸的房子，应琴听见外面的交谈声，走了出来，和易伽在门口面对面撞见了，张了张唇，没说话。

曾经她们是一条脐带相连的关系，易伽知道应琴是为了她和她哥哥才嫁给了袁费，吃了大半辈子的苦，她会心疼，会设身处地地想如果妈妈这样的人生给她，她也会绝望。

但她才十八岁，一天的时间，埋在书堆里，打工的时间挤在休息的缝隙里。她哥躲在家里，沉浸在悲伤里。

易伽给了他一个耳光，告诉他："家里已经穷得没时间让你懦弱了。"

易昊只是翻个身，继续睡觉。

易伽和他们不同，她从不拘泥于现状，就算躺在淤泥里也想要伸手沾沾皎洁的月光。她想，虽然没等到哥哥上班让家里变好，但她也可以努力一把。

结果现在一个两个都想要用死来解决，死只能用来解决自己的悲伤和困难，但解决不了别人的。

"你们下回要死，就挑个节假日，这样我可以不用向学校请假给你们办葬礼了。当然，家里也没钱给你们办葬礼。"易伽将背着的书包拿下来丢给应琴，"你们没死的话，我就去洗盘子了。"

许斯昂看了一场大戏，看客没散场，主演就谢幕不演了。

易伽又出了门，看见许斯昂没走。

她调整了呼吸走过去，努力做好心理准备问了他鞋子多少钱。

"算了，我家有家政阿姨洗衣服、鞋子。"许斯昂嘴巴上说了一声算了，但还是心疼，"手机有吧？借我一下。"

他想得简单了，以为一直向北走就能穿过老街区找到公交站，但七拐八拐他快迷路了。

易伽摇头："没有。"

准确来说是被她卖掉了，省下电话费又换到了钱。

真是他想得简单了。

许斯昂拉了拉嘴角，用惯了使唤纪准的语气，使唤着易伽："带个路。"

带他会让易伽浪费十分钟，十分钟她都可以洗好多个盘子了。

但她有失在前，还是带路了。

许斯昂想到了吃便当时候听见的喜士多店员的对话，她们口中那个悲惨人生的主演大概就是易伽。

他的视线落在她后背上，看上去比他表妹还瘦的一个人。

她夏天剪的刘海已经长得很长了，额头没有需要刘海遮挡的伤疤了。

一个正在做豆腐的阿婆看见她了，张嘴就是洵川的方言："要侧（出）起（去）啊？"

"嗯。"易伽叫了一声阿婆，点了点头。

阿婆看见了许斯昂，大约觉得脸生看了好几眼："小伙子是谁啊？"

易伽解释："我同学。"

阿婆的好奇心再重也就这样，叫住易伽，转身进屋拿了一袋干豆腐给她，还有一瓶生豆浆："拿去。"

易伽道了谢，这已经不是第一次收东西了，她也就没有推脱，而是站在原地说了好几遍"谢谢"。

许斯昂看了一眼，也不是什么值钱的东西。他讨厌豆子的味道，站在阿婆门口等易伽说话已经够难熬了，见她还不断道谢不肯走，他蹙着眉，屏住呼吸开口催她："又不是黄金，你再道谢都要下跪磕头了吧？"

易伽没说话，许斯昂后知后觉发现自己说出口的话有点伤人，想随口挽救一下，但越说越糟糕："好吧，这点东西对你来说可能就是黄金，道谢是应该的。"

说完，他发觉自己好像将气氛说得更糟糕了。

易伽走了两步，话匣子突然打开了。大概就像桥下那条河，她出生那年遇上大暴雨，河水都从河床漫了出来。

她就是河床，生活就是河水。

"我昨天就吃了一个包子和一盘剩菜拌剩饭。以前虽然挨打，但是顿顿都有饭。家里气氛不怎么样，可我哥还是会和我说等他大学毕业了，他就能赚钱了，到时候我们和妈妈就能搬出去了。现在他学也上不了就在家里逃避，我呢？上学、打工赚钱、省钱。我妈身体差，少了一个腰子，干不了什么活，还总去医院。"

她看着手里那两样东西，眼眶很酸，但眼泪就是掉不下来，握着瓶子的手贴了好几个绷带，全是干裂造成的伤口，又因为泡水再恶化。

写作文会写动漫语录是因为她哥哥是动漫专业的学生，她也喜欢动漫里那些现实中不光顾普通人的奇迹。

"应该可以找到比较高薪的临时工吧！"

"不收高三的学生。"易伽找过。

"补课这种呢？我妈以前给我找过一个补课的大学生，一天两三百。你成绩不是挺牛的吗？怎么不去找找这种？"

易伽又重复一遍："不收高三的学生。既觉得耽误我，又觉得我没时间和精力全身心地去辅导他们的小孩。"

许斯昂："我妈怎么没那些拒绝你的人的觉悟呢，这样我就不用被陈逾司补课了。"

易伽的眼睛一亮，偏头看着他。

许斯昂一顿，望着那双眼睛。她的眼睛不算有神，但漂亮。他愣了愣："但你觉得我像个愿意被补课的人吗？"

易伽的眼睛又暗了，听见许斯昂的自嘲，点了点头："的确，不像。"

事实如此，但让人不爽。

养在小卖部后门的猫跑光了，纪淮看着两天没有动过的食盆，心里有点失落。

小卖部的老板娘从学校创建开始就在这里开小卖部，这期间已经不知道看过多少猫猫狗狗来了又走了。

原本就是跑来的流浪猫，来来去去没有多少人会放在心上。

又赶上疯狂刷考卷的时期，分数来了一个又一个，纪淮和陈逾司比起来，输了一次又一次，纪淮的情绪因此低落了好几天。

陈逾司从口袋里拿出一包"机智豆"："挺好的了，你这次考试的大题目发挥得很出色，我要发挥差一点你就追上了。"

该死的胜负欲就这么被陈逾司又点了起来，纪淮越挫越勇，但节节败退。

情绪低落的不止纪淮，还有夏知薇，她是被骗去看了一本"虐文"，痛哭流涕了一晚上，第二天顶着两个核桃兔子眼。

晚自习前，纪淮买了一瓶热的可可阿华田，和夏知薇一起坐在学校那棵歪脖子树旁的长椅上晒最后一点点太阳。

"你说，我什么时候才能够考过陈逾司啊？"

夏知薇闭着眼睛，抬手朝着记忆中纪淮的方向拍了拍，手拍到了她的胳膊："会的，最近连李致都从神坛上掉下来了。"

纪淮还真没听说。

夏知薇一说起八卦就来劲："你不会不知道李致两回班级小测都考砸了吧？整个年级都传疯了。"

好吧，纪淮真不知道。

"不过听说是他身体不舒服，他就是那种大考选手，每次月考都能超常发挥。"夏知薇到底还是知道自己这种成绩操心李致简直没必要，说了两句也不说了。

晚自习夏知薇拿着习题册转身想向纪淮请教,回头发现陈逾司不在。

纪淮翻出自己的草稿本，随口解释了一句："他去网吧了。"

她的草稿本上写着计算步骤和思路，听见夏知薇佩服他这个时间了还敢去网吧，她不以为然："让他去呗，我正好想考第三名。"

夏知薇无情地戳穿她："高二他也去网吧，你不照样没考过他吗？"

听完，纪淮语塞了一会儿，是事实，但也不准别人戳穿："你话真多，我要叫纪律委员记你的名字。"

等晚自习都放了，陈逾司还没回来。校门口来了一个卖烤红薯和玉米的大爷。纪淮嘴馋，两个都想吃，但自己两个肯定吃不完，她拉着嘴上说要减肥的夏知薇一起吃。

玉米和烤红薯两个人各一半。

纪淮挑的两个都很甜。

吃到好吃的人都一蹦一跳的，就是看见拐角处站着的陈逾司手里也拿着两份布丁的时候，她有点尴尬。

陈逾司原本没想来接她，从网吧离开的时候，在柜台结账，正巧老板的手机里在外放某地有失联少女。

老板把零钱给他，他懒得揣回钱包里，干脆在不远处的面包店里买了两份布丁。

陈逾司给她买了，她自己吃独食压根儿没想过他。

他看见她手里那半个红薯："没想着我就算了，居然就买了半个。"

纪淮装模作样，拿了人家的布丁自己不礼尚往来一下，有失风度："这半个就是给你的，我就偷偷吃一口，不是，是替你试个毒。"

信她就有鬼了，大老远陈逾司就看见她一路吃过来的。

他知道真相，但就要逗她："还好校门口到这里路不长，这要再过一个红绿灯，拿给我的就只剩下红薯皮了吧！"

纪淮问起他怎么过来了，他说碰巧："正巧我刚打完游戏，碰巧往这边走。"

纪淮看了看手里吃得七七八八的红薯，都没想到陈逾司居然这么凑巧就过来了。

陈逾司没他嘴巴上说的那么伤心，把布丁拿给她。

两个口味，纪淮选不出来。

"选不出来，就都吃了。"

她就爱听这种话，但还是假客气："你不爱吃啊？"

陈逾司："对，不爱吃。"

纪淮在吃布丁，那半截玉米怕凉，塞陈逾司怀里保暖。

布丁的勺子小，她一勺一勺地挖得频繁，注意力全在吃这件事上，像极了春秋回暖天坐在门口晒太阳，腿上放着一篮子黄豆挑豆子的阿婆。

快走到门口了，纪淮停了脚步，看着不够分给她表哥的布丁和玉米，心一横："吃完再进去。"

两份布丁是她一个人吃掉的，她只恨勺子不够大，像在吃星球杯。

陈逾司手里拿着她刚吃完剩下的布丁空盒子，还有凉了已经不好吃的红薯。

"干吗吃完再进屋，不冷？"陈逾司抬手帮她把被风吹乱的鬓发别到耳后。

她吸了吸鼻子，外婆叫她从小要分享，她听了进去。有一次她妈妈回来看她，买了好多零食，再过了一段时间口袋里就剩下一块妈妈买的椰子糖了，她还是表面大方心里崩溃地分给了来家里玩的朋友。

椰子糖常见，也不贵，她那时候不是舍不得，对她来说重要的不是椰子糖，而是妈妈买的。

大人不知道小孩子的心思，外公就偷偷背着老婆，悄悄告诉纪淮："实在没有第二块，下次就躲起来偷偷地吃。"

纪淮鼻尖和手都被夜风吹红了，摇了摇头："万一被我哥发现了呢？"

她也没有多余的可以分给许斯昂，所以还是躲起来吃了再回去。

"被我发现什么？"

许斯昂远远就看见夜色之中在忽明忽暗的路灯里人影憧憧。人声被风吹进耳朵里，许斯昂感觉听见自己的名字。

"你不是早走坐公交车的吗？怎么还在我们后面？坐驴车的？"陈逾司看见纪淮还剩下最后几口的布丁，给她打了个掩护。

许斯昂没说自己一路的"波折"，毕竟是自己犯蠢在先："去吃了个饭。所以，怕被我发现什么？"

纪淮的眼皮一跳，果然不能背后说人坏话。最后一勺子布丁也吃掉了，她把垃圾往陈逾司手里一放，怕被表哥说没良心，伸手在陈逾司身上一拍，人挨着他在他旁边一站。

说了句伤敌一千自损八百的话。

"怕你发现我们在亲热。"

纪淮说完，许斯昂的脸抽了抽，表情极其难看。

理智紧赶慢赶还是追上了，等纪淮反应过来的时候鼻尖全是柠檬的味道，还有若有似无的玉米香。

呼出的气的温度和夜风的凉意形成了鲜明的对比。

她是知道自己手下的力度的，但听见陈逾司"嘶"的一声，还没来得及问他，自己就被许斯昂黑着脸拎着后颈衣服提走了。

纪淮偷偷做了个啃玉米的动作，又指了指陈逾司，意思是玉米给他吃。

纪淮昨天晚上吃太多了，早上醒得也早。她下楼前检查书包的时候，看见对面阳台上陈逾司打着哈欠在给花花菜菜浇水。

蒋云锦做了早饭，陈逾司来蹭饭的时候，小馄饨刚下锅。

纪淮问起他昨天的玉米好不好吃。

陈逾司抻着脖子看了一眼厨房里的身影，手搭在桌子边缘："好吃是好吃，代价也蛮惨的。"

纪淮没想到，讷讷地问："玉米不干净吗？吃了胃疼？"

"昨天怕你吃冷的，不就塞衣服里给你保温嘛，没想到那玉米还挺烫，我细皮嫩肉得自己都意外，回去洗澡的时候才发现被烫红了。"

纪淮不太信："骗人的吧？"

"骗你干吗？"陈逾司靠在椅背上，笑得戏谑，"这下好了，你都在我身上留痕迹了。"

他说得奇奇怪怪，明明是一句很正常的话，听着却让人浮想联翩。纪淮听着厨房里小火烹煮锅铲碰撞的声音，大姨就在不远处，在一个屋檐下。纪淮抬手打在他腿上，让他注意发言："我没有。"

"不信？"陈逾司的嘴角挑上去，正想着要怎么逗她，结果她不按套路出牌，反杀个陈逾司措手不及。

"给我看看。"纪淮伸手准备自己掀他的上衣了。

一会儿害羞一会儿又主动，真应了那句"菜鸟克高手"，她不好意思的时候陈逾司死命要逗她，她只要一厚脸皮，他就不能坦荡荡了："长大了啊，以前是偷看，现在都明目张胆地叫我脱了。"

听他又翻旧账。

"这件事你还提？"纪淮都数不过来他翻了多少次旧账了，不管一开始两个人在为什么事情辩论，他只要一落下风就开始拎这件事出来。

他也耍赖："只准你看，不准我提？"

许斯昂睡眼蒙眬地下楼，一下楼就看见让人怀疑人生的一幕。他那个看上去文文静静的乖乖女表妹现如今抓着陈逾司的衣摆，一副准备糟蹋黄花大闺女的老狗贼模样。

第十三章

　　纪淮担心着陈逾司被玉米烫伤的地方，他不肯去医务室，毕竟不是所有人都能轻易把这么丢人的事情说出口的。

　　以前班级里有个女生被热水瓶烫伤过，那大腿上留下了狰狞的伤疤。纪淮冬天用热水袋也被烫出过水泡，怕陈逾司没处理好伤口，她来来回回问了他好多遍伤口如何。

　　因为问了太多遍，那样子颇有一种不看他身体不罢休的架势。

　　陈逾司搁下笔，教室里大家虽然在自习，但还是有人在交头接耳。他凑过去小声地说："能熬到放学回家吗？"

　　就这奇奇怪怪的发言，果不其然吃到了纪淮赏给他大腿的一巴掌。

　　"我一本正经关心你呢！"纪淮瞪着他，凶巴巴的样子，"我又不是想看你脱衣服，我就是想看看烫伤的地方。"

　　"我也一本正经呢！"他嘴上这么说，脸上的笑却不是这个意思，"我总不能大庭广众之下脱给你看吧？还是现在偷偷去厕所，就我们？"

　　纪淮看见他的手指在他们之间转动，暧昧横生地拆句，主语颠倒。她伸手捏着他那根手指，报复地用力握着。

　　她只是用力握着，没朝其他方向掰，怕弄疼他。

纪淮咬牙强调："一本正经！"

"行、行、行，不去厕所。我们放学别回家了，你跟我走，去我房间，我给你看。"他压着嗓子，全是气声，烫红了她的耳朵。

纪淮不知道是自己没救了，还是陈逾司没救了，这话听来听去就不积极向上："这玉米有点来头，这么厚的皮都能被它烫伤。"

陈逾司家里没有烫伤药膏，纪淮从药店出来，还有先见之明地买了一个大号的防水创可贴。

纪淮也不是第一次去他房间了。

他把门窗一一关好，打开空调，放下书包，站在空调的暖气出风口，故意说了一句："我要脱了。"

这时候白天嚷着非要检查他伤口的纪淮有点打退堂鼓了，他是故意的，慢悠悠地将外套脱下来还叠好，等脱卫衣的时候，他是掀开下摆的脱法，刚把下摆掀起来，又放下，扯着上衣领子，往上一扯。

卫衣带着里面打底的长袖下摆也跟着往上跑。

那一截腰腹露在亮晃晃的灯光下，他往床上一躺，朝着门口的纪淮招了招手："怎么，现在不好意思了？"

他的身体线条好看，腰腹和她第一次看见的时候差不多，假期没养胖他。

纪淮做了一会儿心理建设，知道这个人是故意的，在心里念了三遍"六根清净，邪魔退散"，不太管用后，又想着"色字头上一把刀"。

纪淮故意没去看他，磨磨蹭蹭地走到床边，背对着他坐在床边拆药盒。身后的床上传来动静，她在棉签上蘸上药膏，刚一回头，就像眼睛触电似的又转过头。

"陈逾司，你衣服撩那么高干吗？"

"光全身你都好意思从头看到尾，现在裤子还穿着，露着上身反倒介意了？"陈逾司扭曲她的意思，"所以，你是叫我全脱光？"

他到底还是把衣服往下扯了点，烫红的地方在左侧肋骨上，差不多是一个拳头侧面大小的烫伤泛红，小水泡已经瘪下去了。

纪淮嘴上那么说着他，上药的时候还是很轻的。她耐心地给他涂完药膏，对着伤口吹了吹，就像小时候她摔跤摔破皮，外婆都会给她吹伤口一样。

因为她低头的动作，发梢落在他的腰腹上，痒意横生。

这个月份的时间里，吹出来的气是凉的。但落在他皮肤上，烫死了他全身上下所有的神经。

纪淮伸手去拆创可贴，贴了之后药膏就不会弄脏衣服，他洗澡也不会碰到水了。

他被那一吹激得坐起身来，上衣下滑，他都没有完全坐起身，纪淮手疾眼快地将他按回去，让衣服免遭药膏污染。

看见上衣没沾到药膏，纪淮也松了一口气，等反应过来的时候自己的手按在他的腰腹上，他躺在床上，抬起头，枕着他自己的手臂。

"手感不错吧？"他问，"你挺奇怪，上回也是，我说脱衣服给你看你不要看，你非混在夜色里偷看。"

陈逾司"哎呀"一声，故作恍然大悟："看来你不喜欢送上门主动的，原来你喜欢搞巧取豪夺这一套。"

最近陈逾司很喜欢逗纪淮，比如，稍稍撩起衣服，问她："要不要再检查一下我烫伤的地方？"

其本心令人发指，纪淮口头警告："陈逾司，你太不要脸了。"

语言攻击毫无威慑力，他不以为耻反以为荣，手托着腮，和纪淮一样桌上摊着语文书，在背语文默写。

纪淮发现他的记忆力真的很好，早自习前看几遍，背一背就记住了。

夸他是个天才吧，他反倒突然谦虚："小时候上过强化记忆力的培训班。"

他讲，记忆力这种东西是可以强化的，背书有背书的办法，掌握了好办法就能事半功倍。

纪淮请教了一下。

听他侃侃而谈，总之这办法说到底还是和脑子本身有关系。这方法对纪淮而言不能说帮助不大，只能说毫无作用。

语文老师端着个水杯优哉游哉地走进来，故意给人加强心理负担似的提醒："认真再巩固一遍，十分钟之后默写。"

纪淮就是会被影响的人，只要一听见这种话，越背越忘，越到默写前，忘得越快。

她把手放在嘴巴前哈气暖手，陈逾司看见了，扯了扯袖子，露出半截小臂："搭上面吧！"

夏知薇刚转身准备问纪淮借根笔芯，结果一转头就看见那一幕："他们最近关系挺好？"

郑丞背着书，嘴里念着"胡为乎来哉"，转过头瞄了一眼，对夏知薇说："你要不打我，我们关系也能好。"

"可你欠。"

郑丞不服，不过只敢嘀咕："陈逾司不欠？我也没见纪淮隔三岔五揍他啊！"

早自习上完，陈逾司闲来没事又开始看课外读物，整个人状态就不像个高三学生。

"你真的不看看笔记吗？一天到晚看漫画书和比赛视频。"

纪淮这人很容易受别人干扰，她强迫自己认真，但旁边坐着个不读书的，这么一对比，她总觉得自己比平时累多了。

管一管他，他就会说："都会。"

他还真不是说大话，纪淮请教他题目，他都能给她解出个最优方案。

再后来，纪淮就不说了。

陈逾司也是欠，非要问她怎么不再说道说道。

"你都会我督促你什么啊？"纪淮拿出便利贴，写好记号后贴在页码上。

对比她的认真，陈逾司那用一支水笔走天下的念书方法真是打击人。

纪淮没心没肺地补了一句："好好看漫画，我正在为月考第三名努力冲刺。"

陈逾司翻了页漫画，抬眸睨她："还没放弃呢？"

"现在这天太冷了。"遇上下雨后再做早操，连操场都是湿漉漉的，"你舍得让你娇弱的同桌出去吹冷风吗？"

后门有人进来，长了尾巴似的没关门，陈逾司侧过身，抬脚把门踹上，用手臂压着漫画的一角："那你舍得让你大病初愈的同桌去操场吹冷风吗？尤其是我这种为你受伤的人。"

他指的是被玉米烫伤的地方。

纪淮都习惯他翻旧账了，一个烫伤，还大病初愈呢："那烫伤都好了。"

听罢，他的笑都浸到眼眸里了："你都好几天没看了，怎么知道都好了？又趁我哪回没注意偷看了？"

翻旧账可以，泼脏水不行。

"都这么多天了，肯定都好了。"纪淮记得他被烫伤已经过去八天了，"八天了。"

听见她准确说出天数，他到底还是开心的。就像是吃一块雪糕发现雪糕柄上写着再来一根，或是买错一个口味，却发现买错的口味也很好吃。

陈逾司抬手，帮她把头发顺到耳后，手指不经意地擦过她的脸颊："记这么清楚？"

纪淮因为他帮忙将头发捋发的动作，人没动，就这么看着他，点了点头：

"我都八天没有再买玉米吃了。"

陈逾司："……"

学校又开始播报月考的通知，这回学校更加重视了，因为马上要有教育局领导莅临本校检查调研，正好又赶上十二月底的全省模拟联考的筹备活动。

教育部门的领导还自带媒体，学校方面装模作样地要找几个成绩优异的学生接受一下领导谈话。

谈话名额就由月考决定。

就挑高三的，文理各三个。

纪淮最不擅长的就是和领导、老师面对面谈话，她头一回庆幸自己是万年老四。

陈逾司就更嫌烦，不乐意去："班主任和老周能放心叫我去和教育局领导谈话？我能讲什么？讲讲豹女刷野攻略还是讲讲刀妹削弱史？"

郑丞听见了："你们这都没考试呢，就都觉得自己已经是第三、第四了？"

陈逾司翻着手里刚发下来的考卷，从纪淮笔袋里拿了支水笔慢悠悠地开始做题，淡淡道："不然呢，第三、第四还不好考？你没考过第三、第四？"

郑丞语塞，气不过，指着陈逾司对纪淮吐槽："他这种人你怎么受得了的？"

陈逾司手里转着笔，也看向纪淮。

只见她手臂搭在旁边的几本书上，书桌上永远有摊开着的笔记本。从前本子上只有她娟秀的字迹，不知道哪天开始她的本子上时不时会出现第二种字迹，写字的人洋洋洒洒地拿笔给她改笔记。

如同人一样张狂的连笔字。

纪淮一脸温柔地说着打击人的话："其实好好念书，认真听讲，肯下功夫，好成绩不难考的。当然也少数人像他这样的，是挺气人的。"

听见纪淮也认同陈逾司气人这点，郑丞还算不难过："请问这位同志，作为勤勉一族向天才一族发起反抗挑战的主力军领头羊，你准备下回月考怎么找回场子？"

纪淮想了想，因为郑丞那革命宣言般的发言，一股肃然的使命感油然而生，手指摸着下巴，思索良久之后，缓缓地吐出三个字："美人计。"

郑丞口水差点喷纪淮身上，讪讪地说了句"对不起"就摆手转回身："哎呀，不听了，不听了，接下来的不是我这种小孩能听的了。"

美女想的计划，简称"美人计"。作战方案一字未动怎么就少儿不宜限制级了？

纪淮一愣，不解："我都还没说计划内容呢！"

陈逾司清了清嗓子，纪淮看见了他脸上的笑容，更不明所以了。

他笑道："不用告诉他，我知道就行。"

纪淮："嗯？"

学校就像个高性能的榨汁机，街道办通知整条街晚上九点要断电半个小时，最后学校临时决定提前半小时放晚自习。

有了这个消息，大家上晚自习都有点心不在焉。纪淮在写作业，理综大题她总做得很慢，但做题这速度不是一时半会儿能练出来的。

她过了两遍错题本上的错题，又写了一张考卷。陈逾司这种人，动一次脑筋就够了，给她把题目讲了一遍他就照着纪淮的考卷抄了一遍。

就是他这副似乎永远不把自己当对手的态度，让纪淮自尊心受挫。她身子往前一倒，人枕着桌子上的考卷："现在做早操好冷。"

陈逾司低着头写题，把最后一道题抄完后，把两个人的卷子放在一起："你不是作战计划都想好了吗？"

纪淮早就忘了和郑丞随便开的玩笑："什么作战计划？"

"你那个代号'美人计'的作战计划啊！"陈逾司把笔也放回纪淮的笔袋，"来，跟我说说你的计划。"

"我就想了一个总标题，内容和实施详情没想出来。"纪淮姿势没动，还懒洋洋地趴在桌上。

她的视线正对着陈逾司的课桌，课桌上摞了很高的一摞书。很快，视野里的画面发生变化。

一张脸出现在她眼前。他学着她的姿势，趴在桌上，和她面对面。

时间在对视中慢慢流淌过，世界被按下零点五倍速。

"你好笨。"他喃喃道。

纪淮被损了，直起身，不客气地伸直了腿越过三八线踢在他的脚踝上。

紧接着陈逾司也直身起来了，力道不大，连装模作样地躲一下都不乐意，嘴里还嘟囔了一句："太笨了。"

之前猫不见了，纪淮还难过了一阵子。

结果上体育课的时候，她发现了重新住回小卖部后门处的老猫，它又怀了小猫，肚子鼓鼓的。

纪淮乐呵呵地下晚自习又开始喂猫。

陈逾司没说什么，反正就是每天放了学陪她去一次小卖部，不抱怨，毕竟他自己也养些花花菜菜。

纪淮喂完猫，发现校门口卖玉米、红薯的大爷还没走，就更开心了。

她朝陈逾司看了看，抿了抿唇，就这么看着他。他点了头，说"我请客"之后，她像个火箭似的出发，向大爷奔去。

等陈逾司付钱给她买了之后，她就更开心了。

等纪淮月考前再去小卖部后门的时候，老猫已经生完孩子了。老板娘人善，找了件不要的毛衣给它和小猫垫在窝里。

"哇，生了四只，你好厉害啊！"纪淮怕自己手上的味道会沾在小猫身上，让老猫闻出来，只敢蹲在纸盒旁边看。

她叫陈逾司一起过来看，他从小卖部里买完饮料出来，瞄了一眼，嫌弃地撇嘴："好丑的猫。"

"哪里丑了？"纪淮替猫泄愤，抬手朝他膝盖来了一拳头。

陈逾司朝着地上的人伸手，手指动了动，催她起来，跟逗孩子似的："走了，明天考理综，你全复习好了？"

学习最重要。

树影摇晃，夜风拂过，叶子与叶子之间相互摩擦，枝丫被吹歪，是风的声音，是风的样子。半轮月亮藏在云后，有天气预报说最近要下雨。

最近白昼太短了，车灯橙黄，霓虹夺目，一切比白日里还亮。

入十二月之后，天冷得出奇，但好在最近阳光明媚。光秃秃的枝丫将太阳光全部漏下来，夏天靠窗的痛苦现在倒是格外像个恩赐。

洒满阳光的冬日，在桌上趴一会儿，整个人都暖烘烘的。

"今天天气真好。"纪淮感慨。

陈逾司翻了页漫画书，战斗热血漫里看"嘴遁"真是味同嚼蜡："等会儿月考成绩就要出了，到时候希望你还觉得阳光明媚。"

他一说完，原本对着自己的脸撇过去了，旁边的人就留了一个后脑勺给他。

陈逾司压着漫画一角，侧着脸看着她："怎么，你就这么没有自信心？"

约莫是被他刚才那么一提醒，她原本还放松的心情一下坐过山车变成了紧张，觉得照在自己身上的太阳都不暖了。

听他这么一说，纪淮的小表情变了，蹙着眉若有所思的样子，虽然觉得他说得不对，但又觉得挺有道理的。

夏知薇千里奔袭带来了最新捷报，她刚在办公室订正作业，看见了排名，喘着粗气拉起了纪淮的手："你第三名。"

夏知薇发誓自己绝对没有诓人。

纪淮深吸了一口气，下一秒捂住嘴，就差点尖叫，但和夏知薇握在一起激动地晃着的手还是掩盖不住她此刻的心情。

可刚高兴没一会儿，她看向陈逾司。

纪淮就是这么一个人，自己高兴的同时还害怕自己高兴的样子会刺激到别人。

陈逾司也有点疑惑："不可能，我绝对不可能考得比你差。"

于是乎，纪淮刚还有点担忧他的目光瞬间消失："这叫什么？勤能补拙，叫你天天不看书，还逃课上网。"

夏知薇还喘着气，打断了纪淮的嚣张："他第二名。"

纪淮的表情和陈逾司听见她考第三名时差不多："不可能，他有可能考过那两人？"

他嘚瑟了一声，跟个反派似的嘚瑟："无知，小姑娘你对力量一无所知，我就是个天才，随随便便不看书都能考过你，就这两天给你讲题都算复习了，考个第二名不轻轻松松？"

夏知薇听他们互相损着，平息了呼吸，继续透露着："李致考砸了，而且是特别砸。"

纪淮觉得难以置信，就李致那刻苦努力的样子，她这种认真和他比起来都算不上什么："怎么会？"

"不知道。"夏知薇也好奇，"反正听说他这状态低迷有一段时间了，之前他们班随堂小测他都考砸了，我临走之前听说他们班班主任要打电话联系家长了，这么个成绩下滑，估计是心理问题。"

听着有点惋惜，现在都高三上学期尾声了，有问题赶紧解决，否则下学期万一来不及就可惜了，可惜了李致高一、高二这么好的成绩了。

"和他不熟，也不好安慰他。"纪淮叹了口气。

陈逾司手里的漫画书一角有点被他捏皱了，看着纪淮那好人模样，他的脸色更差了，将漫画书往课桌里一扔，起身走出了教室。

夏知薇目送着陈逾司的背影消失在走廊上，有点心疼，长这么好看的一张脸，有这么好的一个脑子有什么用，不还得被纪淮给气死。

"你管人家李致干吗？你好好想想怎么安慰……"夏知薇一顿，朝着陈逾司的座位努了努嘴，"安慰安慰你同桌吧！"

纪淮不乐意："他都考第二名了，有什么好安慰的？"

她这回还是没考过他，他来安慰安慰她还差不多。她虽然赢了，但他也没输。

纪淮越想越觉得老天爷不公，百分之一的天赋就是比百分之九十九的努力重要。

夏知薇叹了口气："好一个可怜的人……"

纪淮不能和她产生相同的同情心："他第二名，同情什么？"

纪淮后知后觉地发现陈逾司真的在生气，晚自习问他题目他也不回答。她戳了戳他的胳膊，他也躲开了，然后指了指桌上的三八线，一句话都不讲。

她是真不知道这次怎么得罪他了。

直到晚自习下课铃响了，陈逾司默不作声地开始收拾书包。

纪淮用腿撞了撞旁边人的腿，故意冷着声问了一句："陈逾司，你真不理我是不是？"

陈逾司用实际行动告诉她，真不理睬。

两个人一前一后地下了楼，纪淮看他脚步飞快地朝着校门口走去。她赌气似的没跟着他一起走，转身朝着小卖部走去。

猫窝里，老猫和几只猫咪崽崽正在睡觉，纪淮的脚步声还是吵醒了老猫。不枉她给它喂了那么久的猫粮，它看见她就轻声叫了一声，然后低头嗅了嗅身边的孩子们。

纪淮不摸小猫，抬手挠了挠老猫的下巴，轻声轻气地和猫讲着话，有点傻气："咪咪啊，我们今天月考成绩出来了，我考了第三名哦！你暑假住在他家的那个男生考了第二名哦……"

她傻里傻气地在跟猫讲话，完全没注意到有一个人影闪到了小卖部的树后，手里握着一块砖头，目光狠辣地盯着自己。

陈逾司走到拐角才发现纪淮没跟过来，心里的不开心让他不想折回去找她，但又忍不住想等她，便烦躁地在人行道上踱步。

等她走到拐角，踱步等她的人也看见她了，那人一贯懒散的站姿，肩头盛着橘色的路灯，站在原地等她。

纪淮不知道哪里来的胆子，脚步没停，径直路过他。

她刚从陈逾司的余光里消失，就被一只手重新拎回他面前。

陈逾司咬牙切齿："你就这点破耐心？"

"我都给你台阶下叫你理我了，你非要高贵地站在戏台上，我还能给你把台拆了？那你不更要被我气死了。"纪淮像只小猫似的站在他面前。

样子像小猫，性子也像小猫，人小胆子大，看见有人就喵喵叫个不停。虽然没什么威慑力，但还是有爪子。

"我要你讲的是哄我的话，不是要你问我角的正弦值和这道题怎么做。"他说话的声音变大了。

哄？

纪淮在脑子里搜了一遍可用知识，想到每次他让自己开心的办法，但看着天，有点冷。

她有点木讷："要不我请你吃个麦旋风？就是天有点冷，你要吃吗？"

陈逾司："……"

她朝着陈逾司眨了眨眼睛："吃吗？"

学校里的猫搬了几次家之后，纪淮再见它们是临联考前，老猫带着两只小猫睡在老楼的楼梯下面。

两只小猫比上回看上去大了一些，纪淮发现小卖部的猫粮和猫盆已经被人拿过来了。

不出意外是易伽。

她看上去还是那样，只是摸猫的手上长了好几个冻疮。

见到纪淮也不怎么说话，只是朝纪淮点头打了招呼，然后不动声色地站在旁边看猫吃猫粮，自己吃面包。

纪淮先发现猫粮没有了，等易伽给猫喂完之后，她拿起袋子掂了掂："得买了。"

易伽不说话，纪淮想到了她说她晚自习结束还要去打工，尴尬地抿了抿唇，又说："暑假的时候我买了好多，我明天把早就买好的带来。"

纪淮怕她还觉得难为情，又补了句："我最近早上起不来，你能来喂早上那一顿吗？"

易伽转头看了她一眼，给了她一抹强扯出的笑。易伽知道纪淮在小心翼翼地维护她的自尊，最后红着眼点了点头。

晚自习开始前，纪淮和易伽准备离开，刚转身就面对面碰见了几个男生，他们手里拿着打火机。

面对面撞见有那么一点尴尬，毕竟对方是来做校规禁止的事情的。老楼这个潇洒点大家都心照不宣了，纪淮和那群男生尴尬地笑了笑之后跑了。

但第二天，学校论坛火了一个帖子。

纪淮对学校论坛不怎么感兴趣，从来没看过。

帖子标题挺有噱头的——

《惊呆了，无意间发现了学霸们的小秘密！》。

纪淮拿着夏知薇的手机翻看了起来，蹙着眉看着那堪比营销号的标题，点进帖子，却发现是"暂住"在老楼里的老猫和小猫。

说明内容还不少，一楼就是发帖的博主。

"昨天去了老楼结果碰见了同年级两个成绩名列前茅的学霸，发现她们居然在老楼养了三只猫。围观了一下猫的情况，发现她们居然还给猫买了项圈猫粮，猫粮都空了一大袋了，看来是养了蛮久的。"

纪淮心里一惊，但越往下翻，越"问号脸"。

一开始还以为是学校禁止流浪猫狗的存在，所以发帖人批斗她和易伽。

但她继续看，发现是一个玄学帖子。

画风转变是由于一个匿名网友的留言："哇，学霸养的猫没准成绩比我都好。"

下面有人回复。

"你也带个罐头去，加入养猫行列，这样你就能离学霸更近一步。"

"结合我们学校老楼这个背景，这是流浪猫吗？这可能是吸收无数坟场冤魂的猫神。"

"这难道不是养猫，是上供？！"

"那我明天也带个小鱼干去，猫神保佑我省联考发挥超常！"

于是就有了"拜猫神考好成绩"的玄学，等纪淮有空去了老楼之后，看见满地的牛奶、罐头，还有小鱼干，下巴都差点掉了。

这下她和易伽都"下岗"了，每天都有人比她们还积极地去喂猫。

陈逾司又在看漫画，看纪淮晚自习前居然没往老楼跑："猫不喂了？"

"帖子一发，我和易伽两个铲屎官彻底失业了。"纪淮也不难过，至少省联考前她能专心复习了。

夏知薇也跑去参加玄学的大队伍。

那帖子连学校老师都知道了，纪淮去交作业听见宋书骄在和隔壁班老师聊天："这猫这么神？"

宋书骄的前妻是唯物主义者："反正保不了你升官发财。"

"能保佑我再婚幸福美满就可以了。"宋书骄气她。

"那和你结婚的那个女人真是拜错了神，烧错了香。"

宋书骄咋舌，不太说得过他前妻："魏书舫，你对我这么尖酸刻薄会让我觉得你对我旧情难忘啊！"

这轻佻的话一讲出来把办公室里的学生和老师都逗笑了。

魏书舫红着一张脸："倒霉瞎眼的事情一次就够了。我看你最近很闲，是不是年级前三这次月考都在你们班级你就尾巴戳天了？"

有个教资最老的老师跑出来打圆场："小宋、小魏，都消消气。学生们都看着呢，都在偷笑，注意点教师形象。"

纪淮就是那个偷笑的人，她把数学作业放到空出来的教师办公桌上，按照老师的吩咐把上回随堂考的考卷和这天的家庭作业考卷都拿走。

考卷不少，纪淮低头翻找。

和办公室靠门那部分因为宋书骄和魏书舫两个拌嘴大家笑笑闹闹的气氛不同，靠角落的化学老师正在语重心长地说教。

"你到底怎么回事啊？这次随堂考又考得特别差，马上就要全省联考了，你这个状态不行啊，是不是家里出了什么事情？你这样我必须叫你们班主任联系你家长来学校面谈了。"

纪淮听见声音，抬头朝说话的方向看去。

李致站在旁边，全程低着头，水笔笔帽的卡子被他用指甲来来回回地掰动着。

化学老师也听见了笔帽卡子的声音，低头朝李致的手看去，看见他手背上全是伤口。

化学老师抓起他的手腕："你这是怎么搞的？"

李致挣脱着将自己的手缩回来，扯着袖子一直在摇头。

李致的八卦纪淮是没听到，听说在李致的哭求下还是没有叫家长来学校，但他们班主任有没有偷偷联系家长就不知道了。

这个八卦不过是全省联考前供大家随口聊聊的谈资，一个学霸的状态下滑多多少少让人唏嘘。

纪淮每每听见关于李致的八卦还是会叹口气。她只要一叹气，陈逾司就会冷冷地给她一个眼神，但什么也不说。

纪淮不知道他怎么就看李致不顺眼了，难道就因为他也生气他自己以前考试没有考过李致？

"你真的不是天蝎座吗？这么记仇。"纪淮问。

这么一说陈逾司想到自己要过生日了，说起之前月考打赌，他输了给许斯昂补课，赢了纪淮就欠他一个条件。

联考在即，陈逾司从小到大过生日的想法也淡，不就吃个蛋糕嘛，随便什么时候都无所谓。不过这回他还是开口了："陪我过个生日吧！"

那次考试他赢了还给许斯昂补课，纪淮听他这么要求也没有拒绝。他是个没有什么过生日想法的人，问他想怎么过他都没有什么点子。

纪淮："你无所谓，那能按照我的口味买个我喜欢的吗？"

陈逾司看她："你过还是我过？"

纪淮卖乖："普天同庆，同乐同乐。"

陈逾司没答应，但也没拒绝。

洵川这个城市冷归冷，但死活不会下雪。

不下雪就算了，还阴雨绵绵。

纪淮穿着鞋子踩在湿漉漉的教室地面上，格外不舒服，潮湿的天，手都热不起来。

最近广播天天播报考试，其重要程度已经和高三生的心理负担重量成正比了。每个人都是刷考卷的机器，连陈逾司都开始认真了起来。

纪淮叫他解决的那道题他想出来了。

夏知薇刚准备偷懒，听见后桌两个人在讲题，厚着脸皮也过去"蹭课"。纪淮还算好，一点就通。夏知薇是陈逾司敲破木鱼都没给她讲懂，纪淮看她，叹了口气："你联考怎么办？"

　　夏知薇不管了，先把纪淮的答案抄走再说。

　　月考虽然没了，但一场接一场的随堂小考简直就是大型的不环保现场，用宋书骄的话来说就是："考不好都对不起为你们死掉的树。"

　　终于，联考那天，阴了小半个月的洵川放晴了。但路面上还是有小水坑，纪淮捂着耳朵在背书，时不时地抬头看一眼墙壁上的时钟，余光里那个人低着头在看书，但教材里还藏了一本漫画书。

　　"能记住的早就记住了，临时抱佛脚只会越背越忘。"陈逾司把漫画书翻页。

　　纪淮被他一语说中，越背越糊涂，字越看越形象崩塌。

　　考前不看又觉得心里没底，怎么都学不来他那副从容不迫的样子，说到底还是老天爷追着喂饭吃。

　　两天考完纪淮跟跑了场马拉松一样累。

　　堆在教室后排的书又被抱回座位，纪淮慢条斯理地整理着课桌。

　　这天的晚自习并没有因为考试而取消，大把大把的考卷又在往下发。

　　纪淮做考卷做得头疼，往桌上一靠："我讨厌读书。"

　　陈逾司打草稿算题的手没停，听见她这么说，反倒笑了。

　　想想她平时在自己身边一心只想搞学习的模样，陈逾司哼了哼："你还有讨厌学习的时候？我看你这一副刚正不阿的读书形象又伟大，又光辉。"

　　纪淮努嘴，知道他在损自己："损我呢，亏我还想着考完试好好给你过个生日。"

　　"怎么就是损呢？"陈逾司改口，把草稿本拎到两个人中间，给纪淮讲大题，"你听听我那句话哪有不好的词，哪个词不是积极向上的？"

好像是那么回事。陈逾司看唬住她了，叫她看题目。

纪淮不算笨的范畴，就是思维方法太固定，学得太死，不会灵活运用。

照着陈逾司的解题思路，纪淮自己研究了一会儿也写了出来。陈逾司欣慰地在旁边看她解题："嗯，聪明，比你哥好教多了。"

头一回，纪淮觉得说她聪明是在侮辱人。

大约是带了许斯昂这个名字的缘故。

晚自习结束的铃声一打，一瞬间教学楼就闹哄哄的，这天轮到纪淮那组做值日。打扫完卫生就已经比平时放学晚了，现在整个学校的人都走得差不多了，万籁俱寂，冬日更加安静。

纪淮看着天降温，临出校门还是不放心地想折返回去看一眼猫如何了。

夜风吹动树木，树叶发出摩擦的声音。

在那风声下，动物的惨叫和摔打的声音正因为越来越靠近老楼的脚步而逐渐变得清晰。

纪淮愣在原地。她看见一个身影蹲在楼梯斜坡下，那里是澄亮的月光都照不进的地方。

被学生拿来的食物满地都是，两只已经不动的小猫躺在上面。她看见砖头被高高举起，然后被人挥动着手臂落下。

砖头要落在哪里，她看不见但知道。

最后一声动物惨叫也没了，纪淮的大脑死机了。视线里那个背影的主人慢慢直起身，她借着月光慢慢看清那张脸。

那张算不上好看的脸布满了憎恶、错愕和悔恨。

纪淮的视线向下，那两条手臂的最下方，是一块砖头和一只血肉模糊的猫。

纪淮努力控制自己不去看，但还是忍不住地望过去。老猫已经如同菜市场里被放血挂在那里的猪一样，身体比原本要变得更长，被人掐着

脖子，脑袋已经瘪进去了。

说不害怕是假的，尤其是面对一个手里拿着砖头，刚虐完猫的人。

纪淮张嘴，但不知道要说什么，嘴巴动了动，可说不出任何话。恐惧从脚底板往上爬，直到她的手腕被握住，一个温热的掌心盖在她的眉眼上。

一切恶心反胃的画面都消失了，她的鼻尖有一股淡淡的柠檬味。

很快有砖头落地的声音，接着是一阵急促的脚步声。

她眉眼上的手没放开，陈逾司小心翼翼地把人转过身："没事的，别怕。"